岳麓書社

读名著　选岳麓

古典名著普及文库

嵇康集

孟泽 注译

岳麓書社·长沙

图书在版编目(CIP)数据

嵇康集/孟泽注译．—长沙：岳麓书社，2021.4(2024.12 重印)
ISBN 978-7-5538-1372-1

Ⅰ.①嵇…　Ⅱ.①孟…　Ⅲ.①古典诗歌—诗集—中国—三国时代②古典散文—散文集—中国—三国时代　Ⅳ.①I213.62

中国版本图书馆 CIP 数据核字(2020)第 178654 号

JI KANG JI

嵇康集

注　　译：孟　泽
责任编辑：曾　倩
责任校对：舒　舍
封面设计：罗志义

岳麓书社出版发行
地址：湖南省长沙市爱民路 47 号
直销电话：0731-88804152　0731-88885616
邮编：410006

版次：2021 年 4 月第 1 版
印次：2024 年 12 月第 2 次印刷
开本：890mm×1240mm　1/32
印张：8.625
字数：240 千字
ISBN 978-7-5538-1372-1
定价：28.00 元

承印：长沙鸿发印务实业有限公司

出版说明

中国古典名著是中华优秀传统文化的重要载体，今天人们要学习传统文化，如果说有所谓捷径可寻，那恐怕就是直接阅读古典名著了。长期以来，为大众读者出版古典名著的普及读物一直是本社的重要使命。约三十年前，我们便出版了“古典名著普及文库”，收书五十余种，七十余册，蔚为大观。这套书命名为“普及”，首先是因为采用了简体字横排的排版方式。当时的古典名著图书，以未经整理的影印本和繁体竖排本居多，大众读者阅读有障碍，故本文库的推出，确有普及之效。其次，我们提出要让读者“以最少的钱买最好的书”，定价远低于当时同类型品种。基于此，这套“普及文库”迅速流向读者的书架，销量极大，功在普及不浅。

当年这套书，所收各书都是文言文全本，无注释，不翻译，对于今天的大众读者来说，已经很难起到普及作用了。而且，读者如果仅仅出于品鉴、入门的需要，也无须通读大部头的全本古籍。因而，我们推出这套全新的“古典名著普及文库”，在选目上广泛听取国内名校学者们的建议，收录经、史、子、集四部之中第一流的名著一百余种，邀请学有专攻的学者精心注释、翻译，并加以导读。篇幅大的经典，精选菁华，篇幅适中的出版全本，个别篇幅小的，则将主题相近的品种合刊为一册。

我们希望有更多的人能够买得起、读得懂中国的古典名著，接受中华优秀传统文化的滋养。这一套轻松好读又严谨可靠的普及文库，便是我们努力实践这一理念的结果。

前 言

嵇康，字叔夜，魏文帝黄初五年（224）生，谯郡铚（今安徽濉溪西南）人，先祖奚姓，原籍会稽上虞（今浙江绍兴上虞区），后迁家改姓嵇，世代儒业，但并非显族。

嵇康少即亡父，由母、兄抚育，多享慈爱温情而少森严管束，嵇康在诗文中屡屡提及对母、兄的怀念、感激，并且大抵认定这是自己日后任性骄纵、特立独行之性情的由来。

成年后的嵇康尚奇任侠，刚肠疾恶，思敏性直，不能忍垢含辱。在学业上，博览群书，学不师授，知识宏富。他有很高的音乐修养，弹奏古琴如行云流水，独步当时。他认为物有盛衰，而音乐是永恒的，美味有令人腻厌的时候，但音乐不会。他在这方面的卓越见识与奇异想象留存在《声无哀乐论》《琴赋》两篇著作里，“声无哀乐”后来成为“玄学”中的一个基本论题。嵇康善书法，尤长于草书，墨迹被列为“草书妙品”，后人指论其书“如抱琴半醉，酣歌高眠，又若众鸟时翔，群乌乍散”（唐韦续《墨薮》）。由此来看，他的书法可能极端潇洒狂放。他的诗歌文章，流光溢彩，森然奇崛，没有陈腐伪饰之辞，直指本心本性，表现出他清醒又狂热的才智与坦率任真、无所拘忌的襟怀，咄咄逼人，锋芒毕露。

这一切，已足够使嵇康成为风流领袖傲视儒林。

不仅如此。嵇康容色奇伟，不加修饰而“龙章凤姿，天质自然”（《晋书·嵇康传》），《世说新语》载，时人称赞他“肃肃如松下风，高而徐引”，他的朋友山涛说：“嵇叔夜之为人也，岩岩若孤松之独立，其醉也，傀俄若玉山之将崩。”

慧于内而秀于外，也许是嵇康二十岁时成为曹魏宗室成员（沛王曹林将孙女长乐亭主许配给嵇康）的原因之一。嵇康入仕途，征为郎中，拜中散大夫。然而，就在这似乎前程似锦的岁月里，嵇康已然怀着仿佛天生的隐忧和困惑。对人生的本真意义的追求（人的自觉），对世界的痴情的审美幻想（文学的自觉），与嵇康禀性中散淡而纵诞的品质，共同造就了他对世俗礼法的蔑视，造就了他天真而病态的思想与作为，造就了他英俊潇洒中的忧郁、冷漠与犹疑，造就了他对于自身生命的任性态度。这一切，又与嵇康所处的变故频仍的时代紧密相关。

嵇康的盛年正值魏晋易代的前夜。自从曹操“挟天子以令诸侯”，他的儿子曹丕干脆打碎了刘汉纸糊的招牌后，曹魏政权虽然不失文采风流，根基却并不牢实。明帝驾崩，然后有司马懿策划的“高平陵之变”，接着是少帝被废，高贵乡公曹髦战死，司马昭之心路人皆知，反叛反正之类的事时时在发生，无常的现实早已催生着忧生忧世之想。嵇康不幸身居政治旋涡的中心，这成就同时也毁灭了他。他尽量要保持超脱的姿态，于是在诗中不停地吟唱“归之自然”“纵心无悔”(《四言十八首赠兄秀才入军》)、“绝智弃学，游心于玄默”(《秋胡行》）的方外之思。他曾撰《圣贤高士传》，“欲友其人于千载也”(《晋书·嵇康传》)，尧舜汤禹、周公孔子不在他赞许的行列，他标举的是许由、老子、长沮、桀溺、接舆等与“圣人”背道而驰的人物，标举的是“越礼自放”“安贫乐道”“隐德无言”“贫贱轻世而肆意”“体逸心冲”等反现实的品质，崇信不食人间烟火的神仙如涓子。有时在深山野泽中行走，“会其得意，忽焉忘返”，他相信生命的奇迹，希望苍苍大自然能澡刷他的五脏六腑，使他受气通灵、变化如神，使他“爱憎不栖于情，忧喜不留于意”“形神相亲，表里俱济”

（《养生论》），超离生生灭灭的苦海。

与他独自平心静气时表达的愿望相反，他的言行所显示的气质却是凛然不可改变的，他的所作所为，他的亲恶爱憎，都有一种无法让人不瞩目的魅力和风度，一种生命在握、无待于人的高傲和自恃。他“头面常一月、十五日不洗”（《与山巨源绝交书》），又常常在家门前的河边架起炉子、铁砧，无所用心地以锻铁为乐。然而，土木形骸之中除了关于生命本身的伤感痛苦外，还有着他自身独特的危机与忧患背景。

嵇康是曹魏宗室的成员，中散大夫虽然可能是一个荣誉性的闲职，毕竟意味着他对政治生活的参与。问题的关键更在于，他对社会政治并非没有自己独立的见解，他曾作《太师箴》以明帝王之道，指斥“季世陵迟”“宰割天下，以奉其私”“阻兵擅权”“矜威纵虐”，指斥“臣路生心”“竭智谋国”“刑本惩暴，今以胁贤”。他还曾作《管蔡论》，认为管叔、蔡叔“服教殉义，忠诚自然”，文王、武王方才“列而显之”“举而任之”，成王继位，周公摄政，管、蔡远在东方，不明周公用心，于是“抗言率众，欲除国患，翼存天子，甘心毁旦（周公）”，并非无端作恶。联系魏晋易代之前的暧昧背景，特别是司马氏自拟周公的实际，嵇康的命意决非平常。

据说，嵇康曾有心参加毌丘俭在扬州的反叛，为山涛劝阻，古琴曲《广陵散》就是感于扬州诸君子反叛的失败而作。

这自然意味着嵇康对曹魏宗室的同情，同时也表明对于王权的正统与否嵇康有自己的取舍。他的存在是篡夺者的潜在威胁，他的言行以及他所能施加的社会影响，又将导致人们对于“越轨”者的公然挑战。而此时，司马氏对图谋帝位已跃跃欲试，利用声名显著、能煽动士林的嵇康显得异常迫切。

嵇康的朋友山涛曾经有过一次要荐用嵇康的举意，没有成为事实，嵇康为此额手称庆。可不久，山涛以自己将转任散骑侍郎而吏部郎行将出缺为由，请求嵇康代任吏部郎。嵇康明白这一出自朋友的邀请并不像表面看起来那样简单，这让他很为难，要想保全自己，他必须糊涂地应承司马氏的征召，要想证明自己的人格操守与性情，又难免成为屈死的冤魂。

嵇康终于写出了志高文伟的《与山巨源绝交书》，断然拒绝了山涛的好意，悲壮、真诚、豪迈的文字背后，是嵇康公然拒绝那个世界的深刻的孤独和痛苦。事隔一年，嵇康又作《与吕长悌绝交书》，为的是证明心怀鸿鹄之志的英俊少年吕安的清白，揭露当时任“相国掾”的吕巽的无耻。后吕安被捕，嵇康牵连入狱。

其实，嵇康对自己“刚肠疾恶，轻肆直言，遇事便发”(《与山巨源绝交书》)的个性早有警觉，他不止一次表露过羡慕阮籍的谨慎，甚至谆谆告诫自己的儿子如何自我保全。但是，他无法改变自己。他曾经追随著名的隐士孙登云游了很长时间，希望得到指教，但孙登总不肯回答他的提问，嵇康叹息着要离去，说：“先生竟无言乎？”孙登说：“子识火乎？生而有光，而不用其光，果在于用光；人生而有才，而不用其才，果在于用才。故用光在乎得薪，所以保其体用；才在乎识贞，所以全其生。今子才多识寡，难乎免于今之世矣。子无求乎？”(晋葛洪《神仙传·卷六·孙登》)

孙登的话令人遗憾地成为了嵇康命运的谶言。

嵇康在狱中受到不停的讯问，他自伤自责，即使如此，他仍然任气矜才。“及夫中散下狱，神气激扬。浊醪夕引，素琴晨张。”(南朝江淹《恨赋》)他没有想到会因此而死，他甚至希望出狱后学伯夷、叔齐，隐居山野，永啸长吟。

可是，事情居然已不可挽回。

有人对司马昭说：嵇康是卧龙，晋公无忧于天下，但嵇康是个祸患。嵇康言论放荡，乱群惑众，不杀嵇康，无以匡正王道。

据说，嵇康入狱之初，许多豪俊之士愿陪他一起蹲监。获悉嵇康的死刑时，三千太学生又为之请愿，要求赦免嵇康。

这不正好印证了嵇康“乱群惑众”吗？

公元263年，嵇康被押赴刑场，他顾视日影，神气自若，手操古琴，用生命演奏《广陵散》，他说：“广陵散于今绝矣。”

《广陵散》确实没有流传下来，后人搜集整理的《嵇康集》显然也并非嵇康文字的全部，但这已足够显示出中华文化中一种异样的、罕见的气质和血性。今天通行的《嵇康集》有鲁迅的抄校本和戴明扬的校注本，本书所用正文就是以此为底本。

目 录

诗

文

附录

诗

四言十八首赠兄秀才入军[1]

原文

鸳鸯于飞，肃肃其羽。[2]
朝游高原，夕宿兰渚。
邕邕和鸣，顾眄俦侣。
俯仰慷慨，优游容与。[3]

鸳鸯于飞，啸侣命俦。
朝游高原，夕宿中洲。[4]
交颈振翼，容与清流。
咀嚼兰蕙，俯仰优游。

泳彼长川，言息其浒。[5]
陟彼高冈，言刈其楚。[6]
嗟我征迈，独行踽踽。
仰彼凯风，涕泣如雨。[7]

泳彼长川，言息其沚。[8]
陟彼高冈，言刈其杞。
嗟我独征，靡瞻靡恃。[9]
仰彼凯风，载坐载起。[10]

穆穆惠风，扇彼轻尘。[11]
奕奕素波，转此游鳞。[12]
伊我之劳，有怀佳人。[13]
寤言永思，实钟所亲。[14]

所亲安在，舍我远迈。
弃此荪芷，袭彼萧艾。[15]
虽曰幽深，岂无颠沛？
言念君子，不遐有害。[16]

人生寿促，天地长久。
百年之期，孰云其寿？
思欲登仙，以济不朽。
揽辔踟蹰，仰顾我友。

我友焉之？隔兹山梁。[17]
谁谓河广，一苇可航。[18]
徒恨永离，逝彼路长。
瞻仰弗及，徙倚彷徨。

良马既闲，丽服有晖。[19]
左揽繁弱，右接忘归。[20]
风驰电逝，蹑景追飞。[21]
凌厉中原，顾眄生姿。[22]

携我好仇，载我轻车。[23]

南凌长阜，北厉清渠。
仰落惊鸿，俯引渊鱼。
盘于游田，其乐只且。[24]

凌高远眄，俯仰咨嗟。
怨彼幽絷，邈尔路遐。[25]
虽有好音，谁与清歌。
虽有姝颜，谁与发华。[26]
仰诉高云，俯托轻波。
乘流远遁，抱恨山阿。[27]

轻车迅迈，息彼长林。
春木载荣，布叶垂阴。
习习谷风，吹我素琴。
咬咬黄鸟，顾俦弄音。[28]
感寤驰情，思我所钦。
心之忧矣，永啸长吟。

浩浩洪流，带我邦畿。[29]
萋萋绿林，奋荣扬晖。
鱼龙瀺灂，山鸟群飞。[30]
驾言出游，日夕忘归。
思我良朋，如渴如饥。
愿言不获，怆矣其悲。[31]

息徒兰圃，秣马华山。[32]
流磻平皋，垂纶长川。[33]

目送归鸿，手挥五弦。[34]
俯仰自得，游心太玄。[35]
嘉彼钓叟，得鱼忘筌。
郢人逝矣，谁可尽言。[36]

闲夜肃清，郎月照轩。[37]
微风动袿，组帐高褰。[38]
旨酒盈尊，莫与交欢。[39]
琴瑟在御，谁与鼓弹。[40]
仰慕同趣，其馨若兰。
佳人不存，能不永叹。

乘风高游，远登灵丘。[41]
结好松乔，携手俱游。[42]
朝发太华，夕宿神州。[43]
弹琴咏诗，聊以忘忧。

琴诗自乐，远游可珍。
含道独往，弃智遗身。
寂乎无累，何求于人。
长寄灵岳，怡志养神。

流俗难悟，逐物不还。
至人远鉴，归之自然。[44]
万物为一，四海同宅。
与彼共之，予何所惜。
生若浮寄，暂见忽终。

世故纷纭，弃之八戎。[45]

泽雉虽饥，不愿园林。[46]

安能服御，劳形苦心。

身贵名贱，荣辱何在。

贵得肆志，纵心无悔。

注释

1 这一组四言诗是嵇康借以表达心志的代表作之一,又题作《兄秀才公穆入军赠诗十九首》。所谓“十九首”,是指把一首五言古意亦并入其中。“兄秀才公穆”指康兄嵇喜,喜字公穆,地方举为秀才,后官至太仆卿、宗正卿。鲁迅手书《嵇康集》题为《四言十八首赠兄秀才入军》。

2 **肃肃:**鸟羽振动声。《诗经·鸿雁》中有“鸿雁于飞,肃肃其羽”句。

3 **慷慨:**应作“慷忾”。康乐奋发。 **容与:**从容徐缓。

4 **中洲:**洲中,水中可居曰洲。或作“中州”。

5 **言:**语助词。 **浒:**水边。

6 **陟**(zhì)**:**登高。《诗经·卷耳》中有“陟彼高冈”句。 **楚:**落叶灌木。《诗经·汉广》中有“言刈其楚”句。

7 **凯风:**南风,和风。《诗经》有《凯风》篇。

8 **沚:**小沙洲。

9 **靡瞻靡恃:**谓孤行独征,无所可瞻,无所可恃。魏文帝曹丕《短歌行》有“靡瞻靡恃,泣涕连连”句。

10 **载:**语助词。

11 **穆穆:**喻风之惠和。

12 **奕奕:**喻水波流动。 **游鳞:**鱼。

13 **伊:**发语词。 **劳:**劳苦憔悴。 **佳人:**或作“遐人”。所劳所思者。

14 **寤:**睡醒。 **钟:**聚集。

15 **荪芷:**香草之属。 **萧艾:**贱草。

16 **遐:**远。

17 **梁:**水桥。或作“冈”。

18 **一苇可航**:《诗经·河广》曰“谁谓河广,一苇杭之”。

19 **闲**:通“娴”,熟习。 **晖**:或作“辉”。

20 **繁弱**:良弓名。《荀子·性恶》:“繁弱、巨黍,古之良弓也。” **忘归**:矢名。

21 **景**:或作“影”。

22 **凌**:奔驰。 **厉**:疾飞。 **顾眄**:回视,斜视。形容洋洋自得的样子。

23 **仇**:匹侣。

24 **游田**:游畋,游猎。 **只且**(zhǐjū):注家多歧解,应该是修饰“其乐”的形容词或语助词。

25 **邈尔**:或作“室远”。喻阻隔难通。

26 **姝颜**:或作“朱颜”。 **发华**:容光焕发。

27 **阿**:凹曲处。

28 **咬咬**(jiāojiāo):鸟鸣声。

29 **带**:环绕。 **邦畿**:邦国,城郭。

30 **瀺灂**(chánzhuó):激水声,或曰在水中沉浮、出没。

31 **愿**:所愿、所望、所念。

32 **徒**:徒众。 **华山**:山名,或曰山有光华,并非实指其地。

33 **流磻**(bō):漂石,或曰习射。 **皋**:泽地,或曰水边高地。 **垂纶**:垂钓。

34 **五弦**:五弦琴。

35 **太玄**:虚无之道。

36 **郢人**:见《庄子·徐无鬼》:“庄子送葬,过惠子之墓,顾谓从者曰:‘郢人垩漫其鼻端若蝇翼,使匠石斫之,匠石运斤成风,听而斫之,尽垩而鼻不伤,郢人立不失容。宋元君闻之,召匠石,曰:“尝试为寡人为之。”匠石曰:“臣则尝能斫之。虽然,臣之质死久矣。”自夫子之死也,吾无以为质矣,吾无与言之矣。’”后以“郢人”喻知己。

37 **闲夜**:静夜。

38 **袿**(guī):衣服的后襟。或曰通“挂”。 **组帐**:帷帐。 **褰**:撩起,揭起。

39 **莫**:无人。

40 **御**:侍,进前。

41 **灵丘**:神仙所居之山。《楚辞·九怀》曰“飞翔兮灵丘”。曹大家《大雀赋》

曰“昆仑之灵丘”。

42 **结好**:交好。或作“托好”。 **松**:赤松子,传说乃神农时雨师。 **乔**:王子乔,周灵王太子晋也。松乔喻指神仙,能无所阻滞。

43 **太华**:亦作“泰华”。《山海经·西山经》:“又西六十里,曰太华之山,削成而四方……”

44 **至人**:道家指超凡脱俗、顺应天道之人。《庄子·天下》:“不离于真,谓之至人。”

45 **八戎**:八荒,八方。或作“八成”。

46 **泽雉**:无心樊笼的野鸡。《庄子·养生主》:“泽雉十步一啄,百步一饮,不蕲畜乎樊中。”

译文

鸳鸯比翼飞翔,
光洁的羽毛发出肃肃的声响,
清晨飞过高原,
入夜栖息在兰草丰茂的洲渚,
应声鸣和,怜惜眷顾,
优游自在,无忧无虑。

鸳鸯比翼飞翔,
成双成对,呼俦唤侣,
清晨飞越高原,
入夜栖息洲渚,
振翅交颈,嬉戏水中,
咀嚼兰花蕙草,口吐芬芳,
俯仰天地,优游徜徉。

泳渡长河,休息水滨,

登攀山冈，砍伐荆棘，
可叹我征途漫漫，踽踽独行，
仰面惠风和畅，
俯首涕泪沾襟。

泳渡长河，休息在沙洲，
登上山冈，砍伐枸杞，
可叹我只身长旅，孤苦无依，
仰面南风习习，
让我坐卧不宁，满心悲凄。

和风吹拂轻尘，
水面波光闪烁，游鱼盘桓浮沉，
我劳苦憔悴，思念让我魂牵梦萦的人，
无论是睡是醒，
情钟所亲，黯然伤神。

亲人远在何方，
离开我流落异乡，
忘情芳菲，涉足荆莽，
野草幽深如阵，怎能没有颠沛，
没有迷惘？
怀念你啊，
远处容易受伤。

人生苦短，
然而天地久长，

百岁长寿，并非有常，
渴望羽化登仙，地久天长。
在马背上踟蹰，
顾念朋友，相思未央。

朋友所在何方，
隔山隔水相望，
山高水长，苇叶可以渡航，
只恨别离长久，
此去前路漫长，
翘首企望，只见迷茫，
辗转不安，流连彷徨。

骏马驾驭娴熟，
装束熠熠生辉，
左挟良弓，右搭利箭，
风驰电掣，逐影追飞，
跨越辽阔原野，
得意洋洋，风采奕奕。

携带好友，
跨上轻车，
南涉平原高山，北济长河清渠，
惊鸿应弦而落，
渊鱼引首而出，
游猎的快乐，乐不可支。

登高远眺，
抬头俯首之间，怆然感怀，
只恨羁绊无形，前路漫漫，
虽有清歌曼曲，谁人唱和，
虽有花容月貌，何人赏鉴？
向高天流云倾诉，
向流水清波嘱托，
乘天边的流水远去，
怀抱怨恨，寄身山曲。

轻车快跑，
休憩在茂林丰草，
春天绿树繁荣，凉阴森森，
清风徐徐，拨响了我的琴弦，
黄鸟鸣叫，向伴侣唱出妙音，
声声动我心弦。
我思念我景仰的亲人，
心中充满忧伤，
只能仰天长啸俯首低吟。

浩浩洪流，
如衣带环绕城郭，
绿树萋萋，繁花竞放，
鱼龙在水中徜徉，
山鸟在林间飞翔。
我驾车出游，流连光景，
夕阳西去，我依然在彷徨，

想念我的好友,如饥似渴,不胜惆怅,
相思无助,难获所想,
心中只有悲怆。

随行的人歇息在兰草园,
马儿放牧华山,
在水乡泽国漂石游戏,
垂纶闲钓在长河岸边,
目送归去的大雁,
手弹心爱的五弦,
自由自在,游心太玄,
心仪那得鱼忘筌的钓叟,
可惜郢人已去,
谁与我共话不尽之言。

静夜寂寞,
朗月照窗,
微风吹动我的衣裳,
帷帐高高飘起,
杯中的美酒洋溢着芬芳,
无人与我共饮,
琴瑟就在跟前,
无人一起弹唱,
仰慕知音酒侣,同心同趣,馨香如兰,
斯人何在,能不长叹?

乘风而去,远登昆仑灵丘,

以赤松、王乔为友，与神仙携手共游，
早晨出发于太华，夜宿神州，
弹琴咏诗，
聊以忘忧。

琴诗自娱，
远游何其珍贵，
心涵大道，自可独往独来，
弃绝智巧，遗落肉胎俗身，
无牵无累，何求于人，
寄迹仙山，
怡志养神。

流于世俗难以醒悟，
竞利逐物，去而忘返，
只有至人远见卓识，与自然往还，
万物原本同一，四海就在眼前。
与天地同在，渺小的我有何可惜，
人生如寄旅漂萍，荣枯只是一瞬，
不如把纷纭世事抛弃。
野外的禽鸟虽然饥饿，
也并不渴望如同罗网的园林。
人何必为外物束缚，劳形苦心，
生命远胜荣名，宠辱无所施从，
重要的是随心所欲，纵心无悔。

五言古意一首

原文

双鸾匿景曜，戢翼太山崖。[1]
抗首漱朝露，晞阳振羽仪。[2]
长鸣戏云中，时下息兰池。
自谓绝尘埃，终始永不亏。
何意世多艰，虞人来我维。[3]
云网塞四区，高罗正参差。[4]
奋迅势不便，六翮无所施。[5]
隐姿就长缨，卒为时所羁。
单雄翩孤逝，哀吟伤生离。
徘徊恋俦侣，慷慨高山陂。
鸟尽良弓藏，谋极身必危。
吉凶虽在己，世路多崄巇。[6]
安得反初服，抱玉宝六奇。[7]
逍遥游太清，携手长相随。

注释

1 **鸾：**传说中的神灵之鸟。 **景曜：**阳光下的影子。 **戢：**敛。

2 **漱：**或作“嗽”。解作漱口，或解作吸吮。 **晞阳：**刚刚升起的太阳，或解晞为晒、沐浴。 **羽仪：**《易·渐》：“鸿渐于陆，其羽可用为仪。”表示羽毛整洁美丽。

3 **虞人:**古官名。掌管山泽。 **维:**或作“疑”。

4 **区:**区域。

5 **翮**(hé)**:**羽毛。

6 **崄巇**(xiǎnxī)**:**同“险巇”,意为险阻。

7 **初服:**未出仕入世时的装束。 **抱玉:**喻自珍自爱。 **六奇:**《汉书·陈平传》载陈平六出奇计,使高祖化险为夷。此处指才学智慧。

译文

双鸾藏匿了阳光下的身影,
在泰山的悬崖上收敛起羽翼,
举首饮朝露,向阳振羽仪,
在云中嬉戏长鸣,
有时降落兰池休息,
它们自以为已经超尘绝俗,
终始相伴,永不分离。
何曾料到,世道艰难,
虞人早已在算计,
罗网高张,上下参差,四面成围。
奋飞罗网阻隔,
健羽无所施为,
雌鸾束翅就擒,
终于被时世羁縻。
雄鸾独自逃离,
哀伤生离,鸣声凄凄,
徘徊难去,眷恋不已,
高山上回荡着慷慨悲啼。
飞鸟网尽,良弓收起,

谋划已极，身必遭危。
虽说吉凶悔吝多在自己，
可是世道何其险恶，
如何能遂我初服，不离不弃，
持守身心，宝藏智慧，
逍遥自在，遨游天地，
与知音伴侣携手相随。

游仙诗一首

原文

遥望山上松，隆冬郁青葱。
自遇一何高，独立迥无丛。[1]
愿想游其下，蹊路绝不通。
王乔异我去，乘云驾六龙。[2]
飘飖戏玄圃，黄老路相逢。[3]
授我自然道，旷若发童蒙。
采药钟山隅，服食改姿容。[4]
蝉蜕弃秽累，结友家板桐。[5]
临觞奏九韶，雅歌何邕邕。[6]
长与俗人别，谁能睹其踪。

注释

1 **自遇：**自视，自许。 **迥无丛：**或作“迥无双”“边无丛”。喻高高在上、无所依傍、无可比并。

2 **王乔**:王子乔,传说中骑鹤登仙的人。 **六龙**:枚乘《七发》曰"六驾蛟龙"。《文选》注:"以蛟龙若马而驾之,其数六也。"

3 **玄圃**:即"县圃"。《离骚》曰"余夕至乎县圃"。传说乃昆仑山顶神仙居处,中有奇花异石。 **黄老**:黄帝与老子,道家引为始祖。

4 **药**:服之可改变姿容乃至长寿成仙。嵇康的时代人命无常,采药服药之风大张。 **钟山**:即昆仑山,多灵芝仙草。

5 **蝉蜕**:蝉去壳蜕变,道家喻之为解脱,故曰"弃秽累"。 **家**:以之为家。 **板桐**:《水经注》载,昆仑有三级:板桐,玄圃、层城。

6 **觞**:酒杯,代指酒。 **九韶**:传说乃虞舜时乐曲。 **邕邕**:形容雅歌和谐。

译文

遥望山顶的青松,
在隆冬的严寒里郁郁葱葱,
那样崇高自许,独立寒风,
多么渴望盘桓其下,
可是道路阻绝不通。
仙人王乔携我前行,
乘着云彩驾驭六龙,
随风飘飖游戏玄圃,
与黄老相逢,
他们教我以自然之道,
让我豁然贯通,如启迪童蒙。
我采灵药仙草于昆仑山曲,
服食后顿改姿容,
一如蝉蜕我抛弃了秽累凡俗,
结交仙友迁家于仙境板桐。
对酒临觞,弹奏《九韶》,

雅歌声声，四座和鸣，
从此告别尘世俗人，
谁知我缥缈行踪。

述志诗二首

原文

潜龙育神躯，濯鳞戏兰池。
延颈慕大庭，寝足俟皇羲。[1]
庆云未垂景，盘桓朝阳陂。[2]
悠悠非我匹，畴肯应俗宜。[3]
殊类难遍周，鄙议纷流离。[4]
轗轲丁悔吝，雅志不得施。[5]
耕耨感宁越，马席激张仪。[6]
逝将离群侣，杖策追洪崖。[7]
焦明振六翮，罗者安所羁。[8]
浮游太清中，更求新相知。
比翼翔云汉，饮露食琼枝。
多念世间人，夙驾咸驱驰。[9]
冲静得自然，荣华何足为。[10]

斥鷃擅蒿林，仰笑鸾凤飞。[11]
坎井蝤蛙宅，神龟安所归。[12]
恨自用身拙，任意多永思。

远实与世殊，义誉非所希。
往事既已谬，来者犹可追。
何为人间事，自令心不夷。[13]
慷慨思古人，梦想见容辉。
愿与知己遇，舒愤启幽微。[14]
岩穴多隐逸，轻举求吾师。
晨登箕山巅，日夕不知饥。[15]
玄居养营魄，千载长自绥。[16]

注释

1 **大庭**:传说中的古代帝王神农氏。 **俟**:等待。 **皇羲**:伏羲。

2 **庆云**:祥瑞之五彩云。**景**:或作“降”。**朝阳陂**:山的东面,或解陂为沼泽。

3 **悠悠**:遥远、高远。不可及貌。**匹**:或作“俦”。 **畴肯**:或作“圭步”,畴,谁。**俗宜**:世俗所宜,世俗事宜。

4 **殊类**:不同的物类、人类。 **遍**:全。 **流离**:纷纭貌。

5 **轗轲**:同“坎坷”。 **丁**:当,遭逢。

6 **耨**:耘,除草。 **宁越**:战国时人。《吕氏春秋 · 博志》载:宁越为摆脱耕种之苦,发愤读书十五年,被周威公聘为师。 **马席激张仪**:《史记 · 张仪传》载,苏秦为激发张仪去秦国谋求相位,让他坐在马鞍的垫子上,以示羞辱。

7 **逝**:同“誓”。 **洪崖**:古仙人名。

8 **焦明**:或作“焦朋”,鸟名,凤凰之类。

9 **念**:或作“谢”。 **夙驾**:早起驾车出行。

10 **冲静**:淡泊宁静。

11 **斥鷃**:小鸟。典出《庄子 · 逍遥游》,喻小人不自量力而自以为得志。

12 **蛸**:蜉蝣之类。此二句意:坎井可以作为蛸蛙之宅,使其安然自得,却让神龟连手足都无法安放。典出《庄子·秋水》,含义与“斥鷃”二句相似。

13 **夷**:平,指平静安详。或解作喜悦。

14 **遇:**或作“过”。 **幽微:**或作“其微”。

15 **箕山:**又名许由山,传为尧时隐士许由的隐居之地。 **巅:**或作“岭”。

16 **营魄:**语出《老子》,此处指魂魄、精神。 **绥:**安。

译文

潜龙在深渊养育神躯,
游戏兰池,濯洗龙鳞,
举踵延颈企慕远古神龙之世,
息足蜷首等待至德伏羲之时,
五色祥云没有降临下界,
神龙在朝阳映照的东山盘桓。
遥远的古代难以企及,
怎能混淆世俗与之相宜,
物类不同难以相处融洽,
鄙薄的俗议纷纭流离,
世路坎坷多生悔吝,
胸怀雅志无所作为。
耕耘之苦使宁越感而求仕,
鞍垫作席令张仪辱而愤激,
我发誓要远离群侣众生,
拄杖鞭策把洪崖追随。
焦明鸟振翅高飞,
网罗者怎能羁縻,
遨游浩瀚太清,
再求新的知己,
翱翔云汉比翼齐飞,
餐风饮露于玉树琼枝。

感念人世间芸芸众生，
何不及早驾车和我一起奔驰，
冲淡虚静，任凭自然，
荣华富贵，何足把持。

小斥鷃在矮树丛中出没，
仰头嘲笑高天上的鸾凤，
坎井是蛸蛙栖息的处所，
神龟却无法在此安身。
我恨自己处世笨拙，
永叹忧思，任意孤行，
远离实惠，与众不同，
荣誉道义，非我所求。
过去的一切已然荒谬，
改弦易辙，将来犹可追寻，
何必纠缠人间琐事，
自寻烦恼，身心不宁。
情怀激昂，思慕高士古圣，
梦想一睹芳容，
但愿相遇知己，
舒发幽愤，吐诉衷情。
山岩野穴多有隐逸之士，
高蹈远举求师从圣。
晨起登上箕山之顶，投注身心，
向晚不知饥困，
幽居玄处，颐养精神，
千秋万岁，永远康宁。

秋胡行七首[1]

原文

富贵尊荣，忧患谅独多。[2]
富贵尊荣，忧患谅独多。
古人所惧，丰屋蔀家。[3]
人害其上，兽恶网罗。
惟有贫贱，可以无他。
歌以言之，富贵忧患多。

贫贱易居，贵盛难为工。[4]
贫贱易居，贵盛难为工。
耻接直言，与祸相逢。[5]
变故万端，俾吉作凶。[6]
思牵黄犬，其志莫从。[7]
歌以言之，贵盛难为工。

劳谦寡悔，忠信可久安。[8]
劳谦寡悔，忠信可久安。
天道害盈，好胜者残。[9]
强梁致灾，多事招患。[10]
欲得安乐，独有无愆。[11]

歌以言之，忠信可久安。

役神者弊，极欲令人枯。[12]
役神者弊，极欲令人枯。
颜回短折，不及童乌。[13]
纵体淫恣，莫不早徂。[14]
酒色何物，自令及辜。[15]
歌以言之，酒色令人枯。

绝智弃学，游心于玄默。[16]
绝智弃学，游心于玄默。
过而弗悔，当不自得。[17]
垂钓一壑，所乐一国。[18]
被发行歌，和者四塞。[19]
歌以言之，游心于玄默。

思与王乔，乘云游八极。[20]
思与王乔，乘云游八极。
凌厉五岳，忽行万亿。
授我神药，自生羽翼。
呼吸太和，练形易色。[21]
歌以言之，思行游八极。

徘徊钟山，息驾于层城。[22]
徘徊钟山，息驾于层城。
上荫华盖，下采若英。[23]
受道王母，遂升紫庭。[24]

逍遥天衢，千载长生。[25]

歌以言之，徘徊于层城。

注释

1 **秋胡行:**乐府旧题。嵇诗与乐府本事无关,属借题言志之作。

2 **谅:**诚,信。

3 **丰屋蔀家:**《易经·丰》爻辞曰:"丰其屋,蔀其家,窥其户,阒其无人,三岁不觌,凶。"大意是修缮家室却见屋不见人,表明利之端即害之始也。蔀,以草覆盖。

4 **工:**巧,圆满。

5 **接:**或作"佞"。

6 **俾:**使。

7 **思牵黄犬:**《史记·李斯传》载:李斯被赵高诬陷谋反,判腰斩,临刑时对次子说:"吾欲与若复牵黄犬俱出上蔡东门逐狡兔,岂可得乎?"李斯所言,谓既已入世,则难遂初服以保平安。

8 **劳谦:**《易经·谦》:"劳谦,君子有终,吉。"

9 **害:**或作"恶"。

10 **强梁:**强横,刚劲。

11 **愆:**过失。

12 **极欲令人枯:**或作"极欲疾枯",又作"疾欲令人枯"。

13 **颜回:**孔子的弟子,好学,英年早逝。 **童乌:**汉扬雄子,九岁能与父谈玄论文,早夭。或曰童乌之年,短于颜回,乃由天命,非关养生。此指颜回昧于养生而短折,不如童乌之委于天命也。

14 **徂:**同"殂",死。早徂即早赴死。

15 **自令及辜:**或作"今自不辜"。辜,罪过。

16 **玄默:**指天道幽玄恬默,清静无为。

17 **过而弗悔:**语出《庄子·大宗师》。过,过失,过头。 **当:**适当,恰当。

18 此二句谓以有限乐无限,心自宽广无所羁累。

19 **被:**通"披"。 **四塞:**四方四边。

20 **王乔:**仙人。 **八极:**八方极远之地。

21 **太和:**太和之气,天地宇宙间的精气。 **练形:**道家有练形之法,能修炼形神,改易颜色。

22 **钟山、层城:**皆传说中神人居处之所。

23 **华盖:**传说黄帝与蚩尤战于涿鹿之野,常有五色云气,金枝玉叶,停在黄帝的车上,因此而作华盖也。 **若英:**杜若之花。《楚辞·九歌》:"浴兰汤兮沐芳,华采衣兮若英。"

24 **王母:**西王母,仙人,居昆仑山中,或指为国名。 **紫庭:**天庭。

25 **天衢:**天街,天道。

译文

富贵尊荣,忧患丛生,
尊荣富贵,忧患绵绵,
古人常常悚惧,祸福相倚利害骈连,
百姓厌恶上司,禽兽痛恨网罗,
只有贫贱,可以无挂无牵,
作歌吟唱:富贵与忧患同生。

贫贱易居,贵盛难以把持,
贫贱易居,贵盛无法永恒,
耻听直言,灾祸降临,
变故万端,吉凶难辨,
李斯临刑,怀念当初逐狡兔牵黄犬,
覆水难收,不胜喟然,
作歌吟唱:贵盛无法永恒。

虚怀勤勉,寡悔少尤,
忠信笃敬,可以平安长久,

虚怀勤勉，寡悔少尤，
忠信笃敬，可以平安长久，
天道厌憎满盈，
好胜常常速朽，
刚强导致灾难，
多事带来烦忧，
渴求安乐，唯有方正无过，
作歌吟唱：忠信笃敬可以平安长久。

劳心劳神容易衰弊，
纵淫恣欲令人枯朽，
劳心劳神容易衰弊，
纵淫恣欲令人枯朽，
颜回因好学而早逝，
不如童乌顺天委命而短寿，
放任自流，贪欲无度，
必定戕生早死，
沉溺酒色，自取罪辱，
作歌吟唱：酒色令人枯朽。

摒除聪明，弃绝学识，游心大道，
摒除聪明，弃绝学识，游心大道，
过而不自悔，当而不自得，
垂钓一壑，所乐一国，
披发行歌，四方应和，
作歌吟唱：游心大道。

渴望与仙人王乔携手共游，
乘云驾雾，周行天地，
渴望与仙人王乔携手共游，
乘云驾雾，周行天地，
跨越三山五岳，
转眼之间，行程万里，
仙人授我不死灵药，
让我恍如身生羽翼，
呼吸宇宙浩然之气，
形神顿改，颜色生辉，
作歌吟唱：遨游天地。

徘徊钟山之上。
休息层城之巅，
徘徊钟山之上，
休息层城之巅，
头顶五彩华盖，
下采杜若芬芳，
受道聆教于王母，
冉冉登升于天堂，
逍遥天衢，万寿无疆，
作歌吟唱：在飘渺层城上徜徉。

酒会诗一首

原文

乐哉苑中游，周览无穷已。
百卉吐芳华，崇台邈高跱。[1]
林木纷交错，玄池戏鲂鲤。[2]
轻丸毙翔禽，纤纶出鳣鲔。[3]
坐中发美赞，异气同音轨。
临川献清酤，微歌发皓齿。[4]
素琴挥雅操，清声随风起。
斯会岂不乐，恨无东野子。[5]
酒中念幽人，守故弥终始。[6]
但当体七弦，寄心在知己。

注释

1 **崇台**:高台。 **跱**:或作“峙”。屹立。

2 **玄池**:传说中的水池名,此处指水池、鱼池。 **鲂**:鱼名。《说文》:“鲂,赤尾鱼。”

3 **鳣鲔**(zhānwěi):鲟鳇鱼。

4 **酤**:酒。

5 **东野子**:指阮侃,字德如,官河内太守。

6 **幽人**:高人隐士。 **守故**:不忘故交,厮守故人。 **弥终始**:自始至终。

译文

漫游园林，其乐无穷，
目不暇接，胜景无限，
百花繁盛，吐露芳华，
高台耸立，上达苍穹，
林木交错，枝叶缤纷，
池鱼踊跃，碧水清澄，
弹丸远中飞禽，钓丝引出鲟鳇，
同伴赞叹，异口同声。
面对清流献上美酒，
皓齿红唇歌声阵阵，
琴弦奏起优雅的乐曲，
伴随清风飞向远方。
如此聚会怎不令人心醉神迷，
可惜东野子缺席。
酒酣耳热中，想起高洁的隐士，
故交旧友情谊终始如一，
只要弹起七弦琴，
浩渺情思总寄知己。

与阮德如一首[1]

原文

含哀还旧庐，感切伤心肝。
良时遘吾子，谈慰臭如兰。[2]
畴昔恨不早，既面侔旧欢。[3]
不悟卒永离，念隔增忧叹。[4]
事故无不有，别易会良难。
郢人忽已逝，匠石寝不言。[5]
泽雉穷野草，灵龟乐泥蟠。[6]
荣名秽人身，高位多灾患。
未若捐外累，肆志养浩然。
颜氏希有虞，隰子慕黄轩。[7]
涓彭独何人，唯志在所安。[8]
渐渍殉近欲，一往不可攀。[9]
生生在豫积，勿以怵自宽。[10]
南土旱不凉，衿计宜早完。[11]
君其爱德素，行路慎风寒。[12]
自力致所怀，临文情辛酸。[13]

注释

1 **阮德如：**阮侃，字德如，官至河内太守。风仪雅润，为嵇康好友。此诗系送阮南行，阮有答诗二首，多述相知相惜情谊。

2 **臭(xiù)如兰**:《易经·系辞》:"同心之言，其臭如兰。"喻心志谈吐相投。臭，气味。

3 **既面侔旧欢**:初次见面便如同旧识。侔，齐，相当。

4 **卒**:同"猝"，突然。

5 **郢人、匠石**:见前《赠兄秀才入军》注。

6 **泽雉**:见前《赠兄秀才入军》注。 **灵龟乐泥蟠**:《庄子·秋水》载:楚威王想请庄子管理政事，庄子问使者，神龟是愿意死后留下尸骨供奉在庙堂而享受尊荣，还是愿意活着拖着尾巴在泥里爬。使者言愿活着。庄子说，回去吧，我将活着爬在泥中。蟠，屈也。

7 **颜氏**:颜回。 **希**:希慕。 **有虞**:舜。 **隰子**:齐大夫隰朋。 **黄轩**:黄帝。《庄子·徐无鬼》载:管仲对齐桓公说隰朋可以托付国政，他为人"上忘而下不畔，愧不若黄帝，而哀不己若者"。

8 **涓**:涓子，传说能致风雨。 **彭**:彭祖，传说中的长寿者。

9 **渐渍**:浸润，浸蚀。

10 **生生**:养生，厚生。 **豫**:同"预"，预先，预计。 **怵**:诱惑。

11 **衿**:同"襟"，代指衣服。

12 **德素**:德行。

13 **力**:尽力，勉力。

译文

满怀悲哀返回自己的居所，

感伤别离，痛彻心肝，

想当初与你相逢在美景良辰，

倾心相投，言语芬芳如兰，

相识恨晚，初见犹同旧欢，

无奈突然长离，

遥想隔山隔水，徒增喟叹。

世事如轮,变故丛生,
别时容易见时难,
郢人已逝,匠石无言。
野鸡消失在沼泽野草,
神龟在淤泥中蹒跚。
名誉让人身污浊,
高位常常引发灾难,
不如抛弃身外之物的牵累,
肆行无碍,气养浩然。
颜渊仰慕虞舜,隰朋向往轩辕,
涓子、彭祖,所行所事唯求心安。
浸染嗜欲不惜殉身,
血本无归,时不可攀。
生生不息在于预作累积,
不要沉溺于诱惑,以此自宽。
南国虽热,寒衣须早备,
劝君自珍摄,
迢迢远路,谨慎风寒。
殷勤想念,此致悠悠情怀,
临笔意切,满纸辛酸。

答二郭三首[1]

原文

天下悠悠者，下京趋上京。[2]
二郭怀不群，超然来北征。[3]
乐道托蓬庐，雅志无所营。[4]
良时遘其愿，遂结欢爱情。
君子义是亲，恩好笃平生。
寡智自生灾，屡使众衅成。[5]
豫子匿梁侧，聂政变其形。[6]
顾此怀怛惕，虑在苟自宁。[7]
今当寄他域，严驾不得停。[8]
本图终宴婉，今更不克并。[9]
二子赠嘉诗，馥如幽兰馨。
恋土思所亲，能不气愤盈。

昔蒙父兄祚，少得离负荷。[10]
因疏遂成懒，寝迹北山阿。[11]
但愿养性命，终已靡有他。[12]
良辰不我期，当年值纷华。[13]
坎壈趣世教，常恐婴网罗。[14]
羲农邈以远，拊膺独咨嗟。[15]

朔戒贵尚容，渔父好扬波。[16]
虽逸亦已难，非余心所嘉。
岂若翔区外，餐琼漱朝霞。[17]
遗物弃鄙累，逍遥游太和。
结友集灵岳，弹琴登清歌。[18]
有能从此者，古人何足多。[19]

详观凌世务，屯险多忧虞。[20]
施报更相市，大道匿不舒。[21]
夷路值枳棘，安步将焉如。[22]
权智相倾夺，名位不可居。
鸾凤避罻罗，远托昆仑墟。[23]
庄周悼灵龟，越搜畏王舆。[24]
圣人存诸己，隐璞乐玄虚。
功名何足殉，乃欲列简书。[25]
所好亮若兹，杨氏叹交衢。[26]
去去从所志，敢谢道不俱。

注释

1 **二郭：**指郭遐周、郭遐叔，嵇康挚友，有诗赠嵇康，表达了钦慕和对嵇生“前程”的无限关爱。

2 **天下悠悠者：**谓滔滔天下皆是。 **下京趋上京：**喻天下之人竞相为利禄奔走。上京，都城。

3 **不群：**不同寻常。 **北征：**喻超然群俗，行其所适。《楚辞·九歌》曰“驾飞龙兮北征”。

4 **营：**营求，或曰惑也。

5 **衅：**瑕隙，灾变。

6 **豫子匿梁侧：**此指豫让隐匿桥下刺杀赵襄子为智伯报仇之事。 **聂政变

其形:此指聂政为报严仲子的知遇之恩而刺杀韩累,失败后为掩饰身份自毁面目而亡之事。

7 **怛惕**:忧惧不安。

8 **寄**:依托。 **严驾**:整治车马,装束待发。

9 **宴婉**:燕婉,安顺。 **更**:又。 **并**:同处。

10 **祚**:福。 **负荷**:负担,劳苦。

11 **寝迹**:息迹,休息。

12 **终己**:终其一生。 **靡**:无,不。

13 **期**:会,值。 **纷华**:盛丽貌。

14 **坎壈**:困顿,不得志。 **趣**:或作“趍”,同“趋”。 **教**:或作“务”。 **婴**:通“撄”,触犯。

15 **羲农**:或作“羲皇”。 **咨嗟**:叹息。

16 **朔戒**:指东方朔诫子,所谓“明者处世,莫尚于中”。**尚容**:崇尚折中宽容。**渔父好扬波**:《楚辞 · 渔父》:“世人皆浊,何不淈其泥而扬其波。”谓与世推移。

17 **区外**:世外。 **餐琼漱朝霞**:《离骚》:“折琼枝以为羞兮,精琼靡以为粻。”《楚辞 · 远游》曰“漱正阳而含朝霞”。

18 **登**:上,进。

19 **多**:推重,赞美。

20 **屯险**:艰险多阻。 **虞**:忧,惊。

21 **施报**:恩怨报答。 **更**:又,交替。 **市**:往还,交换。 **舒**:展露。

22 **值**:或作“殖”。 **将焉如**:谓立足枳棘,无所措步。如,到。

23 **罻**:捕鸟网。 **墟**:丘,山。

24 **庄周悼灵龟**:见前《与阮德如》注。**越搜畏王舆**:《庄子 · 让王》载:越国王子搜因害怕当上国君后被杀而逃跑,被找到后登上君王的车舆而仰天悲呼。

25 **简书**:文书。

26 **亮**:信,确然。 **杨氏叹交衢**:《列子 · 说符》通过邻人因岔路多而找不回羊、三兄弟同时学仁义之道而所得不同、学泅渡之人而溺死大半这三个故事，来说明做事应一心一意，追求根本。

译文

天下悠悠，到处是奔竞之子，
奔走趋谒，摩肩继踵，
只有二位君子飘然不群，
跨越世俗，背道而征，
安贫乐道，寄身蓬庐，
志气高雅，无所钻营。
良辰美景，与君相识，
情怀欢爱，寸心相怜，
循道义而相亲，情谊长存。
因为愚蠢，我自寻灾祸，
三番五次，变故频仍。
豫让曾经匿身桥梁，
聂政曾经毁容易形，
每念及此，让人心怀忐忑，
我原只想苟且自宁。
如今不得已要寄身他乡，
整治车马，不敢居停，
本意朝夕相处，
却只能天各一方。
二位惠赠华章，
情意如兰草芬芳，
恋土思亲，他乡何处诉衷肠，
我怎能不情绪激愤满怀悲伤？

往昔蒙父兄福荫，
从小无劳苦辛勤，
寄身山林，疏懒成性，
只求平生远离变故，
养性安命。
可是我生不逢时，
繁华仅仅一瞬，
坎坷世路，不得不奔趋人间苦旅，
网罗高张，羲皇远去，
拊胸长叹，满心愁绪。
有人要折中处世，
有人说不如随波逐流，
而我禀性难改，难以与世沉浮。
不如翱翔天外，餐风饮露，
抛弃物累，逍遥太和，
在仙山灵岳结友相聚，
拨响琴弦，清歌一曲。
能够如此，
古圣高人又何足钦慕？

细察世事人生，
险恶艰难，令人忧虑，
恩怨相报，前途遍布荆棘，
大道不显，无从安步。
权谋智巧，互相倾夺，
荣名高位，瞬息变故。
鸾凤为逃避网罗，

远走昆仑，托身天路。
庄周悲悼灵龟之死，
越国王子恐惧王舆，
至人存身于己，
返璞归真，冲淡玄虚。
功名何足献身，青史何必留名，
我所思所想确然如此，
然而，多歧路，杨子曾经悲苦。
去吧，只要是心中所志，
道路不一，何必踌躇。

四言诗十一首

原文

淡淡流水，沦胥而逝。[1]
泛泛柏舟，载浮载滞。[2]
微啸清风，鼓楫容裔。[3]
放棹投竿，优游卒岁。[4]

婉彼鸳鸯，戢翼而游。[5]
俯唼绿藻，托身洪流。[6]
朝翔素濑，夕栖灵洲。[7]
摇荡清波，与之沉浮。

流咏兰沚，和声激朗。[8]
操缦清商，游心大象。[9]
倾昧修身，惠音遗响。[10]
钟期不存，我志谁赏。[11]

敛弦散思，游钓九渊。[12]
重流千仞，或饵者悬。[13]
猗与庄老，栖迟永年。[14]
实帷龙化，荡志浩然。[15]

肃肃泠风，分生江湄。[16]
却背华林，俯溯丹坻。[17]
含阳吐英，履霜不衰。[18]
嗟我殊观，百卉俱腓。[19]
心之忧矣，孰识玄机。[20]

猗猗兰蔼，殖彼中原。[21]
绿叶幽茂，丽藻丰繁。
馥馥蕙芳，顺风而宣。[22]
将御椒房，吐薰龙轩。[23]
瞻彼秋草，怅矣惟骞。[24]

泆泆白云，顺风而回。[25]
渊渊绿水，盈坎而颓。[26]
乘流遥迈，息躬兰隈。[27]
杖策答诸，纳之素怀。[28]

长啸清原，惟以告哀。

眇眇翔鸾，舒翼太清。
俯眺紫辰，仰看素庭。
凌蹑玄虚，浮沉无形。
将游区外，啸侣长鸣。
神人不存，谁与独征。[29]

有舟浮覆，绋缅是维。[30]
栝楫松棹，有若龙微。[31]
度津经险，越济不归。[32]
思友长林，抱璞山湄。
守器殉业，不能奋飞。[33]

羽化华岳，超游清霄。
云盖习习，六龙飘飘。[34]
左佩椒桂，右缀兰苕。
凌阳赞路，王子奉轺。[35]
婉娈名山，真人是要。[36]
齐物养生，与道逍遥。[37]

微风轻扇，云气四除。
皎皎朗月，丽于高隅。[38]
兴命公子，携手同车。[39]
龙骥翼翼，扬镳踟蹰。[40]
肃肃宵征，造我友庐。[41]
光灯吐耀，华缦长舒。

鸾觞酌醴，神鼎烹鱼。
弦超子野，叹过緜驹。[42]
流咏太素，俯赞玄虚。[43]
孰克英贤，与尔剖符。[44]

注释

1 **沦胥:**迭相,相率。此处形容流水不断相率而逝貌。

2 **泛泛:**漂浮貌。 **载:**语助词。

3 **容裔:**容与,从容迟缓。

4 **投竿:**垂钓。

5 **婉:**喻其美好。 **戢翼:**敛翅。

6 **嗄(shà):**吮的意思。

7 **濑:**水流沙上。

8 **流咏:**或作“藻汜”。 **兰沚:**有兰草的小洲。

9 **操缦:**调弦听音。《礼记·学记》:“不学操缦,不能安弦。” **清商:**曲名,或曲调名。 **大象:**大道,天地宇宙。《老子》:“执大象,天下往。”

10 **倾昧:**或作“顷昧”。昧,暗昧,蒙昧。《老子》曰“明道若昧”,谓明道者,若暗昧无见。 **惠音:**好音,德音。

11 **钟期不存:**《吕氏春秋》载:伯牙弹琴,志在高山流水,钟子期皆会其意。钟子期死,伯牙破琴绝弦,终身不再弹琴。

12 **九渊:**极深的水潭。贾谊《吊屈原赋》曰“袭九渊之神龙兮”。

13 **或:**又作“惑”。此二句含义十分模糊。

14 **猗与:**嗟叹之辞。 **栖迟:**栖息。

15 **龙化:**《史记·老子韩非列传》载孔子曾谈及老子说:“至于龙,吾不能知其乘风云而上天。吾今日见老子,其犹龙邪!”

16 **泠风:**小风。泠,原作“笭”。 **江湄:**江岸。

17 **华林、丹坻:**喻指美好之处。坻,小渚也。

18 **英:**花。 **履霜:**指寒冬将至。《易经·坤》有“履霜坚冰至”句。

19 **百卉俱腓:**百草枯萎。卉,草。

20 **玄机**:造化之端倪。

21 **猗猗**:美盛貌。 **殖**:生长。

22 **宣**:散发。或解作遍。

23 **御**:用,用于。 **椒房**:后宫,常以椒和泥涂壁,取其温而芬芳。 **薰**:香。 **龙轩**:贵人所乘车驾。

24 **骞**:指花草枯萎败落。

25 **泆泆**:白云飘荡貌。

26 **渊渊**:水深貌。

27 **隈**:山曲处。

28 **素怀**:不染尘浊之怀抱。

29 **神人不存**:本作"神不存",有漏字,今据诗意补。

30 **有舟浮覆**:鲁迅曰"覆,当是误字"。 **绋缅(fúxī)**:绳索。 **维**:维系。

31 **栝(guā)**:桧树,即圆柏。

32 **度津经险**:本作"津经险",有漏字,今据诗意补。

33 **守器**:器与道相对,指具体之物。守器乃喻指拘于一隅。

34 **习习**:喻云之翻卷。 **六龙**:传说中六龙驾太阳车。

35 **凌阳、王子**:不知何所指,当是神人使者之属。 **赞路**:引路。 **轺(yáo)**:车也。

36 **要**:通"邀"。

37 **齐物**:《庄子》有《齐物论》,谓齐物类,一死生,不起分别。

38 **丽**:附丽,挂。

39 **兴命**:发令。

40 **翼翼**:整齐貌。 **镳**:马具。

41 **造**:到。

42 **子野**:师旷,古之乐师。 **叹**:歌也。 **緜驹**:古之善歌者。

43 **太素**:天地的起始。 **玄虚**:自然之谓也。

44 **符**:符信,节符。剖为二体,以资印信。

译文

淡淡流水，簇拥着向前流淌，
水上轻舟，徐徐荡漾，
清风微啸，击桨吟唱，
停棹垂钓，悠悠美好时光。

美丽的鸳鸯，在水中敛翅优游，
俯啄绿藻，随波逐流，
清晨翱翔浅滩，
夜晚栖息沙洲，
摇荡清波，与水沉浮。

在芳洲兰渚上吟唱，
歌声琴声流水声，激越明朗，
弦调清商，心游大象，
倾心蒙昧，
遥远地呼唤地久天长，
破琴绝弦，钟期已去，
高山流水，我志谁赏？

收拾琴弦，思绪漫衍，
垂钓旋流，饵香覆盖千仞深渊，
老庄逍遥天地，游戏天年，
是神龙化生，
纵心任性，志气浩然。

飒飒微风，升起在江边，

掠过树林，吹拂沙洲水面，
美丽的秋花含英吐华，经霜不衰，
我的心中有另一种景观，
那里，百草枯败，
惆怅满怀，
谁知我的忧伤，所从何来。

秋兰丰茂，
生长在肥沃的原野中，
绿叶幽幽，
繁花似锦，
馥郁芬芳，随风播散着幽香阵阵，
它们将置身椒房后宫，
在宝马香车中吐艳含芬，
满地秋草，
枯萎凋残，
让人惆怅满怀。

白云喷涌，随风飘荡，
绿水幽深，越过池岸奔流，
我要乘流远去，
在兰渚芳洲停留，
拄杖上岸，
把大自然纳入清洁的胸杯，
在原野上长啸，
喊出我心中的悲哀。

鸾凤缥缈，
在遥远的天空展翅翱翔，
俯看星辰，仰瞻天庭，
寄身玄妙虚空，
在无形中浮沉，
超然尘世，为呼唤伴侣长鸣，
神人不见，
谁与我远行。

船儿浮在水面，
拴系着粗大的绳索。
以柏为桨，以松作棹，
精雕细镂，惟妙惟肖，
渡津历险，跋涉不归，
渴望与长林为友，
与山野同具朴素的怀抱。
可是，谨守有形的器具，
殉身有限的事业，
无法逍遥。

羽化登仙于华岳之上，
超然游荡于方外清霄，
白云翻卷，六龙缥缈，
左佩芬芳的椒桂，
右带美丽的兰苕，
凌阳为我引路，
王子为我驾车奉轺，

在婉如丽人的名山游历，
邀请仙友真人同道，
齐同万物，不起分别，
修性养生，与大道逍遥。

微风轻拂，天上没有云霞，
皎皎明月，挂在天涯，
召命公子，携手同登车马，
车马整齐，威武雄壮，
踏着月光前往，
造访朋友于碧月清霄下。
灯烛放射耀眼的光华，
帷帐高张，
杯中斟满美酒，
神鼎烹鱼，飘溢着芳香，
琴声比师旷的更美妙，
吟唱比緜驹的更悠扬洪亮，
颂赞万物之母，
把永恒的玄虚歌唱，
谁是真正的英贤，
我与他剖符相交，地久天长。

五言诗三首

原文

人生譬朝露，世变多百罗。
苟必有终极，彭聃不足多。[1]
仁义浇淳朴，前识丧道华。[2]
留弱丧自然，天真难可和。[3]
郢人审匠石，钟子识伯牙。[4]
真人不屡存，高唱谁当和。[5]

修夜寂无为，独步光庭侧。[6]
仰首看天衢，流光曜八极。[7]
抚心悼季世，遥念大道逼。[8]
飘飘当路士，悠悠进自棘。[9]
得失自己求，荣辱相蚕食。
朱紫杂玄黄，太素贵无色。[10]
渊淡体至道，色化同消息。[11]

俗人不可亲，松乔是可邻。[12]
何为秽浊间，动摇增垢尘。
慷慨之远游，整驾俟良辰。[13]
轻举翔区外，濯翼扶桑津。[14]

徘徊戏灵岳，弹琴咏太真。[15]
沧水澡五藏，变化忽若神。[16]
姮娥进妙药，毛羽翕光新。[17]
一纵发开阳，俯视当路人。[18]
哀哉世间人，何足久托身。

注释

1 **终极:**结束,消亡。 **彭聃:**彭祖、老聃,传为长寿者。 **多:**推重,赞赏。

2 **浇:**浇薄,不淳厚。《淮南子·齐俗训》:"浇天下之淳,析天下之朴。"《庄子》亦有类似的表达。 **前识:**先识,先见之明。《老子》:"前识者,道之华而愚之始。"

3 **留弱:**停留在少年阶段。弱,《礼记》:"二十曰弱,冠。" **和:**混杂、混淆。

4 **郢人、匠石:**典出《庄子》,比喻必须有恰当的对手方可展示自己的才能志向,如匠石之于郢人。钟子期与伯牙亦同。见前《赠兄秀才入军》注。

5 **屡:**常。

6 **寂:**本作"家"。

7 **天衢:**天上的街衢通道。 **曜:**照耀。

8 **季世:**末世。 **逼:**窄,不通。

9 **当路士:**当权者,妨碍大道的俗人。 **棘:**通"急"。

10 **杂:**本作"虽"。 **太素:**最高的素朴,天地的终极景象。

11 **色:**鲁迅认为此字当为误字。 **消息:**盈亏消息,即消长变化。

12 **松乔:**仙人赤松子、王子乔。见前《赠兄秀才入军》注。

13 **俟:**等待。

14 **轻举:**如神仙般飞升。 **扶桑:**神话中的树名。传说日出于扶桑之下。《山海经·海外东经》:"汤谷上有扶桑,十日所浴。"

15 **太真:**即太素,宇宙初始元气的浩茫之象。

16 **沧水:**清水。

17 **姮娥:**嫦娥,后羿之妻。《淮南子·览冥训》:"羿请不死之药于西王母,姮娥窃以奔月。”**翕**(xī):羽毛光鲜貌。

18 **一纵发开阳**:指羽化登仙后形神俱济、不可限定。纵,发矢,射箭。开阳,星座名。

译文

人生如朝露,
时世多变,处处是网罗,
如果终不免于生死大限,
彭祖、老聃又何足仰慕。
仁义创立,纯朴从此浇薄,
前识远见,使大道从此阻隔。
驻守青春,不复自然,
天然纯真,难以附和。
只有郢人是匠石的对手,
只有钟子懂得伯牙的寄托。
知音不再,真人并非常有,
高山流水,谁能咏和?

长夜寂寞,
我在庭院中独自徘徊,
仰望天庭,星月交辉,
伤心末世,大道隔阻,
思绪悠悠,凄怆满怀。
飘飘然到处是奔竞之子,
追逐尘世的福利唯恐不及,
进退得失,自寻烦恼,
成败荣辱,如影相随。

朱紫玄黄，五彩缤纷，
太素无色才是天地的至真原本，
在淡泊如水中体察大道之境，
与造化相始终。

芸芸众生不可亲近，
赤松王乔方可引以为邻，
何必沉溺污浊的尘世，
动辄得咎，怨诽丛生。
我将慨然远游，抛却烦忧，
整装待发，等候吉日良辰。
翱翔天地之外，
浴身扶桑汤谷之津，
在灵岳仙山上嬉戏，
弹琴咏唱生命之母——浑朴太真，
用清水荡涤五脏六腑，
与万物同化，如同神明。
嫦娥献给我不死灵药，
羽化登仙，焕然一新，
箭发北斗，力量无穷，
居高临下，俯看芸芸众生。
可悲啊，人间浊世，
有什么可以托身久远。

六言诗十首

原文

惟上古尧舜：
二人功德齐均，不以天下私亲。
高尚简朴慈顺，宁济四海蒸民。[1]

唐虞世道治：
万国穆亲无事，贤愚各自得志。[2]
晏然逸豫内忘，佳哉尔时可喜。[3]

智慧用何为[4]：
法令滋章寇生，纷然相召不停。[5]
大人玄寂无声，镇之以静自正。

名与身孰亲[6]：
哀哉世俗殉荣，驰骛竭力丧精。[7]
得失相纷忧惊，自是勤苦不宁。

生生厚招咎[8]：
金玉满堂莫守，古人安此粗丑。[9]
独以道德为友，故能延期不朽。[10]

名行显患滋[11]：
位高势重祸基，美色伐性不疑。[12]
厚味腊毒难治，如何贪人不思。[13]

东方朔至清[14]：
外似贪污内贞，秽身滑稽隐名。[15]
不为世累所撄，所以知足无营。[16]

楚子文善仕[17]：
三为令尹不喜，柳下降身蒙耻。[18]
不以爵禄为己，靖恭古惟二子。[19]

老莱妻贤明[20]：
不愿夫子相荆，相将避禄隐耕。[21]
乐道闲居采萍，终厉高节不倾。

嗟古贤原宪[22]：
弃背膏粱朱颜，乐此屡空饥寒。
形陋体逸心宽，得志一世无患。

注释

1 《六言诗十首》每首五句，有人将第一句置为标题。 **惟：**既可作发语词，也可作只有解。 **蒸民：**亦作"烝民"，即民众。

2 **穆亲：**即"穆清"，喻天下清平。

3 **晏然：**安然，平安自得貌。 **逸豫：**安乐。 **内忘：**忘怀。 **尔时：**那时，指唐虞之世。

4 **用何为：**本作"用有为"。

5 **滋章：**森严酷烈。《老子》："法令滋章，盗贼多有。" **相召：**互相感召、感发。

此指法令越多盗寇越猖獗。

6 **名与身孰亲:**语出《老子》:"名与身孰亲?身与货孰多?得与亡孰病?"

7 **殉荣:**殉名,不顾生命求取荣名。 **驰骛:**奔驰追逐。

8 **生生厚:**指奉养过度。《老子》:"人之生,动之死地亦十有三,夫何故,以其生生之厚。" **咎:**灾祸。

9 **粗丑:**粗糙丑陋,指本来面目。

10 **延期:**延年益寿。

11 **名行显:**名行昭彰。 **患滋:**患难增多。

12 **伐性:**戕伐性命。

13 **腊**(xī)**:**极也。 **厚味:**味厚,味美。

14 **东方朔:**西汉文学家,性格恢谐,言辞敏捷,《汉书》有传。

15 **污:**秽恶。

16 **营:**营求,经营。

17 **楚子文:**令尹子文,楚大夫。《论语·公冶长》:"令尹子文,三仕为令尹,无喜色,三已之,无愠色。"

18 **柳下降身蒙耻:**指柳下惠在鲁国王室衰败时,因不事逢迎,三次被黜官。

19 **靖恭:**或作"静恭"。谓恪守本分,恭于职守。

20 **老莱妻贤明:**《列女传》载:老莱子欲弃隐仕楚,其妻言受人官禄,为人所制,妻不欲受制,遂至江南。老莱子追随其妻而去。

21 **荆:**指楚国。 **相将:**相从,相偕。

22 **原宪:**《史记·仲尼弟子列传》载:孔子去世后,原宪隐居陋巷。子贡前来看望,原宪衣冠破旧。子贡问:"夫子岂病乎?"原宪答:"吾闻之:无财者谓之贫,学道而不能行者谓之病。若宪,贫也,非病也。"

译文

上古尧舜:

尧舜二人功德同样彪炳,

不把天下传给自己的子孙,

崇尚简朴,慈爱和顺,

一生拯救四海生民。

唐虞治世：
万国和睦，天下安宁，
各得其志，贤愚各守本分，
怡然而乐，泽然相忘，
世道嘉善，美景良辰。

智慧何为：
法令繁多，盗寇从生，
法令与盗寇，互相促发，纷纷繁衍，
至圣真人，玄寂无为，
镇守虚静，天下归于自然。

名与身孰亲：
可怜世俗之士，殉身虚荣，
为此奔走驱驰，精疲力尽，
得失荣辱，纷然并生，乍喜乍惊，
劳心苦形，不得安宁。

厚生招咎：
金玉满堂，无人可以守护，
古圣先贤，安于简陋纯朴，
只以天道地德为友，
所以延年益寿，永垂不朽。

名行昭彰多患难：

位高权重，是灾难之由，
美色伤生伐性，绝无善果，
美味佳肴，贻害无穷，
贪婪的人为何不思忖？

东方朔至清：
外表马虎内心贞定，
玩世不恭秽身隐名，
不为世俗之累束缚，
知足常乐无所用心。

楚子文善仕：
子文三作令尹三次去职不喜不惊，
柳下惠屡遭罢黜降身辱志不改初衷，
无意官爵无心禄位，
古往今来只有他们如此靖恭从容。

老莱妻贤明：
不愿丈夫辅佐楚王，
与丈夫一起避禄隐耕远走他乡，
安贫乐道，闲居采萍，
高风亮节，守志不降。

古贤原宪：
抛弃膏粱富贵，
乐于贫穷饥寒，
外表简陋，体态安逸，心地宽阔，

自得其志，终身无患无忧。

思亲诗一首

原文

奈何愁兮愁无聊，恒恻恻兮心若抽。[1]
愁奈何兮悲思多，情郁结兮不可化。
奄失恃兮孤茕茕，内自悼兮啼失声。[2]
思报德兮邈已绝，感鞠育兮情剥裂。[3]
嗟母兄兮永潜藏，想形容兮内摧伤。[4]
感阳春兮思慈亲，欲一见兮路无因。
望南山兮发哀叹，感几杖兮涕汍澜。[5]
念畴昔兮母兄在，心逸豫兮轻四海。[6]
忽已逝兮不可追，心穷约兮但有悲。[7]
上空堂兮廓无依，睹遗物兮心崩摧。[8]
中夜悲兮当谁告，独抆泪兮抱哀戚。[9]
亲日远兮思日深，念所生兮泪流襟。
慈母没兮谁予骄，顾自怜兮心忉忉。[10]
诉苍天兮天不闻，泪如雨兮叹成云。
欲弃忧兮寻复来，痛殷殷兮不可裁。[11]

注释

1 **无聊**:无着无落，没有依托。 **恒**:总，常。 **恻恻**:悲伤、感念。 **抽**:收缩、痉挛，牵动。

2 **奄:**突然。 **茕茕**(qióngqióng)**:**孤独貌。

3 **鞠育:**抚育。

4 **母兄:**母亲和兄长,嵇康父早故,由母、兄抚育成人,此言母、兄皆逝,证明嵇康除嵇喜外另有一兄长,年龄比嵇康大出很多。 **永潜藏:**喻不可再得相见,长逝也。

5 **南山:**喻高寿。母、兄虽未得高寿,但仍以"南山"指代,表尊敬。 **几杖:**或作"机杖"。《礼记》:"谋于长者,必操几杖以从之。" **汍澜:**流泪貌。

6 **逸豫:**游乐,安乐。

7 **穷约:**空漠荒凉。

8 **廓:**空。

9 **抆:**擦。

10 **忉忉:**忧思貌。

11 **寻:**不久,旋即。 **殷殷:**伤痛貌。 **裁:**节制。

译文

禁不住满腹忧愁,
凄恻感怀,心中如绞,
无可奈何,万斛忧思,
悲痛郁结,无从消释。
形只影单,突然失去了依靠,
内心伤悼,失声号啕,
感恩报德,已然阴阳阻隔,
养育之恩,何以为报?
叹母兄长逝,永离人间,
音容犹在,摧肝裂胆,
阳春三月,慈母何在,
欲见无路,人天两途。
遥望南山,无限哀叹,

触景怆然，涕泗阑干。
想当初母兄犹在，
优游八方，心轻四海，
遽然辞世，无可挽回，
心中落寞，只有悲哀。
走上旧居空堂，人去楼空，
目睹遗物，魂悸魄动，
忧愁万斛，半夜谁能倾诉，
怀抱哀戚，泪眼模糊。
亲人日远，怀念日深，
回想生养之德，泪满衣襟，
慈母永逝，谁人再让我恃宠骄纵，
顾影自怜，忧心耿耿。
投诉苍天，苍天不闻不问，
泪如雨下，歔欷成云。
欲弃忧愁，忧愁已入梦魂，
哀伤痛心，殷殷难禁。

幽愤诗一首

原文

嗟余薄祜，少遭不造。[1]
哀茕靡识，越在襁褓。[2]
母兄鞠育，有慈无威。

恃爱肆姐，不训不师。[3]
爰及冠带，冯宠自放。[4]
抗心希古，任其所尚。[5]
托好老庄，贱物贵身。
志在守朴，养素全真。[6]
曰余不敏，好善暗人。[7]
子玉之败，屡增惟尘。[8]
大人含弘，藏垢怀耻。[9]
民之多僻，政不由己。[10]
惟此褊心，显明臧否。[11]
感悟思愆，怛若创痏。[12]
欲寡其过，谤议沸腾。[13]
性不伤物，频致怨憎。
昔惭柳下，今愧孙登。[14]
内负宿心，外恧良朋。[15]
仰慕严郑，乐道闲居。[16]
与世无营，神气晏如。[17]
咨余不淑，婴累多虞。[18]
匪降自天，实由顽疏。[19]
理蔽患结，卒致囹圄。[20]
对答鄙讯，絷此幽阻。[21]
实耻讼冤，时不我与。[22]
虽曰义直，神辱志沮。[23]
澡身沧浪，岂云能补。[24]
嗈嗈鸣雁，奋翼北游。
顺时而动，得意忘忧。
嗟我愤叹，曾莫能俦。[25]

事与愿违，遘兹淹留。[26]
穷达有命，亦又何求。
古人有言，善莫近名。[27]
奉时恭默，咎悔不生。[28]
万石周慎，安亲保荣。[29]
世务纷纭，只搅予情。[30]
安乐必诫，乃终利贞。[31]
煌煌灵芝，一年三秀。[32]
予独何为，有志不就。[33]
惩难思服，心焉内疚。[34]
庶勖将来，无声无臭。[35]
采薇山阿，散发岩岫。[36]
永啸长吟，颐性养寿。

注释

1 **薄祜:**福薄。祜,福。 **不造:**不幸。

2 **茕**(qióng) **:**孤独无依。 **越:**远。 **襁褓:**喻幼小。

3 **姐:**通“怚”,骄傲。

4 **爰及:**及至,待到。 **冠带:**指成人,成年。 **冯:**凭,恃。 **自放:**自我放任。

5 **抗心:**同“亢心”,高亢之心性志趣。 **希古:**企慕古远。

6 **全:**保全。

7 **暗人:**暗于知人,不善知人。

8 **子玉:**春秋时楚将,性暴烈、狂妄,因子文之举荐而将兵,卒败于晋。 **惟尘:**尘垢,喻指怨诽、谗谤。惟,通“维”,语助词。

9 **含弘:**包含广大,此处指藏垢含污。 **怀:**藏也。

10 **民:**人。 **僻:**邪僻。

11 **褊心:**同“惼心”,心胸狭窄,是非分明且固执。此处是自况。 **臧否:**即善恶褒贬。

12 **愆：**过失。 **怛：**痛。 **创：**创伤。 **痏**(wěi)**：**疮伤。

13 **寡：**少，减少。 **沸腾：**喻谤议之势盛。

14 **柳下：**柳下惠，古贤人，不以得失荣辱改其初衷。 **孙登：**隐者，曾与嵇康交往，认为嵇康才多识寡，难全命于当世。

15 **负：**背，违。 **宿心：**素愿，本心。 **恧：**惭愧。

16 **严郑：**指严君平、郑子真。二人皆西汉末年隐士。

17 **营：**营求。 **晏如：**恬淡自得。

18 **咨：**嗟叹。 **淑：**清澄，贤明。 **婴：**缠绕，系。

19 **匪：**非。 **顽疏：**疏顽，粗疏冥顽。

20 **理蔽：**不明事理。 **卒：**终于。 **囹圄：**牢狱。

21 **鄙讯：**狱吏的讯问。 **絷：**拘系。 **幽阻：**阻隔，与亲友不通。

22 **讼冤：**为自己申辩冤屈。

23 **沮：**坏，乱。

24 **澡：**洗浴，清洁。**沧浪：**《孟子》引《孺子歌》："沧浪之水清兮，可以濯我缨；沧浪之水浊兮，可以濯我足。"

25 **俦：**伴侣，知音。

26 **遘：**遭遇。 **淹留：**囚絷。

27 **善莫近名：**《庄子·养生主》："为善无近名，为恶无近刑。"

28 **奉时：**顺时。

29 **万石：**《史记·万石张叔列传》载：西汉人石奋，恭谨笃行，自身与其四子皆官至二千石，故号为万石君。

30 **只：**但，适。 **搅：**乱。

31 **利贞：**《易经》爻辞中经常出现的词，意为结果良善美好。

32 **秀：**开花。

33 **就：**成。

34 **惩难：**惩于灾难。嵇康惩于牢狱之难，故而"思服"。 **思服：**或作"思复"，即思想回复初服之时。

35 **庶：**庶几，表希冀。 **勖**(xù)**：**勉，有助于。 **臭：**气味。

36 **采薇山阿：**古之伯夷、叔齐耻食周粟，隐首阳山，采薇而食。 **阿：**山之曲隅。**散发**:抽簪散发,不入世而栖身江湖山泽之谓。

译文

叹我命薄福浅,
少小便遭不幸,先君弃世,
悲哀孤单,尚且身处幼时,
不明所以,懵懂无知。
从此,靠母亲和兄长抚育,
只有慈爱,没有威逼管束,
恃宠骄纵,无师无训。
及至成人,更加放任,
心性高傲,向慕先贤古圣,
任心随意,崇尚老庄飘渺之思、高亢之行,
轻视外物,珍惜性命,
志在保守质朴,
修养保全本真。
自知愚钝不敏,
心存善良,蒙昧不能识人,
往来结交,多有不慎,
惹出满身尘垢,怨诽纷纭。
大人君子,气度宽宏,
可以藏垢纳污,善加容忍,
可是人多邪僻恶行,
我却不能危行言逊,
心胸狭窄,性情刚愎,
喜欢善恶有别、是非分明。
如今感悟,反思自己的过失,

内心痛苦，如同创伤难忍。
本要减少错误，
诽谤中伤丛生，
自以为与世无争，
怨怼憎恨总是不免。
抱愧古之柳下，
无颜再见今之孙登，
内有违宿心素愿，
外有负知己良朋。
仰慕君平、子真，
安贫乐道，闲居野处，
与世无干，恬淡平安。
可叹我不清不明，
多灾多难，惹火烧身。
并非天意如此，
而是我粗疏不慎、冥顽不灵，
事理不明，终至忧患缠身。
身陷牢狱，回答狱吏的讯问，
拘系阻隔，亲友不通音讯。
我实在耻于为自己申辩，
可是时不我与，生不逢辰。
虽说心怀道义，
如今神辱志沮，心绪不宁。
即使浴身沧浪，
怎能洗尽屈辱，弥补初衷。
大雁飞过，嗈嗈鸣叫，
鼓动翅膀，奋力北游，

顺时翱翔，得意忘忧。
叹我愤懑欷歔，
无人知音，独立无俦，
事与愿违，受此监囚。
穷达原本有命，
如今我更何求。
古人说：善莫近名，
最好安分守己、沉默谦恭，
才能悔咎不生。
石奋曾经周到谨慎，安亲保身，
世事纷纭，搅我寸心，
只有置身安乐，持身慎重，
朝乾夕惕，方可元亨利贞。
灵芝煌煌，寄身山野，
一岁之荣，吐葩含芳。
我沉溺世俗，所为何事，
空有素愿，却成幻想，
惩于患难，迷途思返，
已是心中流血、满身创伤。
但愿能寄望将来，
无声无臭，不计虚荣时尚，
采薇自食于荒野，
散发栖身于岩穴，
长啸歌吟，任情适性，
修身养德，颐养天年。

文

琴　赋

原文

余少好音声[1]，长而玩之，以为物有盛衰，而此无变，滋味有厌，而此不倦，可以导养神气，宣和情志。处穷独而不闷者，莫近于音声也。

是故，复之而不足[2]，则吟咏以肆志[3]，吟咏之不足，则寄言以广意。

然八音之器[4]，歌舞之象，历世才士并为之赋颂，其体制风流[5]，莫不相袭[6]：称其材干，则以危苦为上；[7]赋其声音，则以悲哀为主；美其感化，则以垂涕为贵。

丽则丽矣，然未尽其理也。

推其所由，似元[8]不

译文

我从小爱好音乐，长大后一直研习玩味，认为万物有盛衰荣败，但音乐不会有这种改变，美味有让人腻厌的时候，但音乐不会使人厌倦，音乐可以导引精神，调和元气，宣泄情感。使人处于困顿孤独的环境中而不觉得苦闷，没有比音乐更可取的了。

因此，我总是反复演奏，犹有不足，就用歌唱抒发心志，吟咏歌唱还不满足，就用语言诗文表达我的思想。

然而，各种乐器和歌舞，历代文人才士都为它们写诗作赋，诗赋的体裁风格，无不陈陈因袭：称赞乐器的质料，就认为生产于危苦之境的最好；描述声音，就以悲哀为主导；称颂其感化之效的，就以能够感人落泪为最可贵。

文采足够华丽，但并没有写尽其中的全部奥秘。

追究其中的缘由，似乎是他们原本就不懂得音乐；察看文章的旨趣，也谈不上洞解音声；览其旨趣，亦未达礼乐之情[9]也。

众器之中，琴德[10]最优，故缀叙所怀，以为之赋，其辞曰——

悉了礼乐的实情。

所有的乐器中，琴的性能最为优秀，因此我愿意把自己的感想表述出来，作此琴赋，赋文如下——

注释

1 **音声**：音乐。

2 **复**：反复玩味研习。 **不足**：不满足。指不能满足情性之需。

3 **肆志**：抒发心志。

4 **八音之器**：指金（钟、铃）、石（磬）、丝（琴、瑟）、竹（箫、管）、匏（笙、竽）、土（埙）、革（鼓）、木（柷、敔）八类乐器，代指各种乐器。

5 **体制风流**：体裁结构风韵。

6 **袭**：承袭，因袭。

7 **材干**：材料，主干。 **危苦**：经苦历危，喻其身处险峻。

8 **元**：原本。

9 **情**：实情，真实。

10 **德**：赋性、德性。

原文

惟椅[1]梧之所生兮，
托峻岳之崇冈。
披重壤以诞载兮，
参辰极而高骧。[2]
含天地之醇和兮，
吸日月之休光。[3]
郁纷纭以独茂兮，
飞英蕤于昊苍[4]。
夕纳景于虞渊兮，

译文

梧桐长在崇山峻岭之上，
冲破层层土石，挺拔茁壮，
参北极，向穹苍，
含天地淳和之气，
吮日月灿烂之光。
郁郁葱葱，繁茂无双，
落花飞絮，舞蹈奔放，
夕阳下，树影投入深渊，
早晨沐浴太阳的万丈光芒。

旦晞干于九阳。[5]
经千载以待价兮，
寂神跱而永康。[6]
且其山川形势，
则盘纡隐深，崔嵬岑岩，
玄岭巉岩，岞崿岖崟，
丹崖崄巇，青壁万寻。[7]
若乃重巘增起，
偃蹇云覆。[8]
邈隆崇以极壮，
崛巍巍而特秀。[9]
蒸灵液以播云，
据神渊而吐溜[10]。
尔乃颠波奔突，
狂赴争流，
触岩抵隈，郁怒彪休，
汹涌腾薄，奋沫扬涛，
瀄汩澎湃，蟺蟺相纠。[11]
放肆大川，济乎中州，
安回徐迈，寂尔长浮，
澹乎洋洋，萦抱山丘。

千年万载，
它在期待慧眼的鉴赏，
巍然屹立，神情寂静安详。
梧桐所处的山谷河流，
回环曲折，幽僻深邃，
山岭相连，崖岩崔嵬，
红色的山崖嶒崚险峻，
青色的峭壁高达万仞。
重峦叠嶂，巍峨耸立，
云雾笼罩，壮丽无比，
奇峰独秀，岿然突起。
水气蒸腾，行云播雨，
怀抱深渊，吞吐流泉。
于是水波奔突，狂涛争流，
冲决岩石，怒不可遏，
汹涌澎湃，扬涛奋沫，
浩浩荡荡，盘旋萦绕。
汇入大江，狂放不羁，
到达中原，徐徐蜿蜒，
无声无息，缓缓长流，
洋洋远去，萦抱山丘。

注释

1 **椅(yī)：**即山桐子。

2 **披：**冲破。 **诞载：**出生，萌生。 **参辰极：**参北极，向着高天苍穹。 **骧：**上举。

3 **醇和：**天地淳和之气。 **休光：**和煦灿烂之光辉。

4 **英蕤：**花。 **昊苍：**苍天。

5 **纳景：**纳影，藏纳身影。 **虞渊：**传说中日落之处。 **晞：**晒。 **九阳：**日出处。

6 **待价:**等待知音。 **跱:**同“峙”,屹立。

7 **崔嵬:**高峻貌。 **岑岩:**险峻的山岩。 **玄岭:**或作“互岭”。联系下文的“丹崖”“青壁”,作“玄岭”为是。玄,黑色。**巉:**嶒崚险峻。 **岞崿**(zuò'è):深险貌。 **岖崟**(yín):险峻貌。 **崄巇**(xiǎnxī):险要高峻貌。

8 **巘**(yǎn):山峰。 **增:**通“层”,重叠。 **偃蹇:**高耸貌。

9 **邈:**远。 **隆崇:**高耸。 **崛:**崛起,突起。

10 **溜**(liù):水流。

11 **抵:**冲撞。 **彪休:**怒貌。 **薄:**逼近,逼迫,谓波浪互相冲激。 **瀄汩**(zhìyù):水流冲击声。 **蛩蟺:**即蜿蟺,本指蚯蚓,喻水流屈曲盘旋。

原文

详观其区土之所产毓[1],
奥宇[2]之所宝殖,
珍怪琅玕[3],瑶瑾翕赩[4],
丛集累积,奂衍[5]于其侧。
若乃春兰被其东,
沙棠殖其西,涓子宅其阳[6],
玉醴[7]涌其前,
玄云荫其上,翔鸾集其巅,
清露润其肤,惠风流其间,
竦肃肃[8]以静谧,
密微微[9]其清闲。
夫所以经营其左右者,
固以自然神丽,
而足思愿爱乐矣。

译文

梧桐所在,汇聚天下珍宝,
珍奇怪异的琅玕,
五彩闪烁的美玉,
聚集累积,布满梧桐周围。
春兰在东,
沙棠在西,涓子居南,
甘泉凛冽,喷涌在前,
天上祥云覆盖,树顶鸾凤栖息,
清露滋润它的肌肤,
和风在它的身边吹拂,
肃穆笔立,幽密清闲,
优游生活于此,
因为大自然天生神丽,
足以欣然爱慕,流连忘返。

注释

1 **区土:**区域。 **毓:**同“育”。

2 **奥宇:**亦指区域之内。

3 **琅玕**(lánggān)**:**貌似玉的石头。

4 **瑶瑾:**美玉。 **翕赩**(xīxì)**:**光色灿烂貌。

5 **奂衍:**广布。

6 **涓子:**仙人名,传说能呼风唤雨。 **宅:**居住。 **阳:**山南水北谓之阳。

7 **玉醴:**甘泉。

8 **竦肃肃:**耸立肃穆。

9 **密微微:**幽静貌。

原文

于是遁世之士,
荣期绮季之俦[1],
乃相与登飞梁,
越幽壑,援琼枝,
陟峻崿,以游乎其下。
周旋永望,
邈若凌飞,
邪睨昆仑,俯阚海湄。[2]
指苍梧之迢递[3],
临回江之威夷[4]。
悟时俗之多累,
仰箕山[5]之余辉。
羡斯岳之弘敞,
心康恺[6]以忘归。
情舒放而远览,
接轩辕[7]之遗音。
慕老童于騩隅,
钦泰容之高吟。[8]

译文

于是避世隐居之士,
荣期、绮季之流,
接踵而来,登上天桥,
渡越深谷,攀缘玉树琼枝,
登临悬崖峭壁,游赏梧桐树下。
环顾四周,极目远望,
飘飘然如同凌空飞翔,
斜看昆仑,俯视沧海,
指认遥远的苍梧,
面对曲折的大江,
省悟时尚世俗的牵累,
景仰箕山许由,
羡慕此山雄伟广阔,
心中怀着喜悦,乐而忘返。
胸怀舒放,纵观古往,
黄帝的琴声仿佛就在耳旁。
仰慕騩山的老童,钦敬泰容高唱。
无穷遐想,渴望用琴声托诉衷肠。

原文	译文
顾兹梧[9]而兴虑，	于是砍下梧桐上的嫩枝，
思假物以托心。	修削衡量，
乃斫孙枝，准量所任，	得道的人抒发情思，
至人摅思，制为雅琴。[10]	制作雅琴表达向往。

注释

1 **荣期：**荣启期，春秋时隐士。《列子·天瑞》载：孔子游泰山，见荣启期鼓琴而歌，孔子问："先生所以乐，何也？"答曰："吾乐甚多，天生万物，唯人为贵，而吾得为人，是一乐也。男女之别，男尊女卑，故以男为贵，吾既得为男矣，是二乐也。人生有不见日月、不免襁褓者，吾既已行年九十矣，是三乐也。贫者士之常也，死者人之终也，处常得终，当何忧哉？"**绮季：**绮里季，秦时隐士，与东园公、夏黄公、甪里先生同避世入商洛深山，称为"商山四皓"。

2 **周旋：**徘徊。 **凌飞：**凌空飞翔。 **阚：**瞰，望。

3 **苍梧：**《山海经·海内经》载："南方苍梧之丘，苍梧之渊，其中有九嶷山，舜之所葬，在长沙零陵界中。" **迢递：**遥远。

4 **回江：**江流曲折。 **威夷：**曲折迂回。

5 **箕山：**许由不受尧所让的天下而隐居箕山。

6 **康恺：**原作"慷慨"，快乐、激动、兴奋。

7 **轩辕：**黄帝。黄帝使伶伦入山谷截竹调律，始创乐律。

8 **老童：**传说为古帝颛顼之子，声如洪钟，居于騩山。 **泰容：**传说乃黄帝的乐师。

9 **兹梧：**此梧。

10 **孙枝：**梧桐树上嫩枝。 **准量所任：**衡量所需尺寸。 **摅：**抒发。

原文	译文
乃使离子督墨，	请离子掌握规矩墨线，
匠石奋斤。[1]	让匠石挥斧运斤。

夔襄荐法，	请夔和师襄进献诀窍，
般倕骋神。[2]	让鲁班工倕施展技巧。
锼会裛厕[3]，朗密调均。	雕刻镌镂，天衣无缝，疏密适中。
华绘雕琢，布藻垂文。	绘彩图形，装饰花纹。
错以犀象，	交错镶嵌犀角和象牙，
籍[4]以翠绿。	用翡翠碧玉装饰琴体，
弦以园客之丝，	用仙人园客的蚕丝做成琴弦，
徽以钟山之玉。[5]	用钟山美玉做成琴徽。
爰有龙凤之象，古人之形。	有龙凤的图案，古人的身形。
伯牙挥手，钟期听声，	请伯牙弹奏，请子期听音，
华容灼爚[6]，发采扬明，	光彩可鉴，灿烂鲜明，
何其丽也。	何其美丽动人。
伶伦比律，	请伶伦校定音律，
田连操张，	请田连亲自抚琴，
进御君子，新声嘹亮，	呈献雅人君子，新曲嘹亮，
何其伟也。[7]	何其宏伟壮观。

注释

1 **离子**：又称离娄、离朱，传说乃黄帝时人，目力极强，能于百步之外见秋毫之末。 **匠石**：善斫者，事见《庄子》。 **斤**：斧。

2 **夔**：《列子·黄帝》载："尧使夔典乐，击石拊石，百兽率舞，箫韶九成，凤皇来仪，此以声致禽兽者也。" **襄**：师襄子，春秋时卫国乐官，孔子曾从其学琴。**般**：鲁班，春秋时鲁国巧匠，又称鲁般、公输般。 **倕**：传为尧时巧工。

3 **锼**：雕刻。 **会**：合缝处。 **裛**(yì)：缠裹。 **厕**：间隙，或解作侧。

4 **籍**：或作"藉"。铺垫。

5 **园客**：仙人。《列仙传》载：园客常种五色香草，数十年食草籽，一天有五色神蛾停在香树顶，园客把蛾放在布上，蛾生桑蚕。夜有女子前来，自称嫁与园客，二人共同养蚕，蚕结茧如瓮，缫丝结束后，二人一同离开，不知所踪。 **徽：**琴徽。 **钟山：**仙山，即昆仑。

6 **灼爚：**光彩明亮的样子。

7 **伶伦：**传说乃黄帝的乐官，黄帝命创乐律。 **田连：**春秋时琴师。 **进御：**进献。

原文

及其初调，
则角羽[1]俱起，
宫徵相证，参发并趣[2]，
上下累应，踸踔磥硌[3]，
美声将兴，
固以和昶[4]而足耽矣。
尔乃理正声，奏妙曲。
扬《白雪》，发《清角》。[5]
纷淋浪以流离，
奂淫衍而优渥。[6]
粲奕奕而高逝，
驰岌岌以相属。[7]
沛腾遌而竞趣，
翕韡晔而繁缛。[8]
状若崇山，又象流波。
浩兮汤汤，郁兮峨峨。[9]
怫悁烦冤，纡余婆娑。[10]
陵纵播逸，霍濩纷葩。[11]
检容授节[12]，应变合度。
兢名擅业，安轨徐步。[13]

译文

开始调弦试音，角、羽二音同时兴起，
宫、徵二音互相验证，
弦声与和声同时并行，
上下呼应，音声浩渺，变化无穷，
美妙的乐曲将更加动听，
和畅的音响足以令人沉浸其中。
于是演奏正声妙曲，
《白雪》飞扬，《清角》嘹亮。
如春雨潇潇，飘摇婉转，
如春潮泛滥，淋漓酣畅。
光彩四溢，在天际回荡，
奔驰缥缈，连绵不断。
跳跃竞发，华丽丰沛。
像高山，像流水，
巍峨雄壮，浩浩荡荡。
有时郁积不散，曲折盘旋，
有时激越奔腾，如流水繁花。
检点琴仪，琴声再起，
一节一拍，变化有度，
音乐小心翼翼，如芳径闲步，

原文	译文
洋洋习习，声烈遐布。[14]	突然音声大作，激越的乐曲传播遐迩。
含显媚以送终，	明媚的旋律贯穿始终，
流余响乎泰素。[15]	流响余韵袅袅不绝，回旋在太空。

注释

1 **角羽：**古代乐律为五音：宫、商、角、徵、羽。

2 **趣：**趋。

3 **踸踔**(chěnchuō)**：**变化无常。 **磥硌**(lěiluò)**：**宏大、壮大貌。

4 **和昶：**和畅。

5 **《白雪》：**古乐曲名，传为师旷所作。**《清角》：**古乐曲名，传为黄帝所作。

6 **淋浪：**水滴不息，喻琴声连续不断。 **流离：**淋漓。 **奂：**盛。 **淫衍：**泛滥。 **优渥：**优厚繁复。

7 **奕奕：**光彩闪烁。 **岌岌：**高远，或解作急速。 **属**(zhǔ)**：**相连。

8 **沛：**丰沛。 **遌：**触接，冲撞。 **韡晔**(wěiyè)**：**光彩美盛。 **缛：**繁多。

9 **汤汤**(shāngshāng)**：**水势浩大。 **郁：**丛聚。

10 **怫愲**(fèiwèi)**：**不安，喻音乐郁积不散。 **烦冤：**回旋往复。 **纡余婆娑：**曲折盘旋。

11 **陵纵：**激越奔腾。 **霍濩：**波浪声。 **纷葩：**繁盛。

12 **检容授节：**检点琴弦，端正琴仪，便成音节。

13 **兢名擅业：**喻小心谨慎为之。 **安轨：**循顺规则。

14 **洋洋习习：**乐声盛大飞扬貌。 **烈：**显明，激烈。

15 **显媚：**乐声明媚。 **泰素：**太空。

原文	译文
若乃高轩飞观，	如果在高耸的楼观，在广厦大屋，
广厦闲房。[1]	在肃穆冷清的冬夜，朗月如镜，
冬夜肃清，朗月垂光。	新衣翠粲，饰带流芳，
新衣翠粲，缨徽流芳。[2]	此时，琴弦轻调，心闲手敏，

于是器泠[3]弦调，
心闲手敏。
触攙[4]如志，唯意所拟。
初涉《渌水》，
中奏《清徵》。[5]
雅昶唐尧，终咏微子。[6]
宽明弘润，优游躇跱[7]。
抚弦安歌，新声代[8]起。

弹拨得心应手，纵意所如，
开始弹奏《渌水》，
然后拨响《清徵》，
继而是高雅流畅的帝尧之声，
最后奏出微子的叹息和惆怅。
音乐宽厚明亮，圆润从容，
一边抚琴一边安然歌唱，
新曲荡漾——

注释

1 **飞观：**高耸的楼观。 **闲：**大。
2 **翠粲：**衣服相擦的声音。 **缨徽：**妇女所系五彩饰物。
3 **泠：**轻妙。
4 **攙**(pī)**：**同“批”，弹拨。
5 **《渌水》：**古之舞曲名。**《清徵》：**古曲名。
6 **雅昶唐尧：**指弹奏平和的《尧畅逸》曲。 **微子：**即《微子操》，微子伤殷之将亡，终无可奈何，见鸿鹄高飞，援琴作操。
7 **躇跱：**踌躇，徘徊不进。
8 **代：**更迭。

原文

歌曰：
凌扶摇兮憩瀛洲，
要列子兮为好仇。[1]
餐沆瀣兮带朝霞，
眇翩翩兮薄天游[2]。
齐万物兮超自得，
委性命兮任去留。[3]

译文

驾扶摇之风憩息瀛洲，
邀列子做我的好友，
吸吮水气披带朝霞，
飘飘远举在天际遨游，
齐同万物悠然自得，
听天由命任去任留，
清歌一曲与琴声相协，

激清响以赴会，	弦歌交织无限缠绵。
何弦歌之绸缪[4]。	引曲接近尾声，琴音渐渐止息。
于是曲引向阑[5]，	于是改弦易调，突发奇妙之音，
众音将歇。	容颜和悦，扬起洁白的手腕，
改韵易调，奇弄[6]乃发。	纤指飞动，奏出纷繁而散漫的乐声，
扬和颜，攘皓腕，	有时在琴弦上徘徊往复，频频回顾，
飞纤指以驰骛，	有时按压不动，多有停留，
纷儸譶以流漫[7]。	盘桓不前，酝酿积蓄，
或徘徊顾慕，	从容舒缓，轻巧弹拨。
拥郁抑按[8]。	突然又奋发而起，风骇云乱，
盘桓毓养，从容秘玩。[9]	时而稀疏，时而急促，
闼尔[10]奋逸，风骇云乱。	时而飘散，时而显露，
牢落凌厉，布濩半散。[11]	时而丰沛饱满，播散四方，
丰融披离，斐韡奂烂。[12]	时而辉煌灿烂，如五彩盛装。

注释

1 **扶摇**：高天上的旋风。 **憩**：休息。 **瀛洲**：传说中的海上仙山。 **要**：邀。 **列子**：列御寇，传说能御风而行。 **仇**(qiú)：伴侣。

2 **沆瀣**：夜间的水气。 **眇**：同"渺"，远。 **薄**：近。

3 **齐万物**：视万物为齐同。 **委**：委托。

4 **绸缪**：缠绵，指琴声歌声和谐。

5 **引**：乐曲体裁之一。 **阑**：残，尽。

6 **弄**：乐曲。

7 **儸譶**(sètà)：声音纷繁。 **流漫**：流荡散漫。

8 **拥郁**：停留。 **抑按**：按捺。

9 **毓养**：培植，培养。 **秘玩**：缓缓弹拨。

10 **闼尔**：迅疾貌。

11 **牢落**：稀疏的样子。 **凌厉**：喻声势迅猛。 **布濩**：散布。 **半散**：欲散还聚。

12 **丰融:**丰富。 **披离:**离散。 **斐铧:**明亮貌。 **奂烂:**鲜盛貌。

原文

英声发越[1],采采粲粲。
或间声错糅,
状若诡赴。[2]
双美并进,骈驰[3]翼驱。
初若将乖,后卒同趣。[4]
或曲而不屈,直而不倨。
或相凌而不乱,
或相离而不殊。
或劫掎以慷慨,
或怨嫭而踌躇。[5]
忽飘摇以轻迈,
乍留联而扶疏[6]。
或参谭繁促,
复叠攒仄。[7]
从横骆驿[8],奔遁相逼。
拊嗟累[9]赞,间不容息。
瑰艳奇伟,殚[10]不可识。

译文

琴声激越,无限璀璨。
有时间声错杂,
似与正声分道扬镳,
又像双美奔驰,并驾齐驱,
始欲分离,终成一体,殊途同归。
或婉转而不屈服,刚直而不倨傲,
或交织而不混乱,分手而不背离,
或者强声慷慨,或者哀怨徘徊。
忽然缥缈飞扬,
忽然流连委婉,姿态万千。
有时音声繁促,复杂重叠,
纵横不断,络绎不绝,
奔腾逼迫,相聚相随。
让人拊掌叹息,赞不绝口,
应接不暇,毫无间隙。
瑰丽、明艳、神奇、雄伟,
难以一一分辨品味。

注释

1 **发越:**昂扬。
2 **错糅:**错杂,变调。 **诡赴:**趋向不同。
3 **骈驰:**并驰。
4 **乖:**乖离。 **趣:**趋向。
5 **劫掎:**强声高昂。 **嫭(jù):**娇。
6 **留联:**流连。 **扶疏:**枝叶四布,喻音声散布。

7 **参谭:**相随相续貌。 **攒仄:**聚拢,集合。

8 **从横骆驿:**即纵横络绎。

9 **累:**屡。

10 **殚:**尽。

原文

若乃闲舒都雅,洪纤有宜。[1]
清和条昶,案衍[2]陆离。
穆温柔以怡怿,
婉顺叙而委蛇。[3]
或乘险投会,邀隙趋危。
嚶[4]若离鹍鸣清池,
翼若浮鸿翔层崖。
纷文斐尾,慊缕离缅。[5]
微风余音,靡靡猗猗[6]。
或搂挞栎捋,缥缭潎冽。[7]
轻行浮弹,明嫿睽慧[8]。
疾而不速,留而不滞。
翩绵飘邈,微音迅逝。
远而听之,
若鸾凤和鸣戏云中。
迫而察之,
若众葩敷荣曜春风。
既丰赡以多姿,
又善始而令终[9]。
嗟姣妙以弘丽,
何变态之无穷。

译文

如果闲情舒展,兴致典雅,
洪亮纤细,各得所宜,
清和流畅,参差错落,
温柔怡悦,婉转逶迤,
有时投险趋危,
仍然无懈可击,
如同离别的鹍鸟鸣于清池,
鸿雁展翅飞翔于悬崖峭壁,
文采斐然,毛羽参差,
如同微风中的余音,
缥缈缠绵。
有时用搂、批、击、捋的指法,
音乐如轻烟缭绕,水波荡漾,
轻滑浅拨,娴静美妙,
快捷而不促迫,舒缓而不凝滞,
翩然远去,余音迅速消失,
远听如鸾凤在天空和鸣,
近察如百花绽放于春风,
丰满多姿,善始善终,
美妙宏丽,
姿态无穷。

注释

1 **都(dū)雅：**典雅。 **宜：**合适得体。

2 **案衍：**不平，错落。

3 **怿：**喜悦。 **委蛇：**即逶迤，委婉曲折，绵延不绝。

4 **罂：**同“嘤”。

5 **纷文斐尾：**喻文采富丽。**慊(qiè)幓(shān)离缅(xǐ)：**指毛羽绵绵下垂而连续不绝，喻音声。

6 **靡靡猗猗：**随风披拂，浮沉抑扬。

7 **搂撤栎(lì)捋：**弹琴的各种不同指法。 **漱冽：**水波摇荡貌。

8 **明婳：**明丽美好娴静。 **睩(qì)慧：**聪慧明了。

9 **令终：**善终。

原文

若夫三春之初，丽服以时。
乃携友生，以遨以嬉。
涉兰圃，登重基。
背长林，翳[1]华芝。
临清流，赋新诗。
嘉鱼龙之逸豫，
乐百卉之荣滋。
理重华[2]之遗操，
慨远慕而长思。
若乃华堂曲宴，
密友近宾。
兰肴[3]兼御，旨酒清醇。
进南荆，发西秦。[4]
绍《陵阳》，度《巴人》。[5]
变用杂而并起，

译文

如果阳春三月，丽服在身，
偕同友朋，遨游嬉戏，
穿过兰圃，登上重叠的山峦，
背靠长林，头顶华盖，
面对清流，吟咏新诗，
赞美水中鱼龙婉转，
为百草繁茂而欢欣，
弹奏虞舜留下的乐曲，
慨然远慕长思，渴想不绝。
如果华堂私宴，
密友嘉宾如云，
佳肴美馔，旨酒清香，
奏楚乐，弹秦曲，
雅乐《陵阳》，俗曲《巴人》，
曲调变化复杂，此起彼伏，

竦[6]众听而骇神。
料殊功而比操，
岂笙籥[7]之能伦。

客人震惊，心神骇动，
如此功效和品性，
笙籥显然无法比拟。

注释

1 **翳：**遮蔽。

2 **重华：**即虞舜。

3 **兰肴：**喻肴馔之美好。

4 **南荆：**指楚乐。 **西秦：**指秦声。

5 **《陵阳》：**曲名，高雅之乐。**《巴人》：**俗曲。

6 **竦：**竦动，使震动、吃惊。

7 **笙籥：**两种管乐器。

原文

若次其曲引所宜，
则《广陵》《止息》，
《东武》《太山》，
《飞龙》《鹿鸣》，
《鹍鸡》《游弦》，
更唱迭奏，
声若自然。[1]
流楚窈窕，
惩躁雪烦。
下逮谣俗，蔡氏五曲，[2]
《王昭》《楚妃》，
《千里》《别鹤》，[3]
犹有一切，承间簉乏，[4]
亦有可观者焉。

译文

如果把乐曲按合适的顺序排列：
《广陵》《止息》，
《东武》《太山》，
《飞龙》《鹿鸣》，
《鹍鸡》《游弦》，
依次演奏，
乐声便如流水行云出于天然。
窈窕流利，楚楚动人，
荡涤烦躁，洗雪垢尘。
其次如民间歌谣、蔡邕五曲，
以及《王昭》《楚妃》，
《千里》《别鹤》，
也可以偶尔为之，遣一时之兴，
间古雅、承顿乏，聊作抚弄。

然非夫旷远者，
不能与之嬉游。
非夫渊静者，
不能与之闲止。
非夫放达者，
不能与之无吝。
非夫至精者，
不能与之析理也。
若论其体势，
详其风声，
器和故响逸[5]，
张急故声清。
间辽[6]故音庳，
弦长故徽鸣。
性洁静以端理[7]，
含至德之和平。
诚可以感荡心志而发泄幽情矣。

然而，如果不是志在旷远的人，
不能与琴一起嬉游，
不是深沉渊静的人，
无法与琴一起闲适休止，
不是开朗豁达的人，
不能与琴一起无所欲求，
不是精明慧悟的人，
不能与琴一起体认至妙幽微之理。
至于琴的体势，琴的风格，
有待详论，
琴体协调，于是音响闲逸，
琴弦紧绷，于是音声清脆，
琴弦间距远，于是音响低沉，
琴弦长，于是徽鸣而有泛音。
琴性洁静，端庄有序，
具有最高的平和与德性，
可感荡心志，
抒发幽情。

注释

1 《广陵》至《游弦》：均为古乐曲名，今少有传者。

2 **谣俗：**俚俗谣曲，或解作古曲。 **蔡氏五曲：**俗传五曲为《游春》《渌水》《坐愁》《秋思》《幽居》，东汉文学家蔡邕所作。

3 《王昭》至《别鹤》：古琴曲名。

4 **一切：**一时权宜。 **簉(zào)乏：**犹承间，指权以承古雅之间，以杂于顿乏之际。簉，杂也，或解作次。

5 **响逸：**音响逸迈。

6 **间辽：**琴弦间隔较远。

7 **端理：**端庄纯正。

原文

是故，怀戚者闻之，

莫不憯懔[1]惨凄，

愀怆伤心，含哀懊咿[2]，

不能自禁。

其康乐者闻之，

则欨愉欢释，抃舞踊溢，

留连澜漫，嗢噱终日。[3]

若和平者听之，

则怡养悦愉，淑穆玄真[4]。

恬虚乐古，弃事遗身。

是以伯夷以之廉，

颜回以之仁。[5]

比干以之忠，

尾生以之信。[6]

惠施以之辩给，

万石以之讷慎。[7]

其余触类而长，

所致非一，

同归殊途，或文或质。

总中和[8]以统物，

咸日用而不失。

其感人动物，盖亦弘矣。

于时也，

金石寝声，

译文

因此，心怀忧戚的人听了，

无不凄惨憔悴，

悲怆伤心，满含哀戚，哽咽饮泣，

不能自制。

快乐的人听了，

便觉怡悦欢欣，手舞足蹈，

欢情淋漓，终日喜不自胜。

性情平和的人听了，

便觉舒心酣畅，恬淡纯朴，

闲静思古，物我两忘。因为听琴，

于是有伯夷的廉洁，

有颜回的仁爱，

有比干的忠贞，

有尾生的诚信，

有惠施雄辩滔滔，

有万石木讷谨慎。

其余不一而足，触类旁通，

所达到的境界虽不一样，

却同归殊途，或文或质。

琴声汇聚中和之德，统率万物之情，

日有所用，可以不离不失。

其感人动物，何其深远广大。

此时，相形之下，

金石钟磬显得无声无色，

匏竹屏气。[9]
王豹辍讴，狄牙丧味。[10]
天吴踊跃于重渊，
王乔披云而下坠。[11]
舞鸑鷟于庭阶，
游女飘焉而来萃。[12]
感天地以致和，
况跂行之众类[13]。
嘉斯器之懿茂，
咏兹文以自慰。
永服御而不厌，
信古今之所贵。

笙竽箫管显得喑哑失声，
王豹停止歌唱，狄牙丧失味觉，
天吴在深渊中跳跃，
王乔身披彩云降临，
凤凰在庭阶上舞蹈，
游女飘然前来。
感天动地使人神和谐共处，
何况万物众生。
赞美琴的美好品质，
心中充满慰藉，作此文章以表感激，
它确然可以永远弹奏而不厌倦，
古往今来，人所共贵。

注释

1 **憯(cǎn)懔：**悲痛。

2 **愀㤿：**内心悲伤。

3 **欨(xū)愉：**和悦欢喜貌。 **抃：**或作“忭”。欢喜。 **澜漫：**欢情淋漓貌。 **嗢噱(wǎjué)：**乐不自胜貌。

4 **玄真：**淳朴质真。

5 **伯夷：**商末孤竹君长子，周灭商后，耻食周粟而饿死首阳山。 **颜回：**孔子的弟子，以仁著称。

6 **比干：**商纣王的叔父，传说为谏纣而剖心。 **尾生：**《庄子》载：尾生与女子约定在桥下相会，女子不来。河水上涨，尾生抱桥柱而死。

7 **惠施：**战国时名家代表人物，口才敏捷，学识宏富，善辩。 **万石：**指石奋。见《幽愤诗》注。

8 **总中和：**蔡邕《太傅胡公碑》曰“总天地之中和”。

9 **金石、匏竹：**泛指琴以外的其他乐器。

10 **王豹：**春秋时齐人，善歌。 **狄牙：**即易牙，春秋时雍人，为齐桓公宠臣，善于辨味调味。

11 **天吴:**传说中的水神。 **王乔:**王子乔,仙人。

12 **鸑鷟**(yuèzhuó):风的别称。 **游女:**传说乃汉水之神。

13 **跂行之众类:**凡以足行走的物类。

原文	译文
乱[1]曰:	尾声——
愔愔[2]琴德,	平和闲静的琴德,
不可测兮。	神秘深邃,难以窥测,
体清心远,	琴体清雅,品性高远,
邈难极兮。	无法企及。
良质美手,	美好的质地,灵巧的手,
遇今世兮。	今生今世,有幸相逢,
纷纶[3]翕响,	音响宽广奇妙,
冠众艺兮。	冠绝群伦,
识音者希,孰能珍兮。	知音少,谁知珍重。
能尽雅琴,	能穷尽雅琴的至德至性,
惟至人兮。	也许只有得道至人!

注释

1 **乱:**乐曲的最后一章或辞赋篇末总括全篇要旨的一段。

2 **愔愔**(yīnyīn):安静和悦貌。

3 **纷纶:**浩繁,渊博。

卜　疑[1]

原文

有宏达先生[2]者，恢廓[3]其度，寂寥疏阔，方而不制[4]，廉而不割[5]，超世独步，怀玉被[6]褐，交不苟合，仕不期[7]达。

常以为忠信笃敬，直道而行之，可以居九夷，游八蛮，浮沧海，践河源，甲兵不足忌，猛兽不为患。[8]是以机心不存，泊然纯素，从容纵肆，遗忘好恶，以天道为一指[9]，不识品物之细故也。

译文

有位宏达先生，气度恢宏，恬淡旷达，为人方正而不生硬，有棱有角却性不伤物，超然于世，独步当时，怀揣美玉却身着粗布，交往从不苟且迎合，出仕也不期望飞黄腾达。

宏达先生一贯认为，忠信笃敬，行于正道，就可以居处边鄙蛮荒之地，浮游沧海，践履河源，兵戈战事不足畏惧，猛兽不能加害。因此不存机巧之心，淡泊纯朴，从容放任，不计好恶，认为天道犹如一个手指，事物在本质上是可以贯通的，于是对事物品类的细枝末节也就不知区别。

注释

1 **卜疑**：屈原有《卜居》，以设问的形式表达自己选择的困惑与彷徨。设卜问疑为借托，选择实已伴随自己命定的血性与气质而确定无疑。

2 **宏达先生**：假托的人名，有自况的意味。

3 **恢廓**：恢宏宽广。

4 **方而不制**：方，方正。制，滞，拘执。制或解作裁制。语出《老子》："圣人方而不割，廉而不刿。”

5 **廉而不割：**廉，棱角。割，裁割，宰割。

6 **被：**通“披”，穿。

7 **期：**期望。

8 **九夷、八蛮：**代指中原以外的非华夏民族。

9 **以天道为一指：**《庄子》：“天地一指也，万物一马也。”

原文

然而，大道既隐，智巧滋繁，世俗胶加[1]，人情万端，利之所在，若鸟之逐鸾。富为积蠹[2]，贵为聚怨，动者多累，静者鲜患。尔乃思丘中之隐士，乐川上之执竿[3]也。于是远念长想，超然自失，郢人既没，谁为吾质？[4]圣人吾不得见，冀闻之于数术[5]。乃适太史贞父[6]之庐而访之，曰：“吾有所疑，愿子卜之。”

贞父乃危坐操蓍[7]，拂几陈龟[8]，曰：“君何以命之？”

译文

然而，大道已然隐没，智巧滋生繁衍，世事错综，人情繁杂，利之所在，人们趋之若鹜。富有意味着灾难，显贵聚积仇怨，多事难免牵累，只有守静安处的人很少有祸患。于是宏达先生便羡慕山中的隐士和河边垂钓的高人了。宏达先生遐思远想，不禁怅然若失，知音已逝，能找谁诉说衷肠？圣人见不到了，只好寄希望于方术来指引自己。他来到太史贞父的府上拜访，说：“我有些疑惑之处，请为我占卜一下。”

太史贞父手拿蓍草端坐着，拂拭几案，陈列龟甲，问道：“你让我占卜什么呢？”

注释

1 **胶加：**交错纷乱，纠缠不清。

2 **蠹：**蛀虫，引申为祸害。

3 **执竿：**垂钓者，如庄周，隐遁不与世接。

4 **郢人既没，谁为吾质：**典出《庄子》，见《赠兄秀才入军》诗注。质，目标，对手，对象。

5 **数术：**术数，方术。

6 **太史贞父：**太史，上古为史官，兼管天文历法。贞父，假托的人名。贞即贞占。

7 **蓍：**蓍草，用于占筮。

8 **龟：**龟甲，亦用于占筮。

原文

先生曰：

“吾宁发愤陈诚，谠言[1]帝庭，不屈王公乎？将卑懦委随，承旨倚靡[2]，为面从乎？

“宁恺悌弘覆[3]，施而不德[4]乎？将进趣世利，苟容偷合乎？

“宁隐居行义[5]，推至诚乎？将崇饰矫诬，养虚名乎？

“宁斥逐凶佞[6]，守正不倾，明否臧乎？将傲睨滑稽[7]，挟智任术，为智囊乎？

“宁与王乔、赤松为侣乎[8]？将追伊挚而友尚父乎[9]？

译文

宏达先生回答：

“我是发愤表达忠诚，在朝廷上仗义直言，不屈从于王公大臣呢？还是卑怯随顺，承旨尊命，唯唯诺诺地表面奉承？

“是愉快地荫庇万物，广施善行而不事声张呢？还是追逐名利，苟且迎合？

“是隐居求志，行义达道，以至诚之心推及天下呢？还是矫揉粉饰，招摇撞骗，求取虚名？

“是斥逐凶险巧佞之徒，刚正不阿，明辨善恶是非呢？还是目空一切，巧言善辩，鼓簧弄舌，依仗智巧，运用权谋，成为别人的智囊？

“是与世外高人王乔、赤松为侣呢？还是追慕伊尹，崇拜吕尚？

注释

1 **谠言：**直言。

2 **倚靡：**随顺貌。

3 **恺悌：**平易和乐貌。 **弘覆：**覆盖广阔。

4 **德：**得，也可解作以己为有德。

5 **隐居行义：**《论语·季氏》："隐居以求其志，行义以达其道。"

6 **凶佞：**凶险巧佞。

7 **傲睨滑稽：**傲然斜视，圆滑谄媚。

8 **王乔、赤松：**仙人。

9 **伊挚：**伊尹，商初大臣，帮助成汤灭夏桀。 **尚父：**吕尚，又称吕望，俗称姜太公，辅佐武王灭殷。

原文

"宁隐鳞藏彩，若渊中之龙乎？将舒翼扬声，若云间之鸿乎？

"宁外化[1]其形，内隐其情，屈身随时，陆沉[2]无名，虽在人间，实处冥冥乎？将激昂为清，锐思为精，行与世异，心与俗并，所在必闻，恒营营[3]乎？

"宁寥落闲放，无所矜尚，彼我为一，不争不让，游心皓素，忽然坐忘[4]，追羲农[5]而不及，行中路而惆怅乎？将慷慨以为壮，感慨以为亮，上干万乘[6]，下凌将相，尊严其容，高自矫抗，常如失职，怀恨怏怏乎？

译文

"是隐藏身形，像深渊中的蛟龙呢？还是展翅鸣唱，像云中的大雁？

"是与万物同化，隐藏自己的志向，屈身随时，隐姓埋名，虽在人世间却如同置身昏暗之中呢？还是激昂慷慨、思想锐利、锋芒毕露，行为与世俗相异，所想却与世俗相同，所到之处力求显姓扬名，往来不绝，宾客如云？

"是寂寞悠闲，无所骄矜崇尚，视人我为一，不争不让，游心太素，物我两忘，追随伏羲神农已然不及，行走途中茫然惆怅呢？还是慷慨以示壮怀，感慨以示高节，上干万乘之主，下凌将相，满脸尊严，自恃高人一等，常常像英雄失路，郁郁怀恨心中怏怏？

注释

1 **化：**变化，自然生灭。

2 **陆沉：**无水而沉没，喻隐于市朝。

3 **营营：**往来不绝貌。或作"荧荧"，光明耀眼貌。

4 **坐忘：**谓物我两忘，不复有我。《庄子·大宗师》曰："堕肢体，黜聪明，离形去知，同于大通，此谓坐忘。"

5 **羲农：**伏羲、神农。

6 **干：**干求。 **万乘：**天子，皇帝。

原文

"宁聚货千亿，击钟鼎食[1]，枕藉芬芳，婉娈[2]美色乎？将苦身竭力，剪除荆棘，山居谷饮，倚岩而息乎？

"宁如伯奋、仲堪[3]，二八为偶[4]，排摈共鲧[5]，令失所乎？将如箕山之夫[6]，白水之女[7]，轻贱唐虞，而笑大禹乎？

"宁如泰伯[8]之隐德潜让而不扬乎？将如季札[9]之显节义慕为子臧乎？

"宁如老聃之清净微妙，守玄抱一[10]乎？将如庄周之齐物变化，洞达而放逸乎？

"宁如夷吾之不吝束缚[11]，而终立霸功乎？将如鲁连之轻世肆志[12]，高谈从容乎？

译文

"是聚敛财货无数，钟鸣鼎食，枕藉芬芳，缠绵美色呢？还是苦身竭力，披荆斩棘，穴居野处，倚岩休息？

"是像伯奋、仲堪等八元、八恺，排除共、鲧，逐之于蛮荒呢？还是像箕山许由、白水神女，轻贱尧舜，嘲笑大禹？

"是像泰伯那样隐德潜让不计天下呢？还是像季札显示节操，羡慕义行，效法子臧？

"是像老子一样清静无为，寄心微妙，抱玄守一呢？还是像庄周一样齐同万物，洞达天地，放任飘逸？

"是像管仲不耻屈辱终成霸业呢？还是像鲁连轻世肆志，无拘无束，高谈从容？

注释

1 **击钟:**奏乐。 **鼎食:**列鼎而食。

2 **婉娈:**恋慕。

3 **伯奋、仲堪:**相传为高辛氏(帝喾)的两个才子,均为“八元”成员。

4 **二八为偶:**指八元和八恺。“八元”指高辛氏的八才子:伯奋、仲堪、叔献、季仲,伯虎、仲熊、叔豹、季狸。“八恺”指高阳氏的八才子:苍舒、隤敳、梼戭、大临、尨降、庭坚、仲容、叔达。

5 **排摈共鲧:**舜为尧臣时,把浑敦、穷奇(即共工)、梼杌和饕餮四大凶族投诸四裔。共即共工。鲧传为大禹之父,奉尧命治水,九年无功,被舜杀死在羽山。

6 **箕山之夫:**指许由,隐于箕山,逃避尧之让天下。

7 **白水之女:**相传两神女浣于白水之上,禹过之而趋曰:“治天下奈何?”女曰:“股无胈,胫不生毛,颜色烈冻,手足胼胝,何以至是也!”

8 **泰伯:**又作太伯。《史记·吴太伯世家》载:“吴太伯,太伯弟仲雍,皆周太王之子,而王季历之兄也。季历贤,而有圣子昌,太王欲立季历以及昌,于是太伯、仲雍二人乃奔荆蛮,文身断发,示不可用。”太伯传为吴始祖。

9 **季札:**《左传·襄公十四年》载:“吴子诸樊既除丧,将立季札,季札辞曰:‘曹宣公之卒也,诸侯与曹人不义曹君,将立子臧,子臧去之,遂弗为也,以成曹君。君子曰:能守节。君,义嗣也,谁敢奸君?有国,非吾节也。札虽不才,愿附于子臧,以无失节。’固立之,弃其室而耕,乃舍之。”

10 **守玄抱一:**指坚守虚静之道。玄、一,道也。

11 **夷吾:**即管仲,春秋时齐国颍上人。《史记·管晏列传》载:管仲初事齐国公子纠,为避乱,随公子纠出奔鲁国,鲍叔牙随公子小白出奔莒国。齐襄公死,纠和小白争夺君位,小白先回,立为桓公,杀公子纠,囚管仲。鲍叔牙推荐,管仲亦“不羞小节,而耻功名不显于天下”,桓公任之为相,成霸业。 **吝:**耻、恨的意思。

12 **鲁连:**战国时齐人,善计谋、游说,周游列国,排难解纷。《史记·鲁仲连邹阳列传》载:鲁连不欲受齐爵,逃隐至海上,曰:“吾与富贵而诎于人,宁贫贱而轻世肆志焉。”

原文

“宁如市南子[1]之神勇内固，山渊其志乎[2]？将如毛公、蔺生之龙骧虎步[3]，慕为壮士乎？

“此谁得谁失，何凶何吉？时移俗易，好贵慕名，臧文不让位于柳季[4]，公孙不归美于董生[5]，贾谊[6]一当于明主，绛灌作色而扬声[7]，况今千龙并驰，万骥徂征，纷纭交竞，逝若流星，敢不惟思[8]，谋于老成[9]哉？”

太史贞父曰：“吾闻至人不相，达人不卜。若先生者，文明在中，见[10]素抱朴，内不愧心，外不负俗，交不为利，仕不谋禄，鉴乎古今，涤情荡欲。夫如是，吕梁[11]可以游，汤谷[12]可以浴，方将观大鹏于南溟[13]，又何忧于人间之委曲？”

译文

“是像市南子神勇无比，内心安定，意志如高山深渊呢？还是像毛遂、蔺相如龙骧虎步，气势威武，向往成为壮士？

“如上所述，谁得谁失，何凶何吉？时移俗易，人们喜爱富贵崇尚名利，臧文仲不愿举荐柳下惠，公孙弘不肯赞美董仲舒，贾谊受明主器重，周勃、灌婴便不乐意，作色扬声加以诋毁，何况如今是千龙并驰，万马奔腾，纷纭争逐，此起彼伏，如流星疾矢飘忽不定，我怎能不详加思虑，求教于老成德高之人呢？”

太史贞父说：“我听说至德之人不用看相，达道者不用卜筮。像先生这样的人，道德文明在心中，外表朴素，心怀纯净，内无愧怍，外无俗累，交往不为名利，做官不谋福禄，鉴知古往今来，洗涤人情物欲。如此，吕梁可以游，汤谷可以浴，可以像奋飞南海的鹍鹏，又何必操心人世间的曲折是非？”

注释

1 **市南子：**市南宜僚，即熊宜僚，春秋时楚国勇士，善弄丸（一种抛球的杂技),住于市南,故称市南子。《左传·哀公十六年》载:楚惠王时,白公胜谋夺权,闻市南子能抵挡五百人,请为杀令尹子西。市南子不从,白公胜用剑指着他的喉咙威胁他,市南子不为所动,依旧弄丸。

2 **山渊其志:**其心志如高山深渊,不可动摇。

3 **毛公:**毛遂,战国时赵人,平原君食客,曾自荐与平原君同往楚国求救,按剑与楚王直陈利害,终得楚出兵抗秦。 **蔺生:**蔺相如,赵相。 **龙骧虎步:**喻气概雄武。

4 **臧文:**臧文仲,鲁大夫。《论语·卫灵公》:"子曰:'臧文仲其窃位者与!知柳下惠之贤而不与立也。'"

5 **公孙:**公孙弘,字季,西汉菑川人,武帝时官至丞相。 **董生:**董仲舒,西汉广川人,专治《公羊春秋》,崇儒书。《史记·儒林列传》载:"公孙弘治《春秋》不如董仲舒,而弘希世用事,位至公卿,董仲舒以弘为从谀。弘疾之,乃言上曰:'独董仲舒可使相胶西王。'"胶西王乃武帝之兄,残暴凶狠,多次残害国相,公孙弘荐董仲舒为相,实欲害之。

6 **贾谊:**西汉洛阳人,年少才高,得文帝赏识,一年中官至太中大夫,遭周勃、灌婴忌恨诽谤,天子于是疏之。

7 **绛:**周勃,从刘邦,以军功封绛侯。 **灌:**灌婴,从刘邦,封颍阴侯。

8 **惟思:**思考。

9 **老成:**老成德尊者。

10 **见:**现,显。

11 **吕梁:**水名,《庄子》中说孔子在吕梁,见瀑布,激流四十里,鱼鳖绝迹,却有一男子沉浮水中,自由自在,孔子问其奥妙,曰任其自然而已。

12 **汤谷:**传说中太阳的洗浴之地。

13 **大鹏于南溟:**见《庄子·逍遥游》。大鹏,神鸟。南溟,南海。

养生论

原文

世或有谓:神仙可以学得,不死可以力致者。

或云:上寿百二十,古今所同,过此以往,莫非妖妄者。

此皆两失其情[1]。

请试粗论之:

夫神仙虽不目见,然记籍所载,前史所传,较而论之,其有必[2]矣。

似特受异气,禀之自然,非积学所能致也。至于导养得理,以尽性命,上获千余岁,下可数百年,可有之耳。

而世皆不精,故莫能得之。

何以言之?

译文

世上有人认为:神仙可以学成,可以通过努力求得长生不老。

又有人说:最高的年寿一百二十岁,古今皆如此,超过一百二十岁,无不是妖异虚妄之谈。

这两种说法都不合实情。

让我大致作一论述:

神仙虽然没有亲眼看到过,但书籍上所记载的,前代历史传录的,放在一起加以比较考察,神仙的存在是显然的了。

似乎是独自禀受了一种气,这种气出于自然,而不是勤学苦练所能获得。至于导引调养得法,因此享尽天年,多达千余岁,少则几百年,也是可能的。

世人不明白此中奥秘,所以无从理解。

为什么这样讲呢?

人吃药为了发汗,有的人却不出汗,

夫服药求汗，或有弗获，而愧情一集，涣然流离。[3]终朝未餐，则嚣然思食，而曾子衔哀，七日不饥。[4]夜分而坐，则低迷思寝，内怀殷忧，则达旦不瞑。劲刷理鬓[5]，醇醴发颜[6]，仅乃得之，壮士之怒，赫然殊观，植发冲冠。

但羞愧之情一到，就汗水淋漓。平常人一旦早晨不进餐，就肚子空空想吃饭，但曾子处在丧亲的悲哀中，七天不吃不喝也并不觉得饥饿。晚上坐到半夜，人就昏昏欲睡，但如果心怀深深的忧伤，却能通宵达旦毫无睡意。用坚硬的刷子梳理鬓发，喝醇厚的美酒养颜，只能偶尔起点效果，但壮士发怒，容色赫然改观，头发竖立，可以冲冠。

注释

1 **失其情：**不合实情。

2 **必：**一定。

3 **愧情：**羞愧之情。 **涣然流离：**指大汗淋漓。

4 **嚣然：**饥饿，腹中空空。嚣，通"枵"。 **曾子衔哀，七日不饥：**《礼记》载：曾子对子思说，自己为父母行丧礼，七天一口汤水也未喝。曾子，孔子的学生，以孝著称。

5 **理鬓：**梳理鬓发，修饰。

6 **醇醴发颜：**醇厚的酒使人容光焕发。

原文

由此言之，精神之于形骸，犹国之有君也。神躁于中，而形丧于外，犹君昏于上，国乱于下也。夫为稼于汤之世[1]，偏有一溉之功者，虽终归于焦烂，必一溉者后枯，然则一溉之益，固不可

译文

由此看来，精神之于形体，就如同国家有君主一样。精神躁动，形体就难免颓丧，像昏君御国，国家就混乱。商汤大旱之年栽种庄稼，比别人多浇灌一次的，庄稼虽然仍不免焦枯，但必定后枯，那么这一次浇灌的好处是不能抹煞的。世人常说发一次怒不足以侵

诬也。而世常谓一怒不足以侵性，一哀不足以伤身，轻而肆之，是犹不识一溉之益，而望嘉谷[2]于旱苗者也。

害心性，伤一次心不足以伤身，于是毫不介意，纵意而为，这就如同不懂得多浇灌一次的好处，却指望旱苗上长出好谷子一样。

是以君子知形恃神以立，神须形以存，悟生理之易失，知一过之害生，故修性以保神，安心以全身，爱憎不栖于情，忧喜不留于意，泊然无感，而体气和平，又呼吸吐纳，服食养身，使形神相亲，表里俱济也。

因此，君子懂得形体有赖于精神才能支持，精神需要有形体才能寄托，领悟到生命的机能容易丧失，明白一点过失也足以伤生，于是修性保神，安心全身，爱憎不表露于情绪，忧喜不放在心间，淡泊无所感动，没有冲动，身体气息祥和平静，加上呼吸吐纳，服食丹药，调养身体，使形神相亲近，外表和内心和谐统一。

夫田种者，一亩十斛，谓之良田，此天下之通称也，不知区种[3]，可百余斛。田种一[4]也，至于树养不同，则功收相悬。谓商无十倍之利，农无百斛之望，此守常而不变者也。且豆令人重，榆令人瞑，合欢蠲忿[5]，萱草忘忧[6]，愚智所共知也。薰辛[7]害目，豚鱼不养，常世所识也。虱处头而黑，麝食柏而香[8]，颈处险而瘿[9]，齿居晋而黄[10]。

种田，一亩收获十斛粮食，称为良田，这是天下通常的说法，却不知用区种的方法一亩可收获百余斛。种一样的田，耕作培养的方法不同，效果收获却相差悬殊。说经商的不会有十倍的利润，农夫不会有每亩百斛的收成，这是墨守成规、不知变化的人的说法。况且，食豆类可以使人增加体重，吃榆荚使人贪睡不醒，合欢花使人消除愤怒，萱草使人忘忧，这不论愚蠢聪明，人所共知。葱蒜辛辣之物伤害眼睛，豚鱼不能养生，这也是常识。虱子生在头上就成黑的，麝食柏叶而产麝香，人久处险阻之地，脖子上就长瘿，长居晋地的人牙齿变黄。

注释

1 **为稼于汤之世**:《吕氏春秋》载:成汤之时,天大旱,五年不收。

2 **嘉谷**:古代以粟为嘉谷,后亦作为五谷之总称。

3 **区(ōu)种**:古代的一种耕作方法,在地里挖一个个小坑,闲时用来蓄肥,然后播种,可提高收成。或曰区为古代量词,区种即种下一区的种子。

4 **一**:一样,相同。

5 **合欢**:合欢树,古人以为合欢树可以使人不忿。 **蠲(juān)**:免除。

6 **萱草忘忧**:任昉《述异记》曰:"萱草,一名紫萱,又呼为忘忧草,吴中书生呼为疗愁花。"

7 **薰辛**:葱蒜之类。

8 **麝**:兽名,能分泌麝香。《文选》李善注引《本草·名医》云:"麝香形似獐,常食柏叶,五月得香。"

9 **瘿(yǐng)**:长在脖子上的一种囊状的瘤子,多为缺碘所致。

10 **齿居晋而黄**:据《尔雅翼》载:晋人尤喜食枣,时时食用,久之齿皆黄。

原文

推此而言,凡所食之气,蒸[1]性染身,莫不相应。岂惟蒸之使重而无使轻,害之使暗而无使明,薰之使黄而无使坚,芬之使香而无使延哉!

故神农[2]曰"上药养命,中药养性"者,诚知性命之理,因辅养以通也。

而世人不察,惟五谷是见,声色是耽,目惑玄黄[3],耳务淫哇[4],滋味煎

译文

由此推论,凡所吃的东西,都可能熏陶人的身体性情,无不一一应验。那么,难道就仅仅只有能够使人增加体重而没有减轻体重、仅仅只有能够使人眼睛变瞎而没有使人眼睛变明、仅仅只有使人牙齿变黄而没有变坚硬、仅仅只有使人变香而没有使人延年益寿的东西吗?

所以《神农本草经》上说"上等的药可以保养生命,中等的药可以调养性情",这确实是懂得性命之理,性命确实是可以借助调养辅助而得以通畅的。

但是,世人所见不明,只知道食五谷,

其府藏，醴醪[5]煮其肠胃，香芳腐其骨髓，喜怒悖其正气，思虑销其精神，哀乐殃其平粹。

只知沉溺声色，目迷五彩，耳听淫靡之声，美味煎迫脏腑，美酒烧煮肠胃，芳香腐蚀骨髓，喜怒悖乱正气，思虑销毁精神，哀乐危害平静和安宁。

注释

1 **蒸：**熏染。

2 **神农：**即《神农本草经》，成书于秦汉时。

3 **玄黄：**黑色与黄色，代指彩色。

4 **淫哇：**淫荡的音声、音响。

5 **醴醪：**酒。

原文

夫以蕞尔[1]之躯，攻之者非一途，易竭之身而外内受敌，身非木石，其能久乎？其自用甚者[2]，饮食不节以生百病，好色不倦以致乏绝，风寒所灾，百毒所伤，中道夭于众难，世皆知笑悼，谓之不善持生也。至于措身失理，亡之于微，积微成损，积损成衰，从衰得白，从白得老，从老得终，闷若无端[3]，中智以下，谓之自然。纵少觉悟，咸叹恨于所遇之初，而不知慎众险

译文

小小的躯体，侵害它的力量来自四面八方，容易衰竭的身体内外受敌，而人身又不是木头石块，这样能够长久吗？那些自用过甚、不思节制的人，饮食没有节制于是百病丛生，好色不知疲倦于是体力枯竭，风寒为患，百毒加害，不到寿终正寝就夭折于各种灾难，世人都知道讥笑哀怜，说是他们不善于持守生命。至于那些调养身体不合养生之道，衰亡从细微之处开始，累积成伤损，伤损一多即成衰弱，从衰弱然后白发，白发然后衰老，衰老然后命终寿尽，却浑浑噩噩不明所以，中等智力以下的人往往以为这是自然而然的事。即使对此稍有觉悟的人，也都是在到了病痛的开始才叹息遗恨，

于未兆，是犹桓侯[4]抱将死之疾，而怒扁鹊[5]之先见，以觉痛之日为受病之始也。

而不知道在危险萌发之前慎加防范，这就如同蔡桓公身患将死之症，却恼怒扁鹊的先见之明，而以为感觉到疼痛时才是疾病的开始。

注释

1 **蕞(zuì)尔：**小貌。

2 **自用甚者：**自用过甚，即不思节制，纵意放任。

3 **闷若：**愚昧、浑噩、不觉的样子。 **无端：**无终无始，无头无绪。

4 **桓侯：**战国时蔡桓公。

5 **扁鹊：**战国时名医。《韩非子》载：扁鹊三见蔡桓公，指出他患有重疾，桓公不信，反认为他喜欢找没病的人治疗以邀功。桓公病入膏肓仍不觉悟，直至身体疼痛时才派人找扁鹊，扁鹊已逃走，桓公不治而死。

原文

害成于微，而救之于著，故有无功之治。

驰骋常人之域，故有一切[1]之寿。

仰观俯察，莫不皆然。以多自证，以同自慰，谓天地之理，尽此而已矣。

纵闻养生之事，则断以己见，谓之不然。其次狐疑，虽少庶几[2]，莫知所由。其次自力服药，半年一年，劳而未

译文

大害始于微小，而到显著的时候才来救治，所以就只能有徒劳无功的举措。

置身行走于芸芸众生之中，也就只能有平常人转瞬即逝的寿数。

观察上下左右，人们大抵如此。以大家都如此来证明自己，以人皆同此来自我宽慰，以为天地间生命的逻辑，也就如此而已。

即使听说了养生的事，也总是以一己之见加以判断，以为并非如此。好一点的人便狐疑不定，即使稍稍有志于养生，却不知从何做起。再其次是自己致力于服药，一年半载下来，觉得辛劳而未见效验，于是意志

验，志以厌衰，中路复废。

或益之以沟浍[3]，而泄之尾闾[4]，欲坐望显报者。或抑情忍欲，割弃荣愿，而嗜好常在耳目之前，所希在数十年之后，又恐两失，内怀犹豫，心战于内，物诱于外，交赊相倾[5]，如此复败者。

热情因为厌倦而衰退，半途而废。

有的人前头进后头出，三天打鱼，两天晒网，却想坐等显著的效果。有的人抑制情感和欲望，割舍虚荣之想，而各种嗜好诱惑近在眼前，所希望得到的效验在数十年之后，又担心两头都不济，患得患失，犹豫不定，内心矛盾，外物引诱，交相逼迫，如此终归失败。

注释

1 **一切：**一时，一般。

2 **少庶几：**稍稍开始有养生之心。几，差不多。

3 **浍：**田间水沟。

4 **尾闾：**传说乃大海泄水之所在。见《庄子·秋水》。

5 **交：**近。 **赊：**远。

原文

夫至物微妙，可以理知，难以目识，譬之豫章[1]生七年，然后可觉耳。今以躁竞之心，涉希静之途，意速而事迟，望近而应远，故莫能相终。[2]

夫悠悠者既以未效不求，而求者以不专丧业，偏恃者以不兼无

译文

神圣的事物往往是微妙的，可以意会，却难以清晰如睹，譬如豫章，生长七年之后才可以分辨。现在以浮躁功利之心，走需要清静无为的养生之道，心急意切却行动迟缓，希望立竿见影而事实上效验却并非指日可待，所以很少有人能善始善终。

众人既然因为没有见到效果而不去追求，追求的人又因为三心二意而半途而废，片面追求的人因为不能协调平衡而徒劳无功，得之唯恐不及的人又因为沉溺于方术小

功，追术者以小道自溺，凡若此类。

故欲之者，万无一能成也。

善养生者则不然矣。

清虚静泰，少私寡欲。知名位之伤德，故忽而不营，非欲而强禁也；识厚味之害性，故弃而弗顾，非贪而后抑也。

外物以累心不存，神气以醇白独著，旷然无忧患，寂然无思虑，又守之以一，养之以和，和理日济，同乎大顺。然后蒸以灵芝，润以醴泉，晞以朝阳，绥以五弦[3]，无为自得，体妙心玄，忘欢而后乐足，遗生而后身存。

若此以往，庶可与羡门[4]比寿，王乔争年，何为其无有哉？

道而不能自拔，凡此种种，结果就大抵相似。

所以，希望延年益寿的人，成功者极为罕见。

善于养生的人就并非如此了。

他往往清静安定，不想入非非，少私心情欲。知道名誉地位有伤德性，所以漠然视之而无心追求，并非渴望而强行克制；懂得美味伤害身心，所以弃而不顾，并非贪慕在前而后加以抑制。

外物因为牵累而不放在心中，精神因为无所污染而特别旺盛，心境坦荡没有忧患，神情寂静没有思虑，又恪守大道，养以中和，中和之性不断成长，与自然融为一体。在此基础上，用灵芝滋养，用甘泉浸润，沐浴阳光，听听安祥宁静的音乐，无为自得，身心都进入到玄妙幽微的境界，忘记了欢乐而后有欣悦的满足，遗忘了生命的存在而后真正拥有生命。

这样，差不多就可以与羡门比寿、与王乔争年，怎么能说这是没有的事呢？

注释

1 **豫章：**枕木和樟木。据说二者相似，需要生长七年之后才能分辨它们。

2 **躁竞：**急于竞奔追逐。 **希静：**安谧宁静。

3 **绥：**安。 **五弦：**琴，代指音乐。

4 **羡门:**古仙人。

答难养生论[1]

原文

答曰:

所以贵智而尚动者,以其能益生而厚身也。

然欲动则悔吝生,智行则前识[2]立,前识立则心开而物遂,悔吝生则患积而身危,二者不藏之于内而接于外,只足以灾身,非所以厚生也。

夫嗜欲虽出于人而非道德之正,犹木之有蝎,虽木之所生,而非木之所宜也。故蝎盛则木朽,欲盛则身枯。

然则欲与生不并久,名与身不俱存,略可知矣。而世未之悟,以顺欲为得生,虽有厚生之情,

译文

对向秀《难养生论》的答辩:

人之所以看重智慧、崇尚运动,是因为那样有益于生命并且有助于身体。

然而,欲念一动就会生出悔吝,才智一用就会有成见预识,成见导致心胸洞开而外物乘隙引诱,悔吝产生使祸患不断累积而危及生命,智慧和欲念不蕴藏于心内而形之物外,只能危害自己的身体,而不能因此有助于生命。

嗜好、欲望虽然出于人本身,却并非天道地德的本心本性,就如同树上有蛀虫,虽然也是树上生出来的,却并不适宜树的生长。所以说,蛀虫多了树木一定腐朽,欲望旺盛身体难免枯竭。

那么,欲望与生命不能长久并存,名位和身体不能同时保有,一般来说是显然的了。但世人并未觉悟到这一点,以为顺从欲望就是获得生命,这样虽然有厚养身

而不识生生[3]之理，故动之死地也。

体的愿望，却不懂得真正的生命生存之理，终难免陷入绝境死地。

是以古之人知酒肉为甘鸩[4]，弃之如遗；识名位为香饵，逝而不顾。使动足资生，不滥于物；知正其身，不营于外。背其所凶，守其所吉，此所以用智遂生之道也。

因此，古人知道酒肉是甜美的毒药，弃而不用；也懂得名位是诱人上钩的香饵，去而不顾。让运动足以辅助生命，不滥施于外物；让智慧只为保养身体，不营求外物。背弃有害于生命的东西，而持守有益于生命的东西，这才是用智养生之道。

故智之为美，美其益生而不羡[5]，生之为贵，贵其乐和而不交，岂可疾智[6]而轻身，勤欲而贱生哉？

所以，智慧之美，就在于它有益生命而不过分，生命之可贵，贵在乐意中和而不急功近利，怎能倾心于智慧而忽视身体，勤勉竭力于欲望的满足而轻贱生命呢？

且圣人宝位[7]，以富贵为崇高者，盖谓人君贵为天子，富有天下也，民不可无主而存，主不能无尊而立，故为天下而尊君位，不为一人而重富贵也。

况且，圣人看重地位、崇尚富贵，是认为人君贵为天子，拥有天下，百姓不可没有君主而存在，君主不能没有尊贵而成立，所以圣人为了天下而尊崇君主名位，并非为了某一个人而推崇富贵。

注释

1 **答难养生论：**嵇康作《养生论》后，常与之锻铁（所谓土木形骸也）于洛邑的好友向秀提出诘难，作《难养生论》，辩驳嵇康的养生之说，以为“绝五谷，去滋味，寡情欲，抑富贵”，有违自然之道。嵇康故又作《答难养生论》，更详尽地申述自己关于养生的观点。今天看来，向秀的观点更近人本之世俗自然，嵇说则更近于方外之思与形上之想，在最本质的取向上，它们其实是并不互相反动的。

2 **前识：**预见，成见。

3 **生生:**《易经·系辞》有“生生之谓易”。

4 **鸩:**指毒酒。本为食蝮蛇野葛之毒鸟。

5 **羡:**多余。

6 **疾智:**勤智,倾身心于用智,与下文之“勤欲”相似。

7 **圣人宝位:**《易经·系辞》曰“圣人之大宝曰位”。

原文

又曰富与贵是人之所欲者[1],盖为季世恶贫贱而好富贵也,未能外荣华而安贫贱,且抑使由其道,犹不争不可令,故许其心竞,中庸不可得,故与其狂狷。[2]

此俗谈也,不言至人当贪富贵也。

至人不得已而临天下,以万物为心,在宥[3]群生,由身以道,与天下同于自得,穆然以无事为业,坦尔以天下为公。虽居君位,飨万国,恬若素士接宾客也;虽建龙旗[4],服华衮[5],忽若布衣在身也。故君臣相忘于上,蒸民[6]家足于下,岂劝百姓之尊己,割天下以自私,以富贵为崇高,心欲之而不已哉?

译文

又谈及富与贵是人人所想所欲,大概是因为置身末世厌恶贫贱而思慕富贵,不能排斥荣华而安于贫贱,而且要人们遵循正道,又不能让人不争不斗,所以允许他们以心智相竞,既然不能得中庸之道,就允许人们狂狷偏颇。

这是世俗的设想,并不是说真正的圣人应该贪求富贵。

真正的圣人不得已而君临天下,以万物之心为心,宽容众生,律己以道,身体力行,与天地万物一同自由自在,和顺地以无为无事为功业,坦然以天下为公。虽居君位,享受万国供奉,却恬淡如同贫士应对宾客;虽然树立了天子的龙旗,穿着龙袍华服,却漫不经心如同百姓身着布衣。所以君主、臣僚在朝廷上浑然不计自己的身份,老百姓在下人人家道殷实富贵,岂是鼓动百姓尊奉自己,宰割天下以自私自利,把富贵当作崇高,心怀渴望而不能自已?

注释

1 **富与贵是人之所欲者:**向秀的观点,本于《论语》。

2 **中庸、狂狷:**《论语·子路》:"子曰:'不得中行(中庸)而与之,必也狂狷乎!狂者进取,狷者有所不为也。'"

3 **在宥:**宽容无为。语出《庄子·在宥》。

4 **龙旗:**画有龙的图案的旗帜,帝王的象征。

5 **华衮:**君王的礼服,所谓龙袍之类。

6 **蒸民:**众民。

原文

且子文三显,色不加悦;柳惠三黜,容不加戚。[1]何者?令尹之尊不若德义之贵,三黜之贱不伤冲粹之美。二子尝得富贵于其身,终不以人爵婴[2]心也,故视荣辱为一。

由此言之,岂云欲富贵,人之情哉!

请问锦衣绣裳不陈于暗室者何?必顾众而动,以毁誉为欢戚也夫!

然则欲之患其得,得之惧其失,苟患失之,无所不至矣。在上何得不骄?持满何得不溢?求之何得不苟?得之何得不失邪?

译文

况且,子文三次显达成为令尹,并不显得高兴;柳下惠三次被黜,也不显得忧戚。为什么呢?因为令尹的可尊不如德义的可贵,三次黜免的耻辱不足以伤害冲和纯净之美。二人曾经身历富贵,却始终不用官爵利禄扰乱自己的本心本性,视荣辱为一。

由此而言,怎能说希望富贵是人的本心本性呢?

请问为什么华丽的衣裳不放在暗室之中呢?一定是看众人的脸色行事,以荣辱毁誉作为自己欢乐忧愁的由来吧!

那么,希望得到的东西就担心能否得到,得到了又害怕失去,既然害怕失去,于是就无所不用其极了。居上位岂能不骄奢?持成守业岂能不自满?谋求外物岂能不投机苟且?得到了的东西又且君子出其言善，则千里之外应之，岂在于多欲以贵得哉？奉法循理，不絓[3]世网，以无罪自尊，以不任为逸，游心乎道义，偃息乎卑室，恬愉无遌[4]，而神气条达，岂须荣华然后乃贵哉？耕而为食，蚕而为衣，衣食周身则余天下之财，犹渴者饮河，快然以足，不羡洪流，岂待积敛然后乃富哉？

君子之用心若此，盖将以名位为赘瘤，资财为尘垢也，安用富贵乎？

故世之难得者，非财也，非荣也，患意之不足耳！

岂能不失去？

然而，君子出言尽善尽美，千里之外也有人响应，哪里在乎多所欲求而看重得失呢？奉法循理，不羁绊于世俗的罗网，以无罪无过为自尊，以无所任事为安逸，游心于道义，在斗室中安然歇息，恬淡愉快无拘无束，而神气畅达，哪里必须有荣华然后才算富贵呢？耕田为食，养蚕做衣，衣食可以满足身体需要就视天下财富为多余，如同渴了的人饮水河中，快然自足，便不再羡慕滔滔洪流，哪里要等待积累敛聚之后才算富足呢？

君子如此用心，就会把名位视为赘瘤，把财货看作尘垢，哪里用得着所谓富贵呢？

所以，世上难得的，不是财货，也不是荣耀，而是心满意足。

注释

1 **子文三显**：《论语·公冶长》载："令尹子文三仕为令尹，无喜色，三已之，无愠色。" **柳惠三黜**：《论语·微子》载："柳下惠为士师，三黜，人曰：'子未可以去乎？'曰：'直道而事人，焉往而不三黜？枉道而事人，何必去父母之邦？'"

2 **婴**：通"撄"，迫乱，刺激。

3 **絓**：绊住。

4 **遌**：遏阻，抵触。

原文

意足者，虽耦耕甽[1]亩，被褐啜[2]菽，莫不自得；不足者，虽养以天下，委以万物，犹未惬然。

则足者不须[3]外，不足者无外之不须也。

无不须故无往而不乏，无所须故无适而不足。

不以荣华肆志，不以隐约[4]趋俗，混乎与万物并行，不可宠辱，此真有富贵也。

故遗贵欲贵者，贱及[5]之；故忘富欲富者，贫得之。理之然也。

今居荣华而忧，虽与荣华偕老，亦所以终身长愁耳。

故老子曰：乐莫大于无忧，富莫大于知足。此之谓也。

译文

知足的人，即使耕种农田，穿粗衣吃淡饭，也无不满足；不知足的人，即使用天下供养，托以万物，依然不能称心。

如此，满足的人无需依赖外物才满足，不知足的人没有什么东西不是他所需要依赖的。

无所不需，所以无往而不感到缺乏，无所需求，所以无往而不感到满足。

不以荣华富贵而纵心肆意，不以贫困而趋附世俗，浑然与万物并行，宠辱不惊，这是真正拥有富贵。

所以，应该遗弃尊贵却反而追求尊贵的人，卑贱接着就来了；应该忘却财富却渴望财富的人，贫穷接着就来了。这是理之必然。

如今身居荣华富贵却忧心忡忡，虽然与荣华富贵白头到老，也无非终身长愁。

所以老子说：乐莫大于无忧，富莫大于知足。说的是同一个道理。

注释

1 **甽：**同“畎”，田地。

2 **啜：**吃，食。

3 **须：**待，依靠。

4 **隐约：**贫困。

5 **及**:获得,得到。本意赶上。

原文

难曰:感而思室[1],饥而求食,自然之理也。

诚哉是言。

今不使不室不食,但欲令室食得理耳。

夫不虑而欲,性之动也;识而后感,智之用也。性动者,遇物而当,足则无余;智用者,从感而求,倦而不已。故世之所患,祸之所由,常在于智用,不在于性动。

今使瞽者遇室,则西施与嫫母同情[2],愦[3]者忘味,则糟糠与精粺[4]等甘,岂识贤愚好丑,以爱憎乱心哉!

君子识智以无恒伤生,欲以逐物害性,故智用则收之以恬,性动则纠之以和,使智止于恬,性足于和,然后神以默醇,体以和成,

译文

你诘难说:情欲冲动就想到妻子,肚子饥饿就寻找食物,这是自然而然的道理。

这话诚然不错。

我的意思并不是让人不要娶妻吃饭,只是想使人在满足情欲、食欲的行为上合乎养生之理。

不用思虑而有欲望,这是本性的冲动;理解而后感受,这是运用智慧的结果。出于本性冲动的人,与外物相接,行为恰当,满足了便无多余的要求;运用智慧的人顺从所感而去追求,倦怠了也不知休止。所以,世上最害怕的,或者说灾难之产生,一般在于用心用智,而不在于本心本性的冲动。

如果让盲人行男女之事,那么他对西施和嫫母的感受是同样的,心志不清的人食不甘味,糟糠和精米的味道就没有区别,又怎能分辨贤愚美丑,以至产生爱憎之情而惑乱自己的心呢!

君子懂得智慧多变无常伤害生命,懂得欲望使人追逐外物而损害本性,所以智慧的运用以恬淡加以收敛节制,本性的冲动以中和加以纠正制约,使智慧止于恬淡,本性满足于中和,然后精神因沉默而淳厚,身体因平和而健全,抛弃牵累,去除危害,与自然更

去累除害，与彼更生，所谓不见可欲，使心不乱者也。纵令滋味常染于口，声色已开于心，则可以至理遣之，多算胜之。

新再生，这就是所谓眼不见可心可欲的事物，心思也就不被扰乱。即使嘴里经常沾染美味，声色已打开心扉，也可以用"至理"排遣它们，用深谋远虑克制它们。

注释

1 **室**：代指妻子。

2 **嫫母**：传说乃黄帝时的丑妇，与春秋时越国美女西施分别代指妇人丑、美之两极。 **情**：实。

3 **愦**：心乱。

4 **粺**(bài)：精米。

原文

何以言之也？

夫欲官不识君位，思室不拟亲戚，何者？知其所不得，则未当生心也。

故嗜酒者自抑于鸩醴，贪食者忍饥于漏脯[1]，知吉凶之理，故背之不惑，弃之不疑也，岂恨不得酣饮与大嚼哉？

且逆旅之妾[2]，恶者以自恶为贵，美者以自美得贱，美恶之形在目而贵贱不同，是非之情

译文

为什么这样说呢？

想做官的人不会去谋求君主之位，想男女之事的人不会打亲人的主意，为什么？知道不能得到，也就不生出那种心思。

所以，嗜好喝酒的人在毒酒面前会自我抑制，贪吃的人在腐肉面前即使饿了也会忍住，因为他知道吉凶的道理，所以离开它们毫不犹豫，抛弃它们毫无疑惑，怎么会遗憾不能酣饮和大嚼一顿呢？

再说，那位旅店主人的妻妾，丑陋的自以为丑陋反被主人宠爱，漂亮的自恃漂亮反被主人轻贱，美丑摆在眼前而贵贱却不一致，是因为先有了是非之见，所以是美是丑

先著，故美恶不得移也。

苟云理足于内，乘一以御外，何物之能默哉？[3]

由此言之，性气自和，则无所困于防闲[4]，情志自平，则无郁而不通。世之多累，由见之不明也。

又常人之情：远，虽大莫不忽之；近，虽小莫不存之。

夫何故哉？诚以交赊相夺[5]，识见异情也。

都改变不了他的看法。

如果说内心充实，驾驭大道而掌握外物，那什么东西能让他心旌摇动呢？

由此看来，本性气质自然和谐，就没有什么东西用得着防范以至因此受困，性情志气自然平和，就没有什么可以郁结而不通。人世多牵累，是因为人们见识不明。

还有，常人之情是：远的，虽然很大，但没有人不忽视它；近的，即使很小，没有人不重视它。

什么原因呢？实在是因为距离远近争夺人的视线，而人的所识所见因为距离有远近而常常违背真情实景。

注释

1 **漏脯：**隔宿并为屋漏水所沾染的肉，古人以为食之可致死。

2 **逆旅之妾：**《庄子·山木》载："阳子之宋，宿于逆旅。逆旅有妾二人，其一人美，其一人恶，恶者贵而美者贱。阳子问其故，逆旅小子对曰：'其美者自美，吾不知其美也；其恶者自恶，吾不知其恶也。'阳子曰：'弟子记之，行贤而去自贤之行，安往而不爱哉？"

3 **乘：**因。 **一：**道。 **何物之能默：**不觉外物之有无，无物能使之心旌摇动。

4 **闲：**限制。

5 **交：**近。 **赊：**远。 **夺：**替代，取消。

原文

三年丧不内御，礼之禁也，莫有犯者。酒色乃

译文

丧制三年，三年之内不和妻妾同房，这是礼法所禁止的，没有人去违犯。酒色

身之仇也，莫能弃之。

由此言之，礼禁交，虽小不犯；身仇赊，虽大不弃。

然使左手据天下之图，右手旋害其身，虽愚夫不为，明天下之轻于其身。酒色之轻于天下，又可知矣。而世人以身殉之，毙而不悔，此以所重而要所轻，岂非背赊而趣交邪？

智者则不然矣，审轻重然后动，量得失以居身。交赊之理同，故备远如近，慎微如著，独行众妙之门，故终始无虞。此与夫耽欲而快意者，何殊间哉？

难曰：圣人穷理尽性，宜享遐期，而尧孔上获百年，下者七十，岂复疏于导养乎？

案论尧孔虽禀命有限，故导养以尽其寿，此则穷理之致，不为不养生得百年也。

且仲尼穷理尽性，以至七十，田父以六弊[1]蠢愚，有百二十者，若以仲尼之至

如同是身体的仇敌，却没有人能抛弃它们。

由此说来，礼法所禁止的因为事在眼前，所以虽小不违；而身体的仇敌因为为害遥远，所以虽大不弃。

然而，如果让你左手握有天下的版图，右手立刻伤害自己的身体，即使是蠢人也不会干，因为知道天下和自身比较起来，天下是轻的。酒色与天下相比更轻，这也就显然了。但世人却愿意以酒色殉身，至死不悔悟，这是用贵重换取轻微，不正是背远而趋近吗？

智者就不是这样，他往往审察了轻重然后才行动，权衡了得失然后才安身立命。不论远近，道理相同，所以防备远的也如同防备近的，慎重对待细微的事就如同慎重对待显著的事，独行于自然众妙之门，所以始终无忧无患。这与沉溺于欲望、快意于满足的人，相去何其远？

你诘难说：圣人穷理尽性，理应享有高寿，但唐尧、孔子多只有百岁少只有七十，难道是他们疏于导养吗？

我的看法是：唐尧、孔子虽然禀受于自然的生命有限，所以导引服养，以尽其天年，这是掌握了养生之道才达到的，不是不养生而获得了百年之寿。

妙，资田父之至拙，则千岁之论奚所怪哉？

且凡圣人，有损己为世，表行显功，使天下慕之，三徙成都者[2]；或菲饮[3]勤躬，经营四方，心劳形困，趣步失节者；或奇谋潜构[4]，爰及干戈，威武杀伐，功利争夺者；或修行以明污，显智以惊愚，借名高于一世，取准的于天下，又勤诲善诱，聚徒三千[5]，口倦谈议，身疲磬折[6]，形若救孺子[7]，视若营四海[8]，神驰于利害之端，心骛于荣辱之途，俯仰之间，已再抚宇宙之外者。若比之于内视反听[9]，爱气啬精，明白四达而无执无为，遗世坐忘以宝性全真，吾所不能同也。

而且，孔子穷尽性命之理，寿命七十，农夫以无知无识，也有活一百二十岁的，如果用孔子的绝顶聪明，再辅以农夫的憨厚纯朴，那么就是活一千岁的说法又有什么奇怪的呢？

况且，大凡圣人，往往有损己为世，表率品行，显赫功业，使天下仰慕，以致三次迁徙便成都邑的，如虞舜；有节衣缩食，勤恳辛劳，经营四方，心劳形困，以至手脚僵硬、行步失节的，如夏禹；有谋划设计，以至挑起干戈、威武杀伐、争夺功利的，如商汤、周武；有修饰品行以表明世人污浊，显示聪明以悚动愚民，凭借自己的名声使天下人视为准则，同时诲人不倦，循循善诱，聚集三千弟子，终日谈论天下以至唇焦舌敝，身体疲倦恭谨到弯腰曲背，姿态像在寻找迷失的孩子，目光像要经略四海，精神奔驰于利害矛盾的焦点，心思往返于荣辱毁誉之途，抬头俯首之间，心神已多次往来天地宇宙之外的，如孔子。如果把这些人与那些能够内视反听、爱惜元气、省俭精神、明白畅达而无所执持、无所营为、遗世坐忘、保性全真的人相比，我认为是不可同日而语的。

注释

1 **六弊：**六蔽。《论语·阳货》载：“子曰：‘由也！女闻六言六蔽矣乎？’对曰：‘未也。’‘居！吾语女。好仁不好学，其蔽也愚；好知不好学，其蔽也荡；

好信不好学，其蔽也贼；好直不好学，其蔽也绞；好勇不好学，其蔽也乱；好刚不好学，其蔽也狂。'"

2 **三徙成都**：相传虞舜三次迁徙，百姓慕德相从，所至乃成都邑。

3 **菲饮**：饮食节俭。菲，微薄。

4 **奇谋潜构**：阴谋算计策划。

5 **聚徒三千**：相传孔门弟子三千。

6 **磬折**：折腰如磬。形容勤劳恭敬。

7 **形若救孺子**：《庄子·天道》中记载老聃劝孔子说："夫子亦放德而行，循道而趋已至矣，又何偈偈乎揭仁义，若击鼓而求亡子焉？"

8 **视若营四海**：指孔子。典出《庄子·外物》。营，经营，营求。

9 **内视反听**：既能内省于心，又能听从他人的意见。

原文

今不言松柏不殊于榆柳也，然松柏之生各以良殖遂性，若养松于灰壤[1]，则中年枯陨，树之于重崖，则荣茂日新，此亦毓形之一观也。窦公[2]无所服御而致百八十，岂非鼓琴和其心哉？此亦养神之一征也。

火蚕十八日，寒蚕三十日余，以不得逾时之命，而将养[3]有过倍之隆，温肥者早终，凉瘦者迟竭，断可识矣。

圉[4]马养而不乘，用[5]

译文

现在不说松柏和柳树、榆树没有差别，然而松柏的生长是以其良好的生长环境来顺遂其天性的，如果把松柏栽种在灰壤之上，就很容易枯死，种植在高高的山崖上，就枝繁叶茂，日新一日，这也是养育形体的一个例子。窦公无所服养，却活到一百八十岁，不正是因为弹琴使其心性平和吗？这也是保养精神的一种验证。

用火给蚕室加温，十八天蚕就老了，不加温，就能活三十余天，以不能超过一定时限的生命，将息养育却能使它有超过一倍长短的寿命，温暖肥胖的早亡，寒凉瘦小的晚死，这绝对可以肯定。

马厩里的马养而不乘，一般可活六十年，身体疲劳的迅速凋零，形体健全皆六十岁，体疲者速凋，形全者难弊，又可知矣。

富贵多残，伐之者众也；野人多寿，伤之者寡也，亦可见矣。

今能使目与瞽者同功，口与愦者等味，远害生之具，御益性之物，则始可与言养性命矣。

的很难丧命，这也是断然可以认定的。

富贵的人多残损，因为伤害他的东西太多；山野之人多有高寿，因为伤害他的东西很少，这同样是确凿无疑的。

现在如果能使常人的眼睛与盲人的视觉功能一样，常人之口与心志不清的人味觉一样，远离危害生命的事物，服用有益本性的东西，这样的人才开始可以与他谈论养生之道了。

注释

1 **灰壤**：地表下很深的一种土壤。

2 **窦公**：古乐师，目盲。桓谭《新论》载："余前为王翁典乐大夫，得乐家书记，言文帝时得魏文侯时乐人窦公，年百八十岁，两目皆盲。文帝奇之，问曰：'何所服食而能至此耶？'对曰：'臣年十三失明，父母哀其不及众技，教臣为乐，使鼓琴，日讲习以为常事，臣不导引，无所服饵也，不知寿得若何。'"

3 **将养**：保养。

4 **圉**(yǔ)：养马的地方，指养马。

5 **用**：因，因此。

原文

难曰：神农唱粒食之始，鸟兽以之飞走，生民以之视息，今不言五谷，非神农所唱也。

既言上药，又唱五谷者，以上药希寡，艰而难

译文

你诘难说：神农倡导以谷米为食，鸟兽因此能飞翔奔跑，人民因此得以生存，你不屑谈论五谷，这有背神农的倡导。

我的意思是：既提出上等的药物，又倡导五谷，是因为上等的药物稀少，很难得到，而五谷容易种植，勤勉耕作就常有

致，五谷易殖，农[1]而可久，所以济百姓而继夭阏[2]，并而存之。唯贤者志其大，不肖者志其小耳，此同出一人。

至当归止痛，用之不已，耒耜[3]垦辟，从之不辍，何至养命，蔑而不议？此殆玩所先习，怪于所未知。

且平原则有枣栗之属，池沼则有菱芡[4]之类，虽非上药，犹胜于黍稷之笃恭[5]也，视息之具，岂唯五谷哉。

收获，两者可以使百姓度命安生而免于夭折，是并存的。但是贤明的人识其大者，平庸不肖的人识其小者，实际上两者同出一人。

至于当归能止痛，人们用之不已，耒耜可以垦荒耕作，人们使用不辍，为什么对养生反而轻视以致不加议论呢？这大概是习惯的东西就经常赏玩，不知道的东西就少见多怪。

况且，平原上有枣子、栗子之类的东西，池沼湖泽有菱角、鸡头等等，虽然谈不上是上等好药，但还是比五谷养生更稳健可靠，那么，赖以生存的食物，岂止五谷呢？

注释

1 **农**：勤勉。

2 **夭阏**(è)：夭折。

3 **耒耜**(lěisì)：泛指农具。

4 **芡**：植物名，可入药，俗称鸡头，果为芡实。

5 **笃恭**：稳健可靠。

原文

又云：黍稷惟馨，实降神祇。[1]

蘋蘩荇藻[2]，非丰肴之匹，潢污行潦[3]，非重酎[4]之对，荐之宗庙，感

译文

你又说：高粱小米芳香扑鼻，感动神灵下降福祉。

我认为：蘋蘩荇藻一类水草，比不上丰肴美馔，死水浑水，比不上陈年老酒，但进献在宗庙中，照样感动神灵降福，由此可见，神

灵降祉[5]，是知神飨，德之与信，不以所养为生，犹九土[6]述职，各贡方物以效诚耳。

又曰：肴粮入体，益不逾旬，以明宜生之验。

此所以困[7]其体也。今不言肴粮无充体之益，但谓延生非上药之偶耳，请借以为难。

夫所知麦之善于菽，稻之胜于稷，由有效而识之。假无稻稷之域，必以菽麦为珍养，谓不可尚矣。然则世人不知上药良于稻稷，犹守菽麦之贤于蓬蒿，而必天下之无稻稷也。若能杖药以自掖，则稻稷之贱居然可知。

君子知其如此，故准性理之所宜，资妙物以养身，植玄根于初九[8]，吸朝霞以济神。

今若以春酒为寿，则未闻高阳[9]皆黄发之叟也，若以充悦为贤，则未闻鼎食有百年之宾也。

灵所享用的是祭祀者的道义诚心，而不是以供奉的东西为生，如同九州诸侯朝觐天子，献上地方土产以表达诚心罢了。

你还说：饭菜进入体内，好处不超过十天就显示出来，表明五谷对生命的效验。

这正是有损健康的原因。现在我不谈饭菜对人充饥有没有好处，只说对于延年益寿而言，它们是不能与上等的药等量齐观的，请以此来展开论辩。

我们都知道，麦子比菽好，稻子又胜过小米，这是从它们的功效来了解的。如果是一个没有稻子和小米的地方，必定把麦子和菽当作珍贵之物，以为没有什么能超过它们。那么世人不知上等的好药胜过稻子和小米，就像坚持认为豆麦比飞蓬蒿草好，而必定以为天下没有稻子和小米一样。如果能依靠上等的好药保养自己，那么稻子、小米的可轻可贱也就毫无疑问了。

君子知道如此，所以以适宜于天性为准则，借助妙物保养身体，让生命深深根植于大道，吞吐朝霞来滋养精神。

现在如果以美酒为长寿之物，却从未听说过产酒的高阳人人都是长寿老人，如果认为吃得痛快就好，但也没有听说过列鼎而食之家有百岁之客。

注释

1 **黍稷惟馨，实降神祇：**向秀《难养生论》中语。

2 **蘋蘩荇藻：**四种水草。

3 **潢污行潦：**潢污，死水。行潦，积水。

4 **酎(zhòu)：**经多次酿造而成的酒。

5 **祉：**福祉。

6 **九土：**九州。

7 **困：**困苦，有损。

8 **玄根：**根本，大道之本。 **初九：**《易经》一卦六爻，第一爻阳爻称为初九。

9 **高阳：**本为地名，郦食其求见汉高祖时自称"高阳酒徒"，后以高阳指酒徒。

原文

且冉生婴疾[1]，颜子[2]短折，穰岁[3]多病，饥年少疾，故狄食米而生癞，创[4]得谷而血浮，马秣粟而足重，雁食粒而身留[5]。

从此言之，鸟兽不足报功于五谷，生民不足受德于田畴也。而人竭力以营之，杀身以争之。养亲献尊，则唯菊苽[6]粱稻；聘享嘉会，则唯肴馔旨酒，而不知皆淖溺[7]筋液，易糜速腐，初虽甘香，入身臭腐，竭辱精神，染污六府，又郁秽气蒸，自生灾蠹，饕淫所阶[8]，百疾所附。味之

译文

而且，冉耕生病，颜回早逝，丰年多疾，饥年少病，狄人吃稻米而生疮癞，有创口而吃谷就会崩裂出血，用粟喂马，马脚力沉重，大雁食谷，身子滞缓。

由此而言，五谷对鸟兽来说并非有功效之物，百姓对田地里的出产也不必感恩戴德。但是人们竭力营求它们，以至舍弃性命来争夺。奉养双亲、进献尊长，往往只用菊花菰米稻粱；宴请聚会，常常是美酒佳肴，却不知这些都使身体沉溺，易糜速腐，入口虽然甘甜，入体便腐烂发臭，消耗精神，污染五脏六腑，而且又郁积秽浊之气，自然生出蠹蚀伤害，成为贪欲淫秽的阶梯，

者口爽[9]，服之者短祚[10]。岂若流泉甘醴，琼蕊玉英，金丹石菌，紫芝黄精，皆众灵含英，独发奇生，贞香难歇，和气充盈，澡雪五脏，疏彻开明，吮之者体轻，又练骸易气，染骨柔筋，涤垢泽秽，志凌青云。

若此以往，何五谷之养哉？

百病依附的场所。品尝一下口会受伤，长期服用就会短命。哪里像流水甘泉，琼蕊玉英，金丹石菌，紫芝黄精，都是灵丹妙药的精华，独自萌发，生长奇特，醇香久远不息，充满平和之气，澡雪五脏，疏朗透彻，使人气清目明，吸吮了的人体态轻盈，而且能练形换气，染骨柔筋，涤垢去秽，志凌青云。

如此以往，何必五谷来供养呢？

注释

1 **冉生：**冉耕，字伯牛，孔子的学生。 **婴疾：**染疾。婴，通“撄”。

2 **颜子：**颜回，孔子的学生，以好学著称，不幸早逝，孔子伤心长叹：“天丧予！”

3 **穰岁：**丰年。

4 **创：**创伤，伤口。

5 **留：**喻滞重难飞。

6 **苽**(gū)**：**同“菰”，嫩茎叫茭白，果实叫菰米。

7 **淖**(nào)**溺：**沉溺。

8 **饕：**贪婪。 **阶：**阶梯，媒介。

9 **爽：**伤败。

10 **祚：**福。

原文

且螟蛉有子，果蠃负之，性之变也。[1]橘渡江为枳，易土而变，形之异也。[2]

纳所食之气，还质易

译文

况且，书上说“螟蛉有子，果蠃负之”，这是本性的改变。橘树过江而成为枳，水土导致变异，这是形体的变化。

接纳所食之物的元气，返归本质，

性，岂不然哉？

故赤斧以练丹赪发[3]，涓子以术精久延[4]，偓佺以松实方目[5]，赤松以水玉乘烟[6]，务光以蒲韭长耳[7]，邛疏以石髓驻年[8]，方回以云母变化[9]，昌容以蓬蔂易颜[10]。

若此之类，不可详载也。

孰云五谷为最，而上药无益哉？

改善禀性，难道不是这样吗？

所以赤斧因为炼丹而毛发变红，涓子服用术精而长寿，偓佺食松实而眼睛变方，赤松服食水晶而驾雾腾云，务光食用蒲韭而耳朵变长，邛疏煮食石髓而长生，方回服云母而变化莫测，昌容吃蓬蔂而改变容颜。

像这一类事情，不胜枚举。

谁说五谷是最好的养生之物，而上等的好药无益于人身呢？

注释

1 **螟蛉有子，果蠃负之：**语出《诗经·小宛》，古人以为果蠃不产子，窃取螟蛉之子喂养。

2 **易土：**改变生长的土地环境。典出《晏子春秋》，晏子说橘树长在淮南为橘，生在淮北则为枳，叶子相似，果味大不同。

3 **赤斧：**《列仙传》载：赤斧炼丹，与消石同服三十年，反如童子，毛发皆赤，手掌中有赤斧。 **赪**(chēng)**：**红色。

4 **涓子：**传说中的得道成仙者，能致风雨。 **术精：**白术黄精，能补气健脾。

5 **偓佺：**《列仙传》载：偓佺为槐山采药父，好食松实，两目变方，能飞行，逐奔马。

6 **赤松：**《列仙传》载：赤松子为神农时雨师，服水晶，能入火自烧。

7 **务光：**《列仙传》载：务光为夏时人，耳长七寸，好琴，食蒲韭根。

8 **邛疏：**《列仙传》载：邛疏为周封史，能行气炼形，煮石髓而食。

9 **方回：**《列仙传》载：方回为尧之隐人，练食云母，隐于五柞山中。

10 **昌容：**《列仙传》载：昌容为常山道人，自称殷王子，食蓬蔂根，往来山下二百余年，而面色如三十余岁之人。

原文

又责千岁以来，目未之见，谓无其人。

即问谈者，见千岁人，何以别之？

欲校之以形，则与人不异，欲验之以年，则朝菌无以知晦朔[1]，蜉蝣无以识灵龟[2]。然则千岁虽在市朝，固非小年之所辨矣[3]。若彭祖七百，安期千年，则狭见者谓书籍妄记；[4]刘根[5]遐寝不食，或谓偶能忍饥；仲都[6]冬裸而体温，夏裘而身凉，桓谭[7]谓偶耐寒暑；李少君[8]识桓公玉碗，则阮生谓之逢占而知[9]；尧以天下禅许由，而扬雄谓好大为之[10]。

译文

你又责难说：千年以来，从未有人亲眼见过千岁人，所以根本没有这种人。

我且问你，见到千岁人，你如何识别？

想从形体上区别，则这种人与常人无异，想从年岁上区别，则朝菌无从知道月首月尾，蜉蝣无从了解年寿千岁的灵龟。那么，千岁人即使就在都市，也不是我们这些人所能辨认的了。像彭祖七百多岁，安期活千年，一孔之见的人只能说书籍上的记载是胡说八道；刘根久睡不吃，只能说他偶然可以忍饥挨饿；仲都冬天赤身露体而不冷、夏天身穿皮衣也体凉，桓谭说他是偶尔能耐寒受暑；李少君认出桓公的玉碗，阮种认为他只是通过占测而知道的；尧帝把天下让给许由，扬雄说是夸大其辞的人杜撰的。

注释

1 **朝菌无以知晦朔：**语出《庄子·逍遥游》，意为朝生暮死之菌类无从得知月尾月首，喻小知不及大知，小年不及大年。晦朔或解为晨昏。

2 **蜉蝣无以识灵龟：**《淮南子·诠言训》曰：“龟三千岁，浮游不过三日，以浮游而为龟忧养生之具，人必笑之矣。”蜉蝣，水中的小虫子。

3 **小年：**与“大年”相对，指短促的生命。 **辨：**分辨，认识。

4 **彭祖：**传说中活七百余岁的长寿者。 **安期：**仙人，传说活千岁。

5 **刘根：**仙人名，相传不觉饥渴。

6 **仲都**:王仲都,西汉元帝时道士,不畏寒暑。

7 **桓谭**:东汉人,字君山,著《新论》。

8 **李少君**:《史记·封禅书》:"少君见上,上有故铜器,问少君。少君曰:'此器齐桓公十年陈于柏寝。'已而案其刻,果齐桓公器。一宫尽骇,以为少君神,数百岁人也。"

9 **阮生**:阮种,三国陈留尉氏人。 **逢占**:预先猜测占卜的事。

10 **扬雄**:西汉人,字子云,著《法言》《太玄》。《法言·问明》:"或问:'尧将让天下于许由,由耻,有诸?'曰:'好大者为之也,顾由无求于世而已矣。'"

原文

凡若此类,上以周孔为关键[1],毕志一诚;下以嗜欲为鞭策,欲罢不能。驰骤于世教之内,争巧于荣辱之间,以多同[2]自减,思不出位[3],使奇事绝于所见,妙理断于常论,以言通变达微,未之闻也。

久愠闲居,谓之无欢;深恨无肴,谓之自愁;以酒色为供养,谓长生为无聊。然则子之所以为欢者,必结驷连骑[4],食方丈[5]于前也。

译文

凡此种种,上把周公、孔子看作表率,终生专心致志效法周孔;下以嗜好欲望来鞭策自己,欲罢不能。驰骋于世俗的礼教之内,在荣辱之间竞争弄巧,以别人的识见代替自己的主张,所思所想从不超越本位本职,使奇闻异事在所见的范围内绝迹,玄妙之理在平常的识见中被否定,如此来谈论通晓变化、通达精微,真是闻所未闻。

对于闲居生涯久怀愠怒,认为它无欢可言;为无佳肴美馔而怀恨,认为那自然生愁;把酒色当作供养,说长生无可寄托。那么,你所认为欢乐的,一定是车马相连,前呼后拥,山珍海味陈列于前。

注释

1 **关键**:事物的机要。

2 **多同:**同于众人。

3 **位:**职守,范围。

4 **结驷连骑:**车马连接不断,喻喧闹显赫。

5 **方丈:**一丈见方。此喻菜肴丰盛。

原文

夫俟此而后为足,谓之天理自然者,皆役身以物,丧志于欲,原性命之情,有累于所论矣。

夫渴者唯水之是见,酌者唯酒之是求,人皆知乎生于有疾也。今若以从欲为得性,则渴酌者非病,淫湎者非过,桀跖之徒皆得自然[1],非本论所以明至理之意也。

夫至理诚微,善溺于世,然或可求诸身而后悟,校外物以知之。

人从少到长,隆杀好恶有盛衰,或稚年所乐,壮而弃之,始之所薄,终而重之。当其所悦,谓不可夺,值其所丑,谓不可欢。然还成易地,则情变于初也。

苟嗜愿有变,安知今

译文

有如此排场然后才认为满足,并说这就是天理自然,我以为这其实是役身于外物,在欲望中志气颓丧,推究生命的本真,这完全有背于我们所论。

干渴的人唯水是见,想喝酒的人唯酒是求,人们都知道这是有了毛病的人才如此的。现在如果以顺从欲望为符合天性,那么干渴、饮酒的人都不是有病,沉溺情欲的人都不是过失,夏桀、盗跖之徒都是顺应自然,这不是我们所要阐明的养生之道的本意。

至真之理确实精微,容易湮没于世,但或许可以通过从自身寻找而后醒悟,通过比较外物而后懂得它。

人从小到大,荣枯好恶有盛有衰,有的幼年的爱好,长大就舍弃了,有开始鄙薄的,最终反而看重。当喜欢的时候,认为不可改变,当厌恶的时候,认为无从去喜爱。然而时过境迁,好恶之情也就迥异于当初。

假如嗜好愿望会有改变,怎能知道

之所耽，不为败腐，曩之所贱，不为奇美耶？假令厮养暴登卿尹[2]，则监门[3]之类，蔑而遗之。

由此言之，凡所区区一域之情耳，岂必不易哉！

现在所醉心的东西，不会成为腐朽，过去所轻贱的东西，不会成为奇美呢？如果仆人突然大富大贵位登卿尹，那么守门的小吏之类，他也就会轻蔑不屑，等而下之。

由此说来，大凡一时一地的小小的情感，岂能一定不会改变呢？

注释

1 **桀**：夏桀，夏朝末代君主，暴君。 **跖**：春秋时人，大盗，称为“盗跖”。

2 **厮养**：仆役之属。 **卿尹**：高官显贵。

3 **监门**：司门，守门的人。

原文

又饥餐者，于将获所欲，则说情注心，饱满之后，释然疏之，或有厌恶。

然则荣华酒色有可疏之时。

蚺蛇珍于越土，中国遇而恶之；[1]黼黻[2]贵于华夏，裸国得而弃之。当其无用，皆中国之蚺蛇，裸国之黼黻也。

若以大和为至乐，则荣华不足顾也；以恬澹为至味，则酒色不足钦也。

译文

再说，饥饿的人吃饭，对于将要得到的东西专心致志、兴致勃勃，吃饱喝足之后，便漠然疏远，甚至难免厌恶。

那么，荣华酒色也可能有疏远的时候。

蟒蛇在越国被视为佳肴珍品，中原人遇到却憎恶它；礼服在华夏之邦很受看重，裸国的人却不屑一顾。当一件东西被看作无用时，就都成了中原人眼中的蟒蛇，成了裸国人眼中色彩斑斓的礼服。

如果以自然和谐为最大的快乐，那么荣华富贵就不值一提；如果以恬淡安宁为最好的美味，那么酒色也就不足羡慕。如苟得意有地[3]，俗之所乐，皆粪土耳，何足恋哉！

果懂得人生得意的真谛，那么世俗的快乐就如同粪土，何足眷恋！

今谈者不睹至乐之情，甘减年残生，以从所愿，此则李斯背儒，以殉一朝之欲；[4]主父发愤，思调五鼎之味耳。[5]

现在的论者看不到真正快乐的境界，情愿残生减年以顺从自己的欲望，这显然是李斯背叛儒家学说以追求一朝一夕的所欲所想；又像主父偃发愤自强，只为享受一下五鼎烹食的味道罢了。

注释

1 **蚺：**蟒蛇。 **中国：**中原。

2 **黼黻**(fǔfú)**：**古代礼服上的花纹，代指礼服。

3 **地：**谛，真义。

4 **李斯背儒，以殉一朝之欲：**李斯跟随荀卿学儒术，学成向荀卿告辞说：没有什么比卑贱更耻辱的了，没有什么比贫困更悲哀的了。于是西游秦国，后被腰斩于咸阳。

5 **主父：**《史记 · 主父偃传》载主父偃说：我童年时开始游学，四十余年没有如愿，父母不把我当作儿子，兄弟不收留我，宾客嫌弃我，“丈夫生不五鼎食，死即五鼎烹耳”。

原文

且鲍肆自玩，而贱兰茝，[1]犹海鸟对太牢而长愁[2]，文侯闻雅乐而塞耳[3]。故以荣华为生具，谓济万世不足以喜耳。此皆无主于内，借外物以乐之。外物虽丰，哀亦备矣。有主于中，以内乐外，虽无钟

译文

久玩于鲍鱼之肆，便会轻贱兰草芬芳，犹如海鸟面对祭祀的牺牲愁眉不展，文侯听到雅乐而塞住耳朵。所以如果以荣华富贵为托生之具，就会认为万世不老并不值得高兴。这都是内心无主见，借外物寻欢作乐。外物虽然丰富，悲哀却也全在其中了。心怀主见，因为内心和谐而乐观外物，即使没有钟鼓，

鼓，乐已具矣。

但已乐在其中了。

故得志者，非轩冕也；有至乐者，非充屈[4]也，得失无以累之耳。

所以得志的人，并不在乎冠盖轩冕，真正的快乐并不表现为欣喜若狂，只是得失都无法构成牵累而已。

且父母有疾，在困而瘳[5]，则忧喜并用矣。由此言之，不若无喜可知也。

况且，譬如父母有病，发病然后又痊愈了，做儿女的既忧又喜。由此来说，还不如无喜也无忧，这是很显然的。

然则无乐岂非至乐邪？

那么，没有欢乐岂不就是最大的欢乐吗？

故被天和以自然[6]，以道德为师友，玩阴阳之变化，乐长生之永久，任自然以托身，并天而不朽者，孰享之哉？

所以，披盖天然中和之气而顺随自然，以天道地德为师友，感受阴阳二气的变化，乐意欣然于长生不老，在大自然中寄托形体，与天地一同不朽，谁能享受这些呢？

注释

1 **鲍肆自玩，而贱兰茝：**《孔子家语·六本》载孔子说："与善人居，如入芝兰之室，久而不闻其香，即与之化矣。与不善人居，如入鲍鱼之肆，久而不闻其臭，亦与之化矣。"意思是说，时间久远即难辨是非好坏。

2 **海鸟对太牢而长愁：**《庄子·至乐》载："昔者海鸟止于鲁郊，鲁侯御而觞之于庙，奏《九韶》以为乐，具太牢以为膳。鸟乃眩视忧悲，不敢食一脔，不敢饮一杯，三日而死。此以己养养鸟也，非以鸟养养鸟也。"

3 **文侯闻雅乐而塞耳：**《礼记·乐记》载："魏文侯问于子夏曰：'吾端冕而听古乐则唯恐卧，听郑卫之音则不知倦。'"

4 **充屈：**同"充诎"，亦作"充倔"，得意忘形貌。

5 **瘳：**病愈。

6 **天和：**天然中和之气。 **以：**而。

原文

养生有五难：

名利不灭，此一难也。

喜怒不除，此二难也。

声色不去，此三难也。

滋味不绝，此四难也。

神虚精散[1]，此五难也。

五者必存，虽心希难老[2]，口诵至言[3]，咀嚼英华，呼吸太阳，不能不回其操，不夭其年也。

五者无于胸中，则信顺日济，玄德[4]日全，不祈喜而有福，不求寿而自延。

此养生大理之都所[5]也。

译文

养生有五难：

名利之心不能泯灭，这是一难。

喜怒之情不能消除，这是二难。

声色之想不能去除，这是三难。

美味不能断绝，这是四难。

精神空虚散漫，这是五难。

有此五难不能排除，即使心中希望长生不老，口中念诵至理名言，咀嚼灵丹妙药，呼吸太阴太阳之元气，也不能不事与愿违，不能不中道夭折。

如果五难不存乎心中，就会左右逢源，顺天信人，功德圆满，不祈求喜庆却自然有福，不祈求长寿却自然益寿延年。

这是养生精义之所在。

注释

1 **神虚精散**：或作“神虑消散”。

2 **难老**：不老，或曰“难使老者最寿考也”。

3 **至言**：《庄子·知北游》：“至言去言，至为去为。”

4 **玄德**：自然玄妙之德。《老子》：“生而不有，为而不恃，长而不宰，是谓玄德。”

5 **都所**：所在地，聚集之处。

原文

然或有行逾曾闵[1]，服膺仁义，动由中和，无甚大之累，便谓人理已

译文

然而，也许有的人品行超过曾参、闵子骞，心怀仁义，行动遵循中庸之道，没有太大的外物牵累，如此便以为人生之理不过

毕，以此自臧[2]，而不荡喜怒，平神气，而欲却老延年者，未之闻也。

尔尔，以此自我标榜，而不再清除喜怒，平和神气，却想要却老延年，这没有听说过。

或抗志希古，不荣名位，因自高于驰骛。

有的人立志高尚，希慕古人，不以名位为荣，自以为比竞奔功利、驰骛世俗的人高明。

或运智御世，不婴祸，故以此自贵。

有的人运用智慧驾驭尘世，没有遭遇灾祸，因此自认为比别人尊贵。

此于用身，甫与乡党儿齿者同耳[3]，以言存生，盖阙如也。

这样的方式用于处置生命，只不过与乡里高寿老人相同而已，谈到养生保性，则空空如也。

或弃世不群，志气和粹，不绝谷茹芝，无益于短期矣。

有的人弃世不群，志气纯洁，却不断绝五谷不服用灵芝，这无益于短暂的生命。

或琼糇[4]既储，六气[5]并御，而能含光内观，凝神复璞，栖心于玄冥[6]之崖，含气于莫大之涘者[7]，则有老可却，有年可延也。

有的人储备了精美的干粮，驾驭天地六气，能够用智慧之光观照自身，精神专一，返璞归真，神游崇山峻崖，含气江河湖海，如此便可以使衰老退却，使寿命延长。

注释

1 **曾闵：**曾参、闵子骞，均为孔子的学生，有孝行。

2 **自臧：**自我夸耀。臧，善，好。

3 **甫：**才。 **儿齿：**老人齿落后的再生齿，喻高寿。

4 **琼糇：**精美的干粮。

5 **六气：**阴、阳、风、雨、晦、明。

6 **玄冥：**深远幽寂。

7 **莫大：**最大。 **涘：**水边，边际。

原文

凡此数者，合而为用，不可相无，犹辕轴轮辖，不可一乏于舆也。

然人若偏见，各备所患，单豹[1]以营内忘外，张毅[2]以趣外失中，齐以诫济西取败[3]，秦以备戎狄自穷[4]，此皆不兼之祸也。

积善履信，世屡闻之，慎言语，节饮食，学者识之，过此以往，莫之或知。

请以先觉语将来之觉者。

译文

所有这些，合在一起运用，不可或缺，如同辕轴轮辖，对于车子来说一样都不能缺少。

然而人如果心存偏见偏执，各自防备自己所担心的危险，像单豹营内忘外而葬身虎口，张毅趋外失中而暴病身亡，齐国只戒备济水以西的赵国而败于秦，秦国只防范戎狄而陷入穷途，这都是偏执一端不能兼顾带来的灾难。

积累善行，践履诺言，这在世上经常听到，慎于言语，节制饮食，这读书人也知道，但除此以外，人们所知的就不多了。

请让我把先行领悟的东西，告诉将来的醒悟者。

注释

1 **单豹：**《庄子·达生》："鲁有单豹者，岩居而水饮，不与民共利，行年七十，而犹有婴儿之色，不幸遇饿虎，饿虎杀而食之。"

2 **张毅：**《庄子·达生》："有张毅者，高门县薄，无不走也，行年四十，而有内热之病以死。"

3 **齐以诫济西取败：**谓齐国因为只顾在济水西面戒备赵国，终于被燕国、秦国打败。

4 **秦以备戎狄自穷：**秦始皇三十二年(前215)，燕人卢生从海外回来，献图书，上云"亡秦者胡也"，始皇发兵三十万攻胡人，驱赶匈奴，修筑长城，国力因此大减，终至穷途。

释私[1]论

原文

夫称君子者，心无措[2]乎是非，而行不违乎道者也。

何以言之？

夫气静神虚者，心不存乎矜尚[3]；体亮心达者，情不系于所欲。矜尚不存乎心，故能越名教而任自然；情不系于所欲，故能审贵贱而通物情。

物情顺通，故大道无违；越名任心，故是非无措也。

是故言君子则以无措为主，以通物为美；言小人则以匿情为非，以违道为阙。

何者？

匿情矜吝，小人之

译文

大凡称为君子的人，心中无是非毁誉之虑，行为却不违背大道。

为什么这样说呢？

心气宁静、精神空明的人，心不存骄矜自负；体魄健康、心胸豁达的人，情感不会为某种欲望所束缚。心不存骄矜自负，所以能越名教而任自然；情感不为某种欲望束缚，所以能辨察贵贱而通晓万物之情。

能通达物理人情，所以与大道无所背违；超越名教之累而听凭心灵主宰，所以无所措意于是非毁誉。

因此，谈到君子，便是说他以无所措意于是非毁誉为主导，以通达万物之情为美德；谈及小人，则是说他以隐匿真情为过错，以背违大道为缺陷。

为什么呢？

隐匿真情、骄矜悭吝，是小人最丑恶的品德；内心空明、豁达虚怀、无所措意于是至恶；虚心无措，君子之笃行也。

是以大道言：及吾无身，吾有何患？[4]

无以生为贵者，是贤于贵生也。

由斯而言，夫至人之用心，固不存于有措矣。

是故伊尹[5]不惜贤于殷汤，故世济而名显；周旦[6]不顾嫌而隐行，故假摄而化隆；夷吾[7]不匿情于齐桓，故国霸而主尊。

其用心岂为身而系乎私哉！

故管子曰：君子行其道，忘其为身。[8]

斯言是矣。

非毁誉，是君子最敦厚笃实的操守。

所以老子至高无上的《道德经》上说：连自身躯体的存在亦不复计较，还会有什么祸患呢？

不以自己的生命为宝贵，这是真正宝贵生命。

由此说来，至人的用心，本不存在于什么是非毁誉的举意与顾虑。

因此，伊尹在商汤之世不吝惜自己的贤能，从而救济天下而名声显达；周公不顾嫌疑而暗施美德，当仁不让摄行朝政使教化兴隆；管仲不在齐桓公面前隐匿真情，于是齐国称霸而桓公受尊崇。

他们的用心岂是为了自己而被私欲所束缚？

所以管子说：君子行正道，忘记了为自身打算。

这话对了。

注释

1 **释私：**可理解为“除私”，释私就要“越名教而任自然”，要“显情无措”，这篇文章既吻合嵇康一贯的生命哲学观，又充满社会批判意味。

2 **措：**措置，安放，存放。

3 **矜尚：**骄矜自负。

4 **及吾无身，吾有何患：**语出《老子》，意思是说连躯体的存在都不复计较，何患之有。

5 **伊尹：**《史记·殷本纪》载：“伊尹处士，汤使人聘迎之，五反然后肯往从汤，言素王及九主之事，汤举任以国政。”

6 **周旦**:《史记·鲁周公世家》载:“周公旦者,周武王弟也。……其后武王既崩,成王少,在强葆之中,周公恐天下闻武王崩而畔,周公乃践阼代成王摄行政当国。”

7 **夷吾**:即管仲。《史记·管晏列传》载:管仲初事公子纠,与公子小白有隙,后小白立为桓公,囚管仲。鲍叔牙荐管仲,“任政于齐,齐桓公以霸,九合诸侯,一匡天下,管仲之谋也”。

8 **君子行其道,忘其为身**:《管子》中无此语。

原文

君子之行贤也,不察于有庆而后行也;任心无穷,不议于善而后正也;显情无措,不论于是而后为也。

是故傲然忘贤,而贤与庆会;忽然任心,而心与善遇;傥然[1]无措,而事与是俱也。

故论公私者,虽云志道存善,心无凶邪,无所怀而不匿者,不可谓无私。虽欲之伐善,情之违道,无所抱而不显者,不可谓不公。

今执必公之理,以绳不公之情,使夫虽性善者不离于有私,虽欲之伐善,不陷于不公。

译文

君子施展贤德,不是首先考虑有好结果才去行事的;任心而行,无拘无束,不计较善恶然后从事;显露真情,无所措意于是非毁誉,然后作为。

因此,君子傲然忘却自身的贤明,所作所为却与吉庆相合;毫不经意,任心而行,却心与善遇;漫不经心,不以是非为意,却与正确同在。

所以论述公与私的问题,即使说有志于道,心存良善,心无凶邪,但如果不是无所用心而隐匿真情的,不能说是无私。即使欲望损害良善,情感有违道德,但无所怀抱而且无不显露,这不能说是不公。

现在用必公的标准,衡量不公的行为,便使得即使本性善良的人也不能说完全无私,使得即使欲望损害了德行的人也不能说完全不公。

重其名而贵其心，则是非之情不得不显矣。是非必显，有善者无匿情之不是，有非者不加不公之大非。无不是则善莫不得，无大非则莫过其非，乃所以救其非也。非徒尽善，亦所以厉[2]不善也。夫善以尽善，非以救非，而况乎以是非之至者。

故善之与不善，物之至者也。

若处二物之间所往者，必以公成而私败，同用一器，而有成有败。

夫公私者，成败之途而吉凶之门也。

故物至而不移者寡，不至而在用者众。

既重视一个人的名又看重其实，那么是非之情就不会不显豁分明了。是非分明，有善行的人就不会隐匿自己情感上的过错，有过错的人就不会给他加上不公的大罪。没有过错就没有得不到的善，没有大错就不必谴责人的不是，这正是补救他的过错的途径。这不只是为了让善达到极致，也是为了激发不善者改过。鼓励善是为了尽善，不指责过错是为了挽救过错，对小是小非尚且如此，何况大是大非。

所以善与不善，是事物的两端。

如果处在这两端之间往来，一定是公成而私败。如同使用一个器具，有的使用得好而成功，有的使用得不好而失败。

而公和私，是决定成败的途径，进入吉凶的门户。

所以，事物绝对好或绝对不好以至难以移易的毕竟少，而在两端之间却有用的很多。

注释

1 **傥然：**天真无虑的样子。

2 **厉：**通“励”，勉励。

原文

若资乎中人[1]之体，运乎在用之质，而栖心古烈，

译文

假如凭借平常人的条件，发挥其可用可塑的素质，寄心古代刚烈朴实的风

拟足公途，值心而言，则言无不是，触情而行，则事无不吉。

于是乎情之所措者，乃非所措也；欲之所私者，乃非所私也。

言不计乎得失而遇善，行不准乎是非而遇吉，岂非公成私败之数[2]乎？

夫如是也，又何措之有哉？

故里凫显盗[3]，晋文恺悌[4]；勃鞮号罪[5]，忠立身存；缪贤吐衅[6]，言纳名称；渐离告诚[7]，一堂流涕。

尚，践履公道，凭心性说话，所说的话便不会不对，依情感行事，事情便不会不吉利。

于是，情感心意的措置就如同无所措置，欲望带来的偏私便算不上偏私。

说话不计得失反而言必良善，行动不考虑是非反而行必吉祥，这岂不正是公成私败的规律吗？

如此，又哪有是非毁誉的举意？

所以里凫须坦露自己曾经盗窃的行为，晋文帝乐于接受他；寺人披哭诉自己的罪行，反而显示了忠诚又保全了性命；缪贤吐露过去要叛国的错误，他的言论被采纳而且因此扬名；高渐离倾诉肺腑，满堂宾客为之感动流泪。

注释

1 **中人：**普通人，常人。

2 **数：**定数，规律。

3 **里凫显盗：**《左传·僖公二十四年》载：晋公子重耳流亡期间，为他保管财物的仆人里凫须偷窃财物出逃。重耳即位为文公后，里凫须进言：一国之君如果仇视一介小人，会遭众多国人惧怕。文公这才接见了他。

4 **晋侯：**即晋文公。 **恺悌：**平易和乐貌。

5 **勃鞮号罪：**《左传·僖公二十四年》载：勃鞮（又名寺人披）先后奉晋献公、晋惠公的命令刺杀公子重耳，重耳即位为文公后，勃鞮以“君命无二”的辩词和管仲射钩的事例说服文公，获得接见，告以吕省、郤芮谋反之事。

6 **缪贤吐衅：**《史记·廉颇蔺相如列传》载：赵惠文王欲求使者入秦以和氏

璧交换十五城，宦者令缪贤推荐蔺相如，自言曾有罪欲逃往燕国，得舍人相如制止，并从其计请罪而得赦。衅，罪。

7 **渐离告诫：**《史记·刺客列传》载：荆轲刺秦王失败后，高渐离以酒保身份藏匿于宋子，后苦于隐匿生活，暴露身份，于席间击筑而歌，客人皆流涕而出。

原文

然数子皆以投命之祸，临不测之机，表露心识，犹以安全，况乎君子无彼人之罪，而有其善乎？

措善之情，亦甚其所病也。

唯病病，是以不病。[1] 病而能疗，亦贤于病矣。

然事亦有似非而非非，类是而非是者，不可不察也。

故变通之机，或有矜以至让，贪以致廉，愚以成智，忍以济仁。

然矜吝之时，不可谓无廉；猜忍之形，不可谓无仁。此似非而非非者也。

或谗言似信，不可谓有诚；激盗似忠，不可谓无私。此类是而非是也。

译文

这几个人，都是以杀身之祸，面临难以逆料的局面，而表白心曲，尚且由此获得安全，何况君子无此杀身之罪过，反而有善行呢？

举意于向善，心存耿介，这比本来有缺陷更甚。

只有把错误缺陷看作错误缺陷，才能不犯错误。有错能改，比知错而不改要好。

然而，事情也有似非而不是非，似是而并非是的情况，不可不察。

所以变通的契机往往是：骄矜变成谦让，贪婪变成廉洁，愚蠢反而变得聪明，残忍反而变得仁慈。

那么，在一个人骄矜悭吝的时候，不能说没有廉洁；在猜忌狠毒的外表下，不能说没有仁爱。这是似非而不是非的情况。

有时谗言似乎可信，但不能说这就是诚心；大盗有时忠心耿耿，但不能说这故乃论其用心，定其所趣[2]，执其辞以准其理，察其情以寻其变，肆乎所始，明其所终，则夫行私之情，不得因乎似非而容其非，淑亮之心，不得蹈乎似是而负其是。

就是无私。这是似是而并非是的情况。

因此对人，要研究其用心，判断其趋向，用他的言论对照他的行为，审察其情感，寻找他的变化，寻找其开始，明确其终结，如此，按私心行事的人，不可能借似是而非来掩饰其过错，诚实善良，不可能因为似非而是而否定其正确。

故实是以暂非而后显，实非以暂是而后明。

所以真正正确的东西往往在暂时错误的表象出现后才显示其正确，真正错误的东西往往在暂时正确的表象出现后才暴露其错误。

公私交显，则行私者无所冀，而淑亮者无所负矣。

公与私交相显露，行私的人便无可侥幸，诚实善良者也就不致冤屈。

行私者无所冀，则思改其非；立公者无所忌，则行之无疑。此大治之道也。

行私的人无可侥幸，便想到改正其过错；秉公而立者也就无所顾虑，因此行之无疑。这是天下大治之路。

故主妾覆醴[3]，以罪受戮；王陵庭争，而陈平顺旨。[4]于是观之，非似非而非非者乎？

所以，古时候有小妾泼掉毒酒而受辱，王陵抗争于朝廷而陈平顺承旨意的故事，公私之心毕竟有显露之日。由此来看，这不正是像错而其实并非错的情况吗？

注释

1 **唯病病，是以不病：**语出《老子》。

2 **趣：**通“趋”。

3 **主妾覆醴：**《战国策·燕策》载：有个在外为官的人，其妻与人私通，欲以毒酒杀夫。夫归，妻命妾进酒，妾佯装不小心倒掉毒酒而遭鞭打。

4 **王陵庭争：**《史记·吕太后本纪》载：西汉吕太后专权，欲立诸吕为王，右丞相王陵坚决反对，左丞相陈平、绛侯周勃表示同意。王陵责怪二人，陈平、周勃说："于今面折庭争，臣不如君；夫全社稷，定刘氏之后，君亦不如臣。"

原文

明君子之笃行，显公私之所在，阖[1]堂盈阶，莫不寓目而曰："善人也。"然背颜退议，而含私者不复同耳。

抱怨而匿情不改也者，诚神以丧于所感，而体以溺于常名，心以制于所慑，而情有系于所欲，咸自以为有是而莫贤乎己。未有攻肌之惨，骇心之祸，遂莫能收情以自反，弃名以任实。乃心有是焉，匿之以私；志有善焉，措之为恶；不措所措，而措所不措；不求所以不措之理，而求所以为措之道。故明为措而暗于措。是以不措为拙，以致措为工，唯惧隐之不微，唯患匿之不密。故有矜忤之容，以观常人，矫饰之言，以要[2]俗誉。谓永

译文

彰明君子笃实敦厚的品行，显示公私之所在，满堂满室的人，无不看在眼里说："这是善人。"可是转过背私下里议论，有私心的人说的就不再是从前的话了。

心怀怨恨而隐匿真情不思悔改的人，精神丧失在所迷惑感动的事物中，身体沉溺于世俗之名，心灵受制于所慑服的恐惧之物，情感束缚于某种欲望，却自以为是而且以为没有人胜过自己。如果没有肉体摧残的苦痛，让心灵恐惧的灾祸，便不能自我收敛而回头，弃绝虚名而随任笃实。于是，心中有正确的东西，却因为私心而隐匿不显；心志有所向善，却措置举意成恶；不着意他应该着意的，而着意他不应该着意的；不寻求所以不能着意的道理，却寻找怎样着意作为的门道。所以表面上着意举措却并不明白着意举措。这是认为不着意举措是笨拙，而能够着意举措是工巧，只害怕隐蔽不深、掩饰不密。于是用骄矜忤逆的脸色对待常人，用矫饰伪善的言辞谋求世俗的声誉。而且认为，长寿的好方法，莫过于此，整天心驰神

年良规，莫盛于兹，终日驰思，莫窥其外。故能成其私之体，而丧其自然之质也。

往于此，别无所见。因此成就了他包含私心的躯体，而丧失了他自然纯朴的素质。

于是隐匿之情，必存乎心，伪怠之机，必形乎事。

于是，真情隐匿，存于心中，虚伪怠慢的情态形于事外。

若是，则是非之议既明，赏罚之实又笃。不知冒阴之可以无景[3]，而患景之不匿；不知无措之可以无患，而恨措之不巧，岂不哀哉！

如此，是非的争论已然明确，赏罚的结果俨然笃定。这样的人，不知道躲在树荫下就可以没有影子，却担心影子藏不起来；不知道无所措意作为就可以无灾无难，却自恨措意作为如何不工不巧，岂不可悲！

是以申侯苟顺，取弃楚恭；[4] 宰嚭耽私[5]，卒享其祸。

因此，申侯苟且逢迎，终于被楚恭王打发；宰嚭耽于私欲，终遭杀身之祸。

由是言之，未有抱隐顾私而身立清世，匿非藏情而信著明名[6]者也。

由此说来，没有人心怀隐秘、怀抱私欲而能够立身于清平之世的，也没有人文过饰非、藏匿真情而能够信誉卓著、美名称扬的。

注释

1 **阖**：全。

2 **要**：通“邀”。

3 **冒阴**：蒙阴，在树荫的遮盖下。 **景**：同“影”。

4 **申侯苟顺**：《吕氏春秋》载：楚文王病重时对大夫说，申侯伯善逢迎，一定要打发他离开。 **楚恭**：楚恭王，亦即楚共王，疑即楚文王，后终把申侯驱逐。

5 **宰嚭耽私**：太宰嚭，吴国大臣，受贿于越王勾践，劝吴王夫差赦勾践，勾践卧薪尝胆，终破吴国，诛宰嚭。

6 **明名**：或作“明君”。

原文

君子既有其质，又睹其鉴，贵夫亮达，希[1]而存之；恶夫矜吝，弃而远之。所措一非，而内愧乎神；所隐一阙[2]，而外惭其形。言无苟讳，而行无苟隐。不以爱之而苟善，不以恶之而苟非。心无所矜，而情无所系。体清神正，而是非允当。忠感明天子，而信笃乎万民，寄胸怀于八荒，垂坦荡以永日。

斯非贤人君子高行之美异者乎？

或问曰：

第五伦[3]有私乎哉？曰："昔吾兄子有疾，吾一夕十往省，而反寐自安；吾子有疾，终朝不往视，而通夜不得眠。"若是，可谓私乎非私也？

译文

君子既有高尚之质，又目睹前车之鉴，推崇诚实通达、光明磊落，向往亲近而加以保存；厌恶骄矜悭吝，弃而远之。所作所为一有错误，内心就惭愧；一有隐情缺失，外表就惴惴不安。言谈没有苟且隐讳，行为亦复如此。不因为爱而轻易称善，不因为厌恶而随意否定。无所骄矜于心，无所束缚于情。体态清朗，精神纯正，是非评判公允妥当。忠诚感动天子，仁义取信万民，胸怀天地，志在四方，坦荡如日月，光明永垂。

这不是贤人君子高尚的品行中最杰出的成分吗？

有人问：

第五伦有私吗？他说："曾经我哥哥的儿子有病，我一个晚上去探视十次，回房睡觉很安稳；我自己的儿子有病，我一天不去看望一次，却通宵不能入睡。"像这样，是有私还是无私呢？

注释

1 **希：**或作"布"。

2 **阙：**过错，缺点。

3 **第五伦：**东汉人，复姓第五，举孝廉。

原文

答曰：

是非也，非私也。夫私以不言为名，公以尽言为称，善以无吝为体，非以有措为质。今第五伦显情，是无私也；矜往不眠，是有非也。无私而有非者，无措之志也。

夫言无措者，不齐于必尽也；言多吝者，不具于不言而已也。

故多吝有非，无措有是。

然无措之所以有是，以志无所尚，心无所欲，达乎大道之情，动以自然，则无道以至非也。

抱一而无措，则无私无非，兼有二义，乃为绝美耳。

若非而能言者，是贤于不言之私，有非无措，亦非之小者也。[1]

今第五伦有非而能显，不可谓不公也；所显是非，不可谓有措也；有非而谓私，不可谓不惑公私之理也。

译文

回答：

这是错，不是私。私以不作言说为名，公以完全说清为标志，善以无所悭吝为形式，错以有所着意为实质。第五伦表白了真情，这是无私；故作矜持不去探望而不成眠，这是有错。无私而有错，这仍然是无所措意的表示。

说到无所措意，并不是要求每件事都情显言尽；说到多吝，也只是指全盘匿情不言而已。

所以多吝有过错，无所措意往往正确。

然而无所措意之所以往往正确，是因为它无所崇尚，也无所欲求，达到了大道的境界，行动出于自然，于是也就没有什么途径再把它引向错失。

怀抱纯一之道而无所措意于是非毁誉，便无私无非，两者兼得，便是美的极致。

如果有错失而能说出来，这比不说出来的自私要好，有过失而并非着意所为，这也只是小过失。

第五伦有过错而能显露，不可说不坦荡；所显露的是过错，不能说是以是非毁誉为意；如果有过错便认为是有私，这不能不说是分不清公私之理。

注释

1 **有非无措，亦非之小者也：**原作“非无情以非之大者也”，据戴明扬校改，大意可通。

明胆论[1]

原文

有吕子[2]者，精义味道，研核[3]是非，以为人有胆可无明[4]，有明便有胆矣。

嵇先生以为，明、胆殊用，不能相生。

论曰：

夫元气陶铄[5]，众生禀焉，赋受有多少，故才性有昏[6]明。唯至人特钟[7]纯美，兼周外内，无不毕备，降此以往，盖阙如也。或明于见物，或勇于决断，人情贪廉，各有所止，譬诸草木，区以别矣。兼之者博于物，偏受者守其分。

译文

有位叫吕安的人，精通义理，体味大道，考研是非真义，认为人有胆量可以不一定有聪明智慧，有聪明智慧的人一定有胆量。

嵇康先生认为，聪明智慧和胆量用途不同，不能互相生发包含。

嵇先生论述说：

天地宇宙，浩大的元气陶冶一切，众生秉承元气哺育，赋受各各不同，于是心性才能有愚蠢智慧之分。只有至人钟灵毓秀，内外纯美，无不完备，除此以外，便或多或少有不足之处。有的人擅长洞察事物，有的人勇于决断，或贪婪或廉洁，各有归属，如同草木，判然有别。兼承阴阳二气的人知识广博，偏受一气的难免性分偏颇。

所以我说智慧和胆量来自不同的元气禀赋，它们之间不能相生包容。

故吾谓明胆异气，不能相生。

明以见物，胆以决断。专明无胆，则虽见不断；专胆无明，则违理失机。故子家软弱，陷于弑君；[8]左师不断，见逼华臣。[9]皆智及之而决不行也。此理坦然，无所疑滞。

故略举一隅，想不重疑。

聪明智慧用来观察分析事物，胆量用来对事物作出决断。只有聪明而没有胆量，即使有所洞察也不能决断；只有胆量而没有聪明，就难免背违事理、丧失时机。因此，历史上子家就软弱，以致跟随子公犯下弑君之罪；左师没有决断，结果为华臣所逼。这都是有足够的聪明而没有胆量决断的人。这道理很明白，没有什么疑惑不通的。

因此我略举一隅加以说明，想来不至于再有疑问。

注释

1 **明胆：**明，明智，智慧。胆，胆气，勇敢。《明胆论》是嵇康和好友吕安以驳辩的形式讨论“明”“胆”的属性与关系的一篇文章。

2 **吕子：**吕安，嵇康好友，曾“欢爱不衰”，后来两人先后下狱、同时赴死。

3 **研核：**研论稽核。

4 **可无明：**原作“可乐明”。

5 **陶铄：**陶冶。

6 **昏：**昏暗、愚蠢。

7 **钟：**聚集。

8 **子家软弱，陷于弑君：**《左传·宣公四年》载：郑灵公与子公因食鼋而生隙，子公欲与子家谋反，子家退缩，子公反谮子家，子家只能顺从。

9 **左师不断，见逼华臣：**《左传·襄公十七年》载：宋国右师华阅去世，其弟华臣想削弱侄儿华皋比的权力，派人在左师向戌的后门杀死了护卫皋比的家宰华吴。向戌害怕，当场呼“老夫无罪”以逃避，后又以“大臣不顺，国之耻也”为说辞劝宋平公放过华臣。

原文

吕子曰：

敬览来论，可谓诲亦不加矣。析理贵约而尽情，何尚浮秽而迂诞哉？[1]

今子之论，乃引浑元以为喻，何辽辽而坦漫也[2]。故直答以人事之切要焉：

汉之贾生[3]，陈切直之策，奋危言之至，行之无疑，明所察也，忌鹏作赋[4]，暗所惑也。一人之胆，岂有盈缩乎？盖见与不见，故行之有果否也。

子家左师，皆愚惑浅弊，明不彻达，故惑于暧昧，终丁祸害。岂明见照察而胆不断乎？

译文

吕子答复：

敬悉高论，对我的教诲可谓无以复加。不过，分析事理贵在简洁而表达充分，何必崇尚华而不实以至迂阔荒诞呢？

你的高论，引用混沌元气作比喻，为什么如此漫无边际呢？所以我只用切要的人事方面的例证来直接作答：

汉朝贾谊，向皇上条陈直截了断、切中要害的疏策，言辞无所顾忌之极，他这样做毫无疑虑犹豫，因为明于他所洞察的一切，但是却忌讳鹏鸟，作赋自慰，这是因为他所见不明而产生的迷惘。个人的胆量，难道会有伸缩？原因是有洞察和没有洞察，所以行事就有果敢和犹疑的不同了。

子家与左师，都属于愚昧浅薄、对事物缺少洞察力的人，所以在暧昧不明的处境中举止失措，终于遭受灾祸。难道是他们能够明见照察而缺少胆量所以才不能决断吗？

注释

1 **约：**简约。 **迂诞：**迂阔荒诞。

2 **辽辽：**遥不可及貌。 **坦漫：**同“澶漫”，漫衍不着边际。

3 **贾生：**贾谊。

4 **忌鹏作赋：**贾谊为长沙傅时，有鹏鸟飞入其庭舍，止于坐隅，鹏似鸮，不祥之鸟，谊居长沙，其地卑湿，谊自伤悼，以为寿不得长，乃作赋以自广。

原文

故霍光[1]怀沉勇之气，履上将之任，战乎王贺之事；延年[2]文生，夙无武称，陈义奋辞，胆气凌云。斯其验欤。

及於期授首[3]，陵母伏剑[4]，明果之畴，若此万端，欲详而载之，不可胜言也。况有睹夷途而不敢投足，阶云路而疑于迄泰清者乎？

若愚弊之伦为能，自托幽昧之中，弃身陷阱之间，如盗跖[5]窜身于虎吻，穿窬[6]先首于沟渎，而暴虎冯河，愚敢之类，则能有之。

是以余谓明无胆无，胆能偏守。

易了之理，不在多喻，故不远引繁言。若未反三隅，犹复有疑，思承后海，得一骋辞。

译文

所以，霍光怀深沉、勇敢之气，履行上将的职责，却在废除刘贺的事上一时拿不定主张；田延年一介书生，向来没有勇敢的声誉，却慷慨陈词，胆气凌云。这是有智慧就有胆量的证明吧。

至于樊於期主动割下自己的头，王陵之母自愿伏剑而死，事关智慧明察和果敢，这样的事多如牛毛，若详细写来，不胜枚举。何况世上确有看到坦途却不敢投足举步，踏着陡峭之路却疑心自己信步天庭的人呢？

像那些愚昧之辈自以为能干，置身昏暗之中，自投网罗陷阱，就如同盗跖跳梁于虎口，窃贼出没于沟渎，更有甚者，赤手搏虎，徒步涉河，如此愚蠢而冥顽不灵的人，确实有。

因此我认为没有智慧就没有胆量，有胆量不一定有智慧。

这是很容易明白的道理，不必多打比方，所以我也不旁征博引。如果我讲的还不能达到举一反三的效果，你依然有疑问，那么很想接受你再一次教诲，听听你痛快淋漓的言论。

注释

1 **霍光**：字子孟，西汉时大司马，大将军。《汉书·霍光传》载：昭帝崩，霍光奉皇太后诏，迎立昌邑王刘贺。刘贺荒淫，霍光召集群臣商议废立之事。田延年力主以社稷为重，霍光奏请皇太后废刘贺迎立刘病已。

2 **延年**：田延年，大司农。

3 **於期授首**：樊於期自愿献首级给荆轲，助他接近秦王行刺。

4 **陵母伏剑**：王陵之母自尽于项羽军中以安王陵追随刘邦之心。

5 **盗跖**：大盗，传说乃黄帝时人，后柳下惠弟为天下大盗，故亦以盗跖名之。正史所载柳下惠无此一弟。

6 **穿窬**(yú)：逾墙行窃。

原文

论曰[1]：

夫论理情性，析引异同，固当寻所受之终始，推气分之所由，顺端极末，乃不悖耳。

今子欲弃置浑元，捃摭[2]所见，此为好理纲目而恶持纲领也。

本论二气不同，明不生胆。欲极论之，当令一人播无刺讽之胆，而有见事之明，故当有不果之害，非谓中人血气无之。而复资之以明，二气存一体，则明能运胆，贾谊是也。

贾谊明胆自足相经[3]，故能济事。谁言

译文

嵇先生论证说：

大凡讨论事理，分析异同，本应当探讨事物的来源、发展和终结，推导气质情性所从何来，然后顺着事物的开端穷究其走向，这才不至于产生谬误。

现在你要舍弃探讨混沌元气这一事物发生的根本，拾取你所见到的细枝末节，这便如同爱理纲目却厌烦把持纲领。

我本来论述的是阴阳二气不同，聪明并不能派生出胆量。如果极而论之，就好比有一个人，连讽刺一下别人的胆量都没有，却有观察分析事物的能力，这样的人便难免有不果敢决断的祸害，这并不是说中等资质的人一定没有血气胆量。如果有胆量又加上智慧，那么阴阳二气存于一体，有聪明智慧又能够运用胆量，贾谊就是这样的人。

贾谊的智慧和胆量自己足够协调统一，所以能有作为。谁说一点胆量都没有的人，殊无胆，独任明以行事者乎？

子独自作此言，以合其论也。

忌鹏暗惑，明所不周，何害于胆乎？

明既以见物，胆能行之耳，明所不见，胆当何断？进退相扶，何谓盈缩？

就如此言，贾生陈策，明所见也，忌鹏作赋，暗所惑也。尔为明彻于前，而暗惑于后，明有盈缩也。苟明有进退，胆亦何为不可偏乎？

子然霍光有沉勇，而战于废王，此勇有所挠也，而子言一人胆岂有盈缩，此则是也。

贾生暗鹏，明有所塞也；光惧废立，勇有所挠也。

夫唯至明能无所惑，至胆能无所亏耳。

苟自非若此，谁无弊损乎？

能够只凭智慧就可以用来行事呢？

你是自己说出这种话，来支持你的论点。

贾谊忌讳鹏鸟而生出疑惑迷惘，是他的智慧不够，所见不周，和胆量有什么相关呢？

智慧用来洞察事物，胆量能够助人行动，智慧所见不明，胆量又凭何决断？智慧和胆量相辅相成，什么叫作可伸可缩呢？

就如你所说，贾谊上疏陈策，是洞察所见，而忌讳鹏鸟感而作赋，是暗于所见而疑惑迷乱。你认为洞察于前而糊涂于后，那么聪明智慧有涨落伸缩。既然智慧可进可退，胆量为什么不可能有偏执呢？

你肯定霍光沉着勇敢，而在废除刘贺的事上拿不定主意，这表明勇气有所屈挠，你问一个人的胆量岂有伸缩，这就是例证。

贾谊疑惑于鹏鸟，这是智慧有所闭塞；霍光担心废立之事，这是他的勇气有所屈挠。

只有智慧高深的人能无所疑惑，只有胆大如天的人能无所屈挠。

如果不是这样，谁又能没有缺陷呢？

但当总有无之大略，而致论之耳。

夫物以实见为主，延年奋发，勇义凌云，此则胆也；而云夙无武称，此为信宿称而疑成事也。延年处议，明所见也。壮气腾厉，勇之决也。此足以观矣！

子又曰：明无胆无，胆能偏守。

案子之言，此则有专胆之人，亦为胆特自一气明矣。夫五才[4]存体，各有所生。明以阳曜，胆以阴凝。岂可谓有阳而无阴，有阴而无阳耶？[5]虽相须以合德，要自异气也。

凡余杂说，於期陵母暴虎云云，万言一致，欲以何明耶？幸更详思，不为辞费而已矣。

我们只是总括智慧与胆量有无的大概，加以讨论罢了。

大凡对事物的判断，以眼见实在为主，田延年慷慨奋发，勇气凌云，这是胆量；你说他向来不以英武著称，这是你只信历史的传说却对已成的事实反而怀疑。田延年的决策，这是他明于所见，壮气凌云，这是勇敢的决断。这足以让我们明白一切了。

你又说：没有智慧就没有胆量，有胆量却不一定有智慧。

按照你的说法，有人专门有胆，那么很清楚胆量是独自禀受了一种元气了。我们知道：金、木、水、火、土五行之气存于一人之身，各有所生，各有所用。智慧是出于阳气的照耀，胆量是出于阴气的凝聚。怎么能说有阳而无阴、有阴而无阳呢？虽然阴阳二气相互配合，相辅相成，但毕竟是不同的二气。

其余各种说法，如樊於期授首、王陵之母伏剑、空手搏虎等等，千言万语归于一致，你要说明什么呢？希望你再仔细想想，我的话不属多余就行了。

注释

1 **论曰：**原本无此二字。

2 **捃摭**(jùnzhí)**：**拾取。

3 **经：**经纬，协调。

4 **五才：**金、木、水、火、土。

5 此二句原文作“岂可谓有阳而生阴，可无阳耶”。

难自然好学论[1]

原文

夫民之性，好安而恶危，好逸而恶劳，故不扰则其愿得，不逼则其志从。

昔鸿荒之世，大朴[2]未亏，君无文于上，民无竞于下，物全理顺，莫不自得，饱则安寝，饥则求食，怡然鼓腹[3]，不知为至德之世也。

若此，则安知仁义之端，礼律之文？

及至人不存，大道陵迟[4]，乃始作文墨，以传其意，区别群物，使有类族，造立仁义，以婴[5]其心，制为名分，以检其外，劝学讲文，以神其教。

故六经[6]纷错，百家繁

译文

人的天性，希望平安而害怕危难，喜欢安逸而厌恶劳苦，所以人如果不加干扰则得其所愿，不受逼迫强制则心满意足。

从前，远古鸿荒的时候，原始自然的质朴没有缺损，君王在上不修文教，百姓在下互不争竞，万物无损，事理顺当，没有人不心安理得，吃饱了就安安稳稳睡，饿了就找东西吃，拍着肚皮，怡然自乐，也不知道那就是至德完满的世界。

像那样，又哪里会知道什么仁义、礼法、制度呢？

等到圣人不在、大道崩坏，于是开始创作文辞，表达心意，区分众物，使之各有族类，造立仁义，束缚人的心灵，制定名分等级，约束人的作为，劝学讲文，使教化变得神圣。

于是六经纷纭错杂，诸子百家繁荣

炽，开荣利之途，故奔骛而不觉。

昌盛，开启了名利之途，人们争相追逐而毫不醒悟。

注释

1 **难自然好学论**：张叔辽作《自然好学论》，以为“六经为太阳，不学为长夜”。嵇康提出诘难，故有《难自然好学论》。张叔辽，三国魏人，曾任辽东太守。

2 **大朴**：天然质朴，混沌未开。

3 **鼓腹**：喻先民无所忧患，怡然自得，饱食后击腹如击拍。《庄子》有“鼓腹而游”句。

4 **陵迟**：酷刑，所谓千刀万剐。此处指大道分崩离析，不复当初。

5 **婴**：搅扰，刺激。或解作环绕。

6 **六经**：先秦典籍《诗》《书》《礼》《乐》《易》《春秋》，《乐经》于秦焚书后亡佚。

原文

是以贪生之禽，食园池之粱菽；求安之士，乃诡志[1]以从俗。操笔执觚[2]，足容苏息[3]；积学明经，以代稼穑。

是以困而后学，学以致荣，计而后习，好以习成，有似自然，故令吾子谓之自然耳。

推其原也，六经以抑引为主，人性以从欲为欢。抑引则违其愿，从欲则得

译文

因此，贪求生存的禽鸟，在园池中吃人喂的谷子、豆子；追求安稳的士人，背志违心来顺从世俗。操笔作文，足以维持生息；饱读诗书，通晓六经，用来代替耕稼。

因此，遭受了困苦而后学习，求学用以获得荣华富贵，谋划算计而后学习，爱好因为不断重复而形成，反而像是人的自然本性，所以你把这看作真正的自然了。

推究事情的原委，六经以抑制和引导为主旨，人的本性以满足自己的欲望为欢乐。抑制、引导则违背人的愿望，顺从

自然。然则自然之得，不由抑引之六经；全性之本，不须犯情之礼律。

故知仁义务于理伪，非养真之要术；廉让生于争夺，非自然之所出也。

由是言之，则鸟不聚以求驯，兽不群而求畜，则人之真性无为，不当自然耽此礼学矣。[4]

欲望则合乎人的天性。那么，自然天性的获得，不必通过旨在抑制、引导的六经；保全人性的本来面目，不必违背人情的礼法和制度。

所以，我们知道，仁义致力于条理虚伪，不是保养真性的根本途径；廉耻礼让产生于竞奔争夺，并非出于自然本性。

由此说来，禽鸟不必拢聚以求人驯养，野兽不必合群以求人豢畜，那么人的天性无伪，不应该天生耽于礼学。

注释

1 **诡志：**违背自己的心志。

2 **觚：**古时书写用的木简。

3 **苏息：**生息。

4 **鸟不聚以求驯，兽不群以求畜：**“聚”原作“毁”。或校改为“鸟不毁类以求驯，兽不弃群而求畜”。

原文

论又云：

嘉肴珍膳，虽所未尝，尝必美之，适于口也。处在暗室，睹蒸烛之光，不教而悦得于心，况以长夜之冥，得照太阳，情变郁陶，而发其蒙。[1]虽事以末来，情以本应，则无损于自然好学。

译文

你在论述中又说：

佳肴美食，虽然没有尝过，但品尝后一定会赞美，因为它合乎口味。处在暗室中，看到烛火的光亮，不用教导心中自然高兴，何况长夜漫漫，得到太阳的照耀，情绪就会变得豁然明朗，如同解脱蒙昧。虽然事情是后天发生的，但情感却与先天本性相应，那么这便无损于自然好学的说法。

难曰：

夫口之于甘苦，身之于痛痒，感物而动，应事而作，不须学而后能，不待借而后有，此必然之理，吾所不易[2]也。

我的看法是：

口舌对于甘苦，身体对于痛痒，都是感受外物而有所反应，面对事件而有所行动，不必学习就能这样，不必先借而后才有，这是必然的道理，我不能改变。

注释

1 **蒸烛：**或作"烝烛"。麻秆、芦苇、树枝之类所做的烛火。**郁陶：**心始悦而未畅。 **蒙：**蒙昧。

2 **易：**改变。

原文

今子以必然之理，喻未必然之好学，则恐似是而非之议。学如米粟之论[1]，于是乎在也。今子立六经以为准，仰仁义以为主，以规矩为轩乘[2]，以讲诲为哺乳，由其途则通，乖其路则滞。游心极视，不睹其外；终年驰骋，思不出位[3]；聚族献议，唯学为贵；执书摘句，俯仰咨嗟；服膺其言，以为荣华。故吾子[4]谓六经为太阳，不学为长夜耳。

译文

现在你用必然的道理，来说明未必必然的好学，这恐怕是似是而非的见解。前人关于学习对人来说像米和粟的关系一样的见解，就是在这上面建立的。现在你树立六经作为标准，崇尚仁义把它当作事物的根本，把规矩法度当作车马，把讲解教诲看作哺育婴儿，顺着这条路就畅通无阻，背离这条路便阻塞不通。遨游心灵、极目远望，看不到六经以外的东西；终年驰骋，思想不能超越本位；聚众献议，只以学习为贵；手握诗书，寻章摘句，俯仰吟哦，叹息赞美；服膺信奉书上所言，以为是美好所在。因此，你说六经是太阳，不学习是黑暗的长夜。

注释

1 **米粟之论:**《春秋繁露 · 实性》说:"善如米,性如禾,禾虽出米,而禾未可谓米也,性虽出善,而性未可谓善也。"又曰:"善所自有,则教训已非性也,是以米出于粟,而粟不可谓米……善出于性,而性不可谓善。"米,原作"一"。

2 **轩乘:**车乘,车马。

3 **位:**本位,职守。

4 **吾子:**昵称对方,你。

原文

今若以明堂为丙舍[1],以讽诵为鬼语,以六经为芜秽,以仁义为臭腐,睹文籍则目瞧[2],修揖让则变伛[3],袭章服则转筋[4],谭礼典则齿龋[5],于是兼而弃之,与万物为更始,则吾子虽好学不倦,犹将阙焉。则向之不学,未必为长夜,六经未必为太阳也。

俗语曰:乞儿不辱马医[6]。若遇上古无文之治,可不学而获安,不勤而得志,则何求于六经,何欲于仁义哉?

以此言之,则今之学者,岂不先计而后学邪?苟

译文

现在如果把天子的明堂看作墓地的房子,把诵读当作鬼语,把六经视为芜秽,把仁义视为腐臭,看了文章典籍就眼花,奉行打恭作揖就脊背歪曲,穿上礼服身上就不自在,谈论仪礼典制就吐辞不清,于是人们统统放弃这一切,与万物生化相更生终始,那么,你虽然好学不倦,也会废弃它们。那么先前的不学习,就未必是漫漫长夜,六经也未必是太阳。

俗话说:乞丐不以跟随马医求食为耻。如果恰逢上古无为而治的时代,可以不学习而获得平安,不劳作而志得意满,那六经又有何求,仁义又有何向往的必要呢?

由此说来,那些现在学习的人,难道不是先谋划算计好了再学习的吗?

计而后动，则非自然之应也。子之云云，恐故得菖蒲菹[7]耳。

如果是先谋划算计好了而后行动，那就不是自然天性的表现。你所说的那些，怕是吃了菖蒲草的缘故吧。

注释

1 **明堂：**古代天子宣明政教之所，朝会、祭祀、庆赏、教学均于此中举行。**丙舍：**墓地供停放灵柩用的房舍。

2 **目瞧：**目病。

3 **伛(yǔ)：**曲背。

4 **转筋：**抽筋。

5 **谭：**谈。 **齿龋：**牙为虫蛀。此处引申为吐辞不清。

6 **乞儿不辱马医：**《列子·说符》："齐有贫者，常乞于城市，城市患其亟也，众莫之与。遂适田氏之厩，从马医作役而假食。郭中人戏之曰：'从马医而食，不以辱乎？'乞儿曰：'天下之辱，莫过于乞，乞犹不辱，岂辱马医哉？'"

7 **菖蒲菹：**用菖蒲制作的酱或腌菜，传说可使人耳聪目明、心窍开通。菹有草和醢等义。

难宅无吉凶摄生论[1]

原文

夫神祇遐远，吉凶难明，虽中人自竭，莫得其端，而易以惑道。

故夫子寝答于问终，

译文

神祇遥远，吉凶难明，一般人竭尽全力，也不能知道究竟，却轻易迷惑于神鬼之道。

所以孔子不回答关于死亡的提问，不

慎神怪而不言。[2]

是以古人显仁于物，藏用于身，知不可众共，非故隐之，彼非所明也。

吾无意于庶几，而足下师心陋见，断然不疑，系决如此，足以独断。[3]思省来论，旨多不通，谨因来言，以生此难。

方推金木，未知所在，莫有食治。[4]世无自理之道，法无独善之术，苟非其人，道不虚行。礼乐政刑，经常外事，犹有所疏，况乎幽微者耶？[5]

纵欲辨明神微，祛惑起滞，立端以明所由，决断以检其要，乃为有征。[6]

若但撮提群愚，不察蚕种，忿而弃之，因谓无阴阳吉凶之理，得无似噎而怨粒稼，溺而责舟楫者耶？[7]

语怪力乱神。

因此古人把仁爱显示于外物，藏有用于自身，知道无法众人共通，并不是故意隐匿不说，实在是并不明白。

我无意自比古人，但足下的见解那样确定不疑，按照你的推理论断，足以作出结论。仔细推敲你的论点，意思多有不通之处，现根据你的文字，作此诘难。

人们用金、木、水、火、土五行配方位定吉凶，因为不知道具体所在，所以也没有明确所指的地基和宅址。世界上不存在自理之道，方法上也不存在单独奏效的良策，如果不是合适的人，幽妙的“道”是不会凭空显示其真谛的。礼乐刑政，这是天下的常法常规，经理人世间的外部事务，尚且有疏漏，何况是处理更加隐密微妙的事情呢？

即使要明确某些神神妙妙的东西，去除疑惑，消除阻滞，树立界限表明来由，作出决断抓住要领，那也必须是有据可依。

如果只是从芸芸众生的愚昧中挑选一两件事，不体察发生蜕变的过程，忿忿然弃而不顾，却因此说无所谓吉凶阴阳之理，那不正像吃饭噎了却怨恨米谷，自行落水却怪舟楫吗？

注释

1 **难宅无吉凶摄生论：**本篇为嵇康诘难《宅无吉凶摄生论》所作文字。

《宅无吉凶摄生论》的作者或署无名氏或作张邈(即张叔辽)或作阮侃。戴明扬认为:"阮氏与叔夜至交,故往来论难,亦如向秀与叔夜论养生耳。"

2 **夫子:**孔子。 **寝答:**不答。 **终:**死。《论语》记载孔子的言论说"未知生,焉知死","未能事人,焉能事鬼"。 **慎神怪而不言:**《论语·述而》曰"子不语怪力乱神"。

3 **庶几:**差不多,近乎。此指作者不敢庶几于圣人,不敢与圣人相提并论,不敢说接近圣人的见解。 **师心:**谓独出己见也。 **系决:**决断,断定。

4 **金木:**指金、木、水、火、土五行,古人以五行配五方以明吉凶。 **食治:**或改校为"良法"。

5 **经常外事:**经理明确显性显形于外之事。 **幽微:**隐性隐形微妙之事,如鬼神吉凶事。

6 **祛:**去除。 **征:**征象,迹象,证明。

7 **撮提:**提取,择取。 **不察:**原文无此二字。

原文

论曰:

百年之宫,不能令殇子寿;孤逆魁罡,不能令彭祖夭。[1]

又曰:

许负之相条侯[2],英布之黥而后王[3],皆性命也。

应曰:

此为命有所定,寿有所在,祸不可以智逃,福不可以力致。英布畏痛,卒罹刀锯,亚夫忌馁,终有饿患。[4]

译文

你认为:

百年的宫殿,并不能让短命的孩子长寿;凶神恶鬼,也不能使长寿的彭祖夭折。

你又说:

许负给周亚夫看相,英布受黥刑之后方能为王,这都是命里注定的事。

我的回答是:

你认为命有所定,寿夭也无可更改,是祸凭智慧也难以逃脱,是福不会因为勉力而可以得到。英布怕痛,终遭黥刑,亚夫忌讳饥饿,最后还是不食而死。

万物万事，凡所遭遇，无非相命也。

万物万事，凡是我们所遇到的，没有一样不是出于命相。

然唐虞之世，命何同延？长平之卒[5]，命何同短？

然而，唐虞时代，人的寿命为什么都得延长？长平的士兵，寿命为什么都那么短？

此吾之所疑也。

这是我的疑问之一。

即如所论，虽慎若曾颜[6]，不得免祸，恶若桀跖[7]，故当昌炽。吉凶素定，不可推移，则古人何言“积善之家，必有余庆”[8]，“履信思顺，自天祐之”[9]？必积善而后福应，信著而后祐来，犹罪之招罚，功之致赏也。

即使如你所说，谨慎如曾参、颜回，不能免祸，作恶如夏桀、盗跖，却该福禄寿考。既然吉凶命中注定，不可更改，那古人为什么说“积善之家，必有余庆”，“履信思顺，自天祐之”？这是说必须累积善德然后才会有福报，信用昭著然后才会有上天的佑助，一如有罪招来惩罚，有功带来奖赏。

苟先积而后受报，事理所得，不为暗自遇之也；若皆谓之是相，此为决相命于行事，定吉凶于智力，恐非本论之意。此又吾之所疑也。

如果是先有积累而后有报应，这就是合乎事理的，谈不上不知不觉的遇合；如果把这些都说成是命相，那就是说人的命相决定于人的行为，吉凶决定于人的智力，这恐怕不是你本来的意思。这是我的又一个疑问。

注释

1 **殇子：**夭折之子。 **弧逆：**原作“孤逆”。戴明扬以为弧逆指凶逆的方向、方位。 **魁罡：**恶神。 **彭祖：**传说中的长寿者。

2 **许负之相条侯：**《史记·绛侯周勃世家》载：条侯周亚夫为河内守时，许负为之相面，言封侯拜相，最终饿死。后一一应之。

3 **英布之黥而后王：**《史记·黥布传》载：黥布为布衣时，有相者曰：“当刑而王。”后果受黥刑，被项羽封为九江王。

4 **罹：**遭受。 **馁：**饥饿。

5 **长平之卒：**《史记·白起王翦列传》载：秦昭王四十七年（前260），秦将白起在长平之战中坑杀赵国降卒四十万人。

6 **曾颜：**曾参、颜回，孔子的学生，皆持身谨慎，为人端肃。

7 **桀跖：**夏桀、盗跖，见《答难养生论》注。

8 **积善之家，必有余庆：**语出《易经·文言》。

9 **履信思顺，自天祐之：**语出《易经·系辞》。祐，同“佑”，助。

原文

又云：多食不消，必须黄丸。

苟命自当生，多食何畏，而服良药？若谓服药是相之所一，宅岂非是一[1]耶？若谓虽命犹当，须药自济，何知相不须宅以自辅乎？若谓药可论而宅不可说，恐天下或有说之者矣。

既曰寿夭不可求，甚于贵贱，而复曰善求寿强者，必先知夭疾之所自来，然后可防也，然则寿夭果可求耶？不可求也？

既曰彭祖七百，殇子之夭，皆性命自然，而复曰不知防疾，致寿去夭，求实

译文

你还说：吃多了不消化，就必须服用黄丸消食。

我说，如果命里注定当活，那多吃怕什么？又何必服用好药呢？如果说服药是对性命的一种辅助，那住宅难道不同样是一种辅助吗？如果说虽然命中注定当活，但需要药来辅助，又怎么知道不需要住宅的辅助呢？如果说药物之用说得清而住宅的事说不清，恐怕天下也许还有说得清的东西呢。

既然说寿夭不能谋求，相比贵贱更加如此，又接着说善于谋求长寿康强的人一定要事先知道灾难从何而来，然后可以预防，那么人的寿夭到底是可求还是不可求呢？

既然说七百岁的彭祖，夭折的孩子，这都是命中注定的必然，却又说不知道预防疾病，以求长寿，免除夭折，反而在虚幻

于虚，故性命不遂。此为寿夭之来，生于用身，性命之遂，得于善求。然则夭短者，何得不谓之愚？寿延者，何得不谓之智？

中谋求实在，所以性命不遂。这就是说寿夭决定于自己对自身的把持，性命遂心顺意来源于自己是否善于谋求。那么，短命夭折的人，怎么不能说是愚蠢，而长寿者怎么不能说是聪明呢？

苟寿夭成于愚智，则自然之命，不可求之论，奚所措之？

假如寿夭决定于聪明或愚蠢，那么所谓命运，所谓不可谋求的说法，又置于何地？

凡此数者，亦雅论之矛楯[2]矣。

上述种种，也是高论中自相矛盾的地方。

注释

1 **一**：同。

2 **矛楯**：同“矛盾”。

原文

论曰：

专气致柔，少私寡欲，直行情性之所宜，而合养生之正度。求之于怀抱之内，而得之矣。

又曰：

善养生者，和为尽矣。

诚哉斯言，匪谓不然？但谓全生不尽此耳。

夫危邦不入[1]，所以避乱政之害；重门击柝[2]，所

译文

你认为：

固守精气，使身体柔软，少私寡欲，做自己性情适合做的事，这合乎养生的正道。谋求于自身怀抱之内，就能得到这样的结果。

你又认为：

善于养生的人，一个“和”字就足以统括其余。

这话诚然不错，谁说不是这样？但是我认为保全生命未必仅此而已。

危乱的国家不去，是为了避免乱政

以避狂暴之灾；居必爽垲[3]，所以远风毒之患。凡事之在外能为害者，此未足以尽其数也，安在守一和而可以为尽乎？

带来的危害；设立重门，击柝巡更，是为了躲避狂暴之徒带来的灾难；居住的地方要清爽干燥，是为了远离风毒的患难。能够在外部对人身构成伤害的事物，远不止这一些，守一个"和"字怎么能说就是养生之道的全部呢？

夫专静寡欲，莫若单豹，行年七十而有童孺之色，可谓柔和之用矣，而一旦为虎所食，岂非恃内而忽外耶？

沉静少欲的人莫过于《庄子》中记载的单豹，七十岁了脸上还是一派孩子的容颜，可以说是恪守柔和之道的好处了，却终于有一天被老虎吃掉了，这难道不是一味依仗内心却忘了还有身外吗？

若谓豹相正当给虎，虽智不免，则寡欲何益？而云养生可得？

如果说单豹的命相注定要给老虎吃了，怎样聪明多智也在所难免，那清心寡欲又有什么好处？更谈何养生？

若单豹以未尽善而致灾，则辅生之道不止于一和。

如果单豹是因为没有做到尽善尽美所以招致灾难，那么，有助于生命保全的途径就不止是一个"和"字。

苟和未足保生，则外物之为患者，吾未知其所齐[4]也。

如果一个"和"字还不足以保全生命，那么外物中能够造成灾祸的，我就不知道究竟有多少了。

论曰：

你说：

工师占成居则有验，使造新则无征。

占卜者卜筮旧宅有效，占卜新居则无迹可求。

请问，占成居而有验者，为但占墙屋耶？占居者之吉凶耶？

请问，占卜旧宅就有效，那仅仅是占卜墙屋呢？还是占卜居住者的吉凶呢？

若占居者而知盛衰，此自占人非占成居也。占

如果占卜居住者而知道盛衰，这就是占人而不是占卜旧宅。占卜已成的

成居而知吉凶，此为宅自有善恶而居者从之，故占者观表而得内也。

苟宅能制人使从之，则当吉之人受灾于凶宅，妖逆无道，获福于吉居。

尔为吉凶之致，唯宅而已。更令由人也[5]，新便无征耶？若吉凶故当由人，则虽成居，何得而云有验耶？

若此，果可占耶？不可占耶？果有宅耶？其无宅耶？

旧宅而知道吉凶，这是说住宅本身有善有恶，居住者只是因此而有祸福，所以占卜者是观察外表就获得了内情。

如果住宅能决定人的命运使人服从它，那么，本当吉祥的人因住凶宅而可能获灾，无道的妖逆，却因居吉宅而有福。

这样说来，导致吉凶的原因，唯一的因素就是住宅了。而且，只有旧宅能验证，新居便没有吉凶的征兆？如果吉凶本由人决定，那即使是旧宅，凭什么说它便有效验呢？

像这样，是果然可以占卜呢？还是不可以占卜呢？果然是宅有吉凶呢？还是宅无吉凶呢？

注释

1 **危邦不入**：《论语·泰伯》载：孔子曰："危邦不入，乱邦不居。"

2 **重门击柝**：语见《易经·系辞》。柝，夜行所击者，巡夜之具。

3 **爽垲**(kǎi)：清爽干燥。

4 **齐**：或作"济"，限也。

5 **更令由人**：或作"更令由故"。

原文

论曰：

宅犹卜筮，可以知吉凶，而不能为吉凶也。

应曰：

此相似而不同。

译文

你认为：

住宅如同卜筮，可以知道吉凶，却不能直接成为吉凶。

我的回答是：

这两者相似却有不同。

卜者吉凶无豫[1]，待物而应，将来之兆也。相宅不问居者之贤愚，唯观已然，有传者[2]，已成之形也。犹睹龙颜[3]，而知当贵，见纵理，而知当饿。然各有由，不为暗中也。

今见其同于得吉凶，因谓相宅与卜不异，此犹见瑟而谓之箜篌，非但不知瑟也。

纵如论宅与卜同，但能知而不能为，则吉凶已成，虽知何益？卜与不卜，了无所在。而古人将有为，必曰问之龟筮吉，以定所由差，此岂徒也哉？

此复吾之所疑也。

武王营周，则曰考卜惟王，宅是镐京；[4]周公迁邑，乃卜涧瀍，终惟洛食。[5]又曰：卜其宅兆，而安措之。

古人修之于昔如彼，足下非之于今如此，不知谁定可从？

占卜者是不能事先预知吉凶的，必须有了占卜对象之后才能做出相应的反应，是对将来的预言。占卜住宅不问居住者的贤愚，只看到已呈现的状态，能够传达的，只能是已成的形势。如同吕公当年看到高祖一副龙颜，知道他会发迹富贵，许负看到周亚夫嘴中有直的纹理，断定他会饿死。他们是各有所据，并非暗中不期而遇。

现在你只看到占卜和相宅都能得到吉凶，因此就说相宅和占卜没有不同，这如同看到瑟就说是箜篌，这不只是表明你不知道瑟为何物。

即使如你所论，相宅与占卜相同，但只能知道吉凶而本身不能成为吉凶，那么，证明吉凶已经成局，知道了又有何益处？卜卦与不卜卦，完全无所谓。然而，古人将有所作为的时候，总是说问卜问卦择取吉祥，以定行止途径，这难道是空话吗？

这又是我的疑问。

武王经营周王朝时，为消除疑难，进行占卜，然后定都镐京；周公迁邑时，又卜筮于涧水瀍水，最后决定迁往洛邑。古人还说：占卜墓宅，安放死去的人。

古人那样讲究占卜，足下如今如此否定它们，究竟谁是定准、谁可依从呢？

注释

1 **豫：**同“预”，早。

2 **有传者：**或校改为“有无转者”。

3 **睹龙颜：**《史记·高祖本纪》载：吕公好相人，见刘邦隆准而龙颜，于是把女儿嫁给了刘邦。

4 **考卜惟王，宅是镐京：**《诗经·文王有声》：“考卜维王，宅是镐京，维龟正之，武王成之。”指武王卜居镐京之地。

5 **乃卜涧瀍，终惟洛食：**《尚书·洛诰》：“周公曰：‘……予惟乙卯，朝，至于洛师，我卜河朔黎水，我乃卜涧水东，瀍水西，惟洛食。我又卜瀍水东，亦惟洛食。”洛指洛邑。食指食墨，古代卜卦先以墨画龟，然后灼之，裂纹与墨画重合称食墨，为吉兆。

原文

论曰：

为三公宅，而令愚民居之，必不为三公，可知也。

或曰：

愚民必不得久居公侯宅，然则果无宅也。

应曰：

不谓吉宅能独成福，但谓君子既有贤才又卜其居，顺履积德，乃享元吉。犹夫良农既怀善艺，又择沃土，复加耘耔[1]，乃有盈仓之报耳。

今见愚民不能得福于吉居，便谓宅无善恶，何

译文

你认为：

把巨卿三公的宅第让愚民居住，愚民也一定成不了三公，这是显然的事。

你的意思是说：

愚民一定不得长久地居住在三公宅第里，那么，宅第果然没有吉凶可言。

我的看法是：

不是说吉祥的宅第能单独给人造福，只是说君子既有贤才，又占卜其所居之处，顺承天意，积累德行，于是大吉大利。如同良农既有耕田的好手艺，又选择肥沃的土地，再加上仔细耕耘，于是有粮食满仓的回报。

现在看到愚民不能因有吉祥的宅第而获福，便说宅第无善恶好坏，这与看到

异睹种田之无十千，而谓田无壤墒耶[2]？良田虽美，而稼不独茂，卜宅虽吉，而功不独成。相须之理诚然，则宅之吉凶，未可惑也。

今信征祥，则弃人理之所宜；守卜相，则绝阴阳之吉凶；持智力，则忘天道之所存。此何异识时雨之生物，因垂拱而望嘉谷乎？

是故疑怪之论生，偏是之议兴，所托不一，乌能相通？

若夫兼而善之者，得无半非冢宅耶？

论曰：

时日谴祟，古盛王无之，季王之所好。[3]

听此言善矣，顾其不尽然。

汤祷桑林[4]，周公秉圭[5]，不知是谴祟非也？吉日惟戊，既伯既祷[6]，不知是时日非也？

此皆足下家事，先师所立，而一朝背之，必若

种田的人没有好收成就说田本无丰俭好坏有何不同呢？良田虽好，但庄稼并不仅仅因为这一点就生长茂盛，宅第虽有吉兆，也不仅仅因为这一点就让人成功。相辅相成的道理就是这样实实在在，那么，住宅的有凶吉，也就不必疑惑了。

现在相信了先验的吉祥征兆，就放弃人事上的主观努力；信守卜相之道，就否认阴阳的吉凶；凭恃智力，便忘记了天道所在。这一切，与懂得及时雨对万物生长的意义却因此无所事事等待好收成有什么两样呢？

因此，疑惑怪诞的议论产生了，偏执片面的说法有了，各人依据不同，怎能沟通？

如果人贤宅吉能兼而有之，那所得福惠的一半功劳不应归于住宅吗？

你说：

择取吉日良辰祷告上苍驱除邪祟，古代盛世的君王不这样，末世的君王才这样。

这话听起来不错，但并非完全如此。

商汤祷告于桑林，周公设坛秉珪，不知道这是不是驱除邪祟？《诗经》上说："吉日惟戊，既伯既祷"，不知道这是不是择取吉日良辰？

这些都是足下家学中就有的内容，先师长辈记载在典籍中，一旦背叛它们，

汤周未为盛王，幸更思之。又当知二贤，何如足下耶？

必定认为商汤周公不是盛王明主，希望你再仔细想一想。应当知道，二位贤明之君较之足下如何？

注释

1 **耘耔：**《诗经·甫田》有"今适南亩，或耘或耔"。耘，除草。耔，在根部培土。

2 **壤：**土地松软，适于耕种。 **堉：**土地瘠薄。

3 **盛王：**盛世之王。 **季王：**末世之王。

4 **汤祷桑林：**《吕氏春秋·顺民》载：汤初定天下，天大旱，五年不收，汤以身祷于桑林，曰："余一人有罪，无及万夫，万夫有罪，在余一人。无以一人之不敏，使上帝鬼神伤民之命。"于是剪发磨其手，以身为牺牲，祈福于上帝，雨乃大至。

5 **周公秉圭：**《尚书·金縢》载：既克商，武王有疾，周公设坛秉珪，告太王、王季、文王，愿以身代。

6 **既伯既祷：**《诗经·吉日》有"吉日维戊，既伯既祷"句。

原文

论曰：

贼方至，以疾走为务；食不消，以黄丸为先。

子徒知此为贤于安须臾与求乞胡[1]，而不知制贼病于无形、事功幽而无跌也。

夫救火以水，虽自多于抱薪，而不知曲突[2]之先物矣。况乎天下微事，言所不能及，数所不能分，

译文

你说：

盗贼刚至，以快快逃走为当务之急；吃饭不消化，以服用黄丸为最要紧。

这表明你只知道这样做比苟安须臾和求教于乞胡要好，却不知道制贼止病在于防患于未然、成就事业在于不声不响的努力而没有差错。

用水救火，虽然比抱薪救火要好，却不知道关键是事先改造曲突。何况天下许多事非常微妙，连言语都不能传达，气数命运都不能区分，因此古人存而不论。

是以古人存而不论。神而明之，遂知来物，故能独观于万化之前，收功于大顺之后。百姓谓之自然而不知所以然。

同时用精神去体会烛照，于是便得知事物将欲何往，所以能够独自洞察事物的变化于未成之先，在天道演变之后获得验证、取得成功。百姓说这一切出于自然却不明白其中的所以然。

若此，岂常理之所逮耶？

如此，岂是常理所能企及的？

今形象著明有数者，犹尚滞之，天地广远品物多方，智之所知未若所不知者众也。

现在天地间很多事物形象明朗，变化有定数，尚且不能明白畅达，天地广大，品物万方，智慧所不能通达的比所能通达的多得多。

今执避贼消谷之术，谓养生已备、至理已尽，驰心极观，齐此而还，意所不及，皆谓无之，欲据所见以定古人之所难言，得无似蟪蛄[3]之议冰耶？欲以所识而决古人之所弃，得无似戎人问布于中国[4]，睹麻种而不事耶？

如果仅仅掌握了避贼消食的办法，就说养生之道已经齐备，天地至理已经穷尽，任心所想，极目而视，仅此而已，意想不到的，就说子虚乌有，并且想用所见所闻来判断古人所难以言传的事，不正像不知春秋的蟪蛄议论冰雪吗？要用自己所知所识去决定古人存而不论的事物，不正像胡人向中原人问布是何物，看到麻却不知所为何事吗？

吾怯于专断，进不敢定祸福于卜相，退不敢谓家无吉凶也。

我不敢专断，进不敢肯定卜卦看相可以定祸福，退不敢说宅无吉凶。

注释

1 **乞胡**：或指以祸福惑人之游乞术士。

2 **曲突**：《汉书·霍光传》："人为徐生上书曰：'臣闻客有过主人者，见其灶直突，傍有积薪，客谓主人，更为曲突，远徙其薪，不者且有火患。主人嘿然不应，俄而家果失火……'"

3 **蟪蛄：**昆虫名，形似蝉，春生夏死，夏生秋死，故不知有冰雪。《庄子》有"蟪蛄不知春秋"句。

4 **戎人问布：**《吕氏春秋·知接》载：戎人见晒布，问曰："何以为之莽莽也？"晒布者指麻而示之，戎人怒曰："孰之壤壤也，可以为之莽莽也？"

答释难宅无吉凶摄生论[1]

原文

夫先王垂训，开制[2]中人，言之所树，贤愚不违，事之所由，古今不忒[3]，所以致教也。若夫玄机神妙，不言之化，自非至精，孰能与之？

故善求者，观物于微，触类而长，不以己为度也。

案如所论：

甚有则愚，甚无则诞。

今使小有，便得不愚耶？了无[4]乃得离之也？若小有则不愚，吾

译文

古代圣王留下训导，启迪规范芸芸众生，他们在言论中确立的准则，贤愚不违，他们对事物由来的分析，古今不差，由此达到教化的目的。至于事物的玄机神妙之处，无迹可求的变化流转，如果不是极端精通的人，谁能参与其中并且阐释明白呢？

所以善于探求事理的人，在细微处观察事物，触类旁通加以生发，不以自己的一孔之见作为衡量事物的标准。

按照你的观点说：

太相信神鬼之事则愚蠢，一点儿也不信未免荒诞。

那么，如果相信一点呢？就算不愚蠢吗？接近于不相信就能远离荒诞吗？如果相信一点就不算愚蠢，我不知道这相信一点

未知小有其所限止也，若了无乃得离之，则甚无者，无为谓之诞也。

的界限在哪里，如果接近于不相信就能远离荒诞，那么一点儿也不相信也就谈不上是荒诞。

注释

1 **答释难宅无吉凶摄生论：**嵇康作《难宅无吉凶摄生论》后，《宅无吉凶摄生论》之作者有题为《释难宅无吉凶摄生论》之作进行辩论，往来诘难，嵇康故“答释”云云。

2 **开制：**或作“开端”，开启规范。

3 **忒：**差。

4 **了无：**近于无，非“甚无”。

原文

又曰：

私神立则公神废。

然则唯恶夫私之害公，邪之伤正，不为无神也。向墨子[1]立公神之诚，状不甚有之说，使董生[2]托正忌之涂，执不甚无之言，二贤雅趣，可得合而一，两无不失耶？

今之所辨，欲求实有实无，以明自然不诡。持论有工拙，议教有精粗也。寻雅论之指，谓河洛不诚，借助鬼神，故

译文

你又说：

立了私神就废了公神。

那么，你只是担心因私害公，因邪伤正，并不否定神的存在。从前墨子有立公神的诚心，有不完全相信鬼神的言论，使董生既遵循、合乎先王之道和先王之忌(讳莫如深)的途径，又谈论不是完全不信鬼神的主张，这样，两位贤达的取向不是可以合而为一、互不取消吗？

我们现在所要辨别的，是神鬼之事究竟有还是没有，以便阐明自然之理并不诡异。持论自然有工有拙，分析有粗有精。我仔细推敲高论的所指在于，认为河图洛书之说并不可靠，于是借助鬼神，设立宗庙，意在使这些事在本质上显得更神圣神秘，孔子不

为之宗庙，以神其本，不答子路，以敕其末。[3]

然则足下得不为托心无神鬼，齐契[4]于董生耶？而复顾古人之言，惧无鬼神之弊，皃与情乖[5]。立从公废私之论，欲弥缝两端，使不愚不诞，两讥董墨，谓其中央可得而居，恐辞辨虽巧，难可俱通，又非所望于核论[6]也。

故吾谓古人合德天地，动应自然，经世所立，莫不有征，岂匿设宗庙以欺后嗣，空借鬼神以罔[7]将来耶？

足下将谓吾与墨不殊，今不辞同有鬼神，但不偏守一区，明所当然，使人鬼同谋，幽明并济，亦所以求衷，所以为异耳。

回答子路的提问，是为了救正鬼神这类事在后世已形成的种种诬妄不实。

然而，你为什么就不承认自己心里并不相信神鬼之事，和董生的看法是一致的呢？却又顾盼古人的言论，担心没有鬼神造成的弊端，外表和内心不一。你提出立公神废私神的主张，想要弥补两端，以显得既不愚蠢又不荒诞，所以同时讥讽董生和墨子，以为处在他们中间可以左右逢源，但是，恐怕言辞虽然巧妙，却于理难通，又并非我们希望看到的旗帜鲜明的确论。

所以我认为古人德合天地，动应自然，为经国济世确立的法则，无不有根有据，难道会别有用心设立宗庙来欺骗后代，凭空捏造鬼神借以欺罔后世？

足下会说我和墨子没有两样，现在我并不推辞与墨子肯定有鬼神的言论的相同，只是不再偏守一隅，阐明事情的本来面目，使人鬼同谋，幽明并济，同时也是折中，也是因此不同于墨子的地方。

注释

1 **墨子：**墨翟，《墨子》有《明鬼》篇。

2 **董生：**董子，名无心，曾难墨家之徒缠子。事见《论衡·福虚》：“儒家之徒董无心，墨家之徒缠子，相见讲道。缠子称墨家右鬼，是引秦穆公有明德，上帝赐之十九年。董子难以尧舜不赐年，桀纣不夭死。”

3 **河洛不诚:**河洛即“河图洛书”的简称,传说伏羲时代,龙马出河,神龟出洛,背有图书,乃天授神物,圣人则之。汉孔安国认为“河图”即八卦,“洛书”即“洪范九畴”。不诚,不可信。 **不答子路,以敕其末:**《论语·先进》载:子路问事鬼神,孔子曰:“未能事人,焉能事鬼?”又问死,孔子曰:“未知生,焉知死?”敕,通“饬”,齐,正。

4 **齐契:**相同契合。

5 **皃:**同“貌”。 **乖:**违,不合。

6 **核论:**确论,求实之论。

7 **罔:**诳骗,欺罔。或作“誷”。

原文

论曰:

圣人钧[1]疾而祷不同,故于臣弟,则周公请命,亲其身,则尼父[2]不祷,所谓“礼为情皃”者也。

难曰:

若于臣子则宜修情皃,未闻舜禹有请于君父也;若于身则否,未闻武王阏祷[3]之命也;汤祷桑林,复为君父耶?

推此而言,宜以祷为益,则汤周用之祷;无所行,则孔子不请。此其殊途同归,随时之义也。

译文

你认为:

圣人对于同样是生病,祷告的态度却不同,哥哥武王有疾,作为臣子和弟弟的周公筑坛祷告,自己有病,虽然子路请求祷告,孔子却不答应,这就是所谓“礼为情貌”了。

我的看法是:

如果是臣子就应该讲究心诚貌真,但没听说过舜和禹曾为自己的君父祷告;如果是自己就不赞同祷告,也没有听说武王不准周公祷告的命令;而且,商汤祷告于桑林,是为了君父吗?

推而言之,应该说,认为祷告有益,所以商汤、周公祷告;认为祷告无效,所以孔子就不祷告。这是殊途同归、因时而异罢了。

注释

1 **钧**:同。

2 **尼父**:孔子。

3 **阏祷**:阻止祷告。

原文

又曰:

时日,先王所以诫不怠而劝从事。

足下前论云:

时日非盛王所有。

故吾问惟戊之事,今不答惟戊果是非,而曰所以诫劝,此复两许之言也。纵令惟戊尽于诫劝,寻论案名,当言有日耶?无日耶?

又曰:

俗之时日,顺妖忌而逆事理。

案此言,为恶夫妖逆,故去之,未为盛王了无日也。夫时日用于盛世,而来代袭以妖惑,犹先王制雅乐,而季世继以淫哇也。

译文

你又说:

所谓"时日",是先王用来告诫人们不要懈怠,要抓住时机从事农耕。

你在前面的文章中论述道:

"时日"不是盛世君王所关注的。

所以我才问你《诗经》上"吉日维戊,既伯既祷"是不是择取吉日良辰的事,你现在对此避而不谈,却说"时日"是先王用来劝诫的,这仍然是模棱两可的话。纵使"时日"的全部用意在于劝诫,根据你的言论落实到这一名称,你是说有"时日"呢,还是没有"时日"呢?

你又说:

世俗通行的"时日",是顺应妖忌而违背事理。

按照这种讲法,是因为"时日"顺应了妖忌所以要去掉它,并不是古代盛世君王那里不存在"时日"这回事。"时日"用于盛世,后来却浸染了妖逆,如同先王制作雅乐,末世却继之以淫哇之声。

现在因为忿于妖忌而要废除"时日",不

今忿妖忌因欲去日，何异恶郑卫而灭《韶》《武》耶？不思其本，见其所弊，辄疾而欲除，得不为遇噎溺而迁怒耶？

正像厌恶郑卫靡靡之音而要消灭先王制作的《韶》和《武》吗？不考虑事情的来龙去脉和本来面目，只看到其弊害，就痛恨而要去除它，那不是吃饭噎了、坐船溺了却迁怒于米粒、舟楫吗？

足下既已善卜矣，乾坤有六子[1]，支干有刚柔[2]，统以阴阳，错以五行，故吉凶可得，而时日是其所由，故古人顺之。焉有善其流而恶有源者，吾未知其可也。

足下既然已首肯卜卦，应该知道，乾坤之道统率三男三女（六卦），干支排列有刚有柔，匹配以阴阳五行，于是能得出吉凶不同的占卜，而“时日”正是阴阳、五行的本源，所以古人信顺它。哪里会有赞同其支流而厌弃其本源的呢？我不明白这怎么可以。

至于河洛宗庙，则谓匿而不信，类祃祈祷[3]，则谓伪而无实，时日刚柔，则谓假以为劝。此圣人专造虚诈以欺天下，匹夫之谅，且犹耻之，今议古人，得无不可乃尔也。

至于河图洛书和宗庙设立，认为这是别有用心并不可靠，各种形式的祭祀祈祷，认为虚伪不实，“时日”或刚或柔有吉有凶，是古人假以作为劝诫。这是说，圣人专门制造虚诈来欺骗天下，以匹夫匹妇的诚信，对此尚且感到可耻，如今这样议论古人，未免太不合适吧。

凡此数事，犹陷于诬妄，家宅之见伐，不亦宜乎？

这几件事，尚被指为诬妄，那我的“宅有吉凶”的见解受到你的攻伐，不是很自然的事吗？

注释

1 **乾坤有六子**：《汉书·郊祀志》：“易有八卦，乾坤六子。”乾为父，坤为母，震为长男，巽为长女，坎为中男，离为中女，艮为少男，兑为少女。

2 **支干有刚柔**：《淮南子·天文训》：“凡日，甲刚乙柔，丙刚丁柔，以至于癸。”《五行大义·论配支干篇》曰:“总而言之,从甲至癸,为阳为干为日,从寅至丑,为阴为支为辰。别而言之,干则甲丙戊庚壬为阳,乙丁己辛癸为阴,支则寅辰午申戌子为阳,卯巳未酉亥丑为阴。阳则为刚,阴则为柔。”据戴明扬注引。

3 **类祃**:祭名。《尔雅》:“是类是祃,师祭也。”郭璞注:“师出征伐,类于上帝,祃于所征之地。”《毛诗传》:“于野曰祃。”

原文

前论曰:

若许负之相条侯,英布之黥而后王,一栏之羊,宾至而有死者,皆性命之自然也。

今论曰:

隆准龙颜,公侯之相,不可假求。

此为相命自有一定,相所当成,人不能坏,相所当败,智不能救。陷当生于众险,虽可惧而无患;抑当贵于厮养,虽辱贱则必尊,若薄姬之困而后昌[1],皆不可为,不可求,而暗自遇之。

全相之论,必当若此,乃一涂得通,本论不滞耳。

吾适以信顺为难,则便

译文

你在前文的论述中认为:

像许负给周亚夫看相,英布受黥刑后方能为王,同一栏圈内的羊,客人来了总有要宰掉的,这都是命里注定。

这一次辩论中你又认为:

隆准龙颜,公侯的命相,不是伪装假借而可求得的。

这就是说人的命相有一定,命中注定成功的,别人破坏不了,命里该失败的,聪明也不能补救。命不该死的人落在险象环生的地方,虽然令人毛骨悚然但不会有患难;让注定会富贵的人充当差役,虽遭辱贱必然会发达,如同薄姬一样先受困阻后得荣昌,这都是无法作为、无法求取而暗自遇合的事。

一切皆出于命相的理论,必当如此,才得一路畅通,左右逢源。

我正好用“信顺”的观点作为诘难,而你又说“信顺”也是源于命相之曰信顺者，成命之理。必若所言，命以信顺成，亦以不信顺败矣。

若命之成败取足于信顺，故是吾前难寿夭成于愚智耳，安得云性命自然也？若信顺果成性命，请问亚夫由几恶而得饿？英布修何德以致王？生羊积几善以获存？死者负何罪以逢灾耶？

既持相命，复借信顺，欲饰二论使得并通，恐似矛楯，无俱立之势，非辩言所能两济也。

理。如果一定按照你所说的，命相因为"信顺"而成，那么不"信顺"就会导致失败了。

如果把命相的成败归结为取决于"信顺"，这与我在前文诘难你把人寿的长短取决于智愚是一样了，怎么能说是自然注定的呢？如果"信顺"果然成就性命，请问，周亚夫是由于几种罪恶才导致饿死？英布修了什么德而成王？羊圈里的羊活着的是积累了多少善行，而挨宰的又是担负了什么罪孽而遭灾？

既主张命相，又借助"信顺"，想要修饰这两种论点使它们可以并通，这恐怕还是矛盾，无法同时成立，也不是你巧辩所能两全的。

注释

1 **薄姬之困而后昌：**《史记・外戚世家》载：薄姬入宫一年多未得临幸，后因管夫人、赵子儿在高祖面前提及三人少时"先贵无相忘"的约定而受到宠幸，生子刘恒，即后来的汉文帝，薄姬遂为皇太后，其弟薄昭封为轵侯。

原文

论曰：

论相命当辨有无，无疑众寡，苟一人有命，则长平皆一矣。

译文

你认为：

讨论命相，只应当辨别有无，不必怀疑众寡多少，如果一个人可以有命，长平四十万士卒也就是一个道理。

又曰：

知命者不立岩墙之下。

吾谓知命者，当无所不顺，乃畏岩墙，知命有在，立之何惧？若岩墙果能为害，不择命之长短，则知与不知，立之有祸，避之无患也。则何知白起非长平之岩墙，而云千万皆命，无疑众寡耶？

若谓长平虽同于岩墙，故是相命宜植之，则命所当至，期于必然，不立之诫，何所施耶？

若此，果有相耶？无相也？

此复吾之所疑也。

又曰：

长平不得系于命，将系宅耶？则唐虞之世，宅何同吉？

吾本疑前论——无非相命，故借长平之异同以难相命之必然，广求异端，以明事理，岂必

你又认为：

知命的人不站在可能倒塌的墙基下。

我认为，知命的人，无所不顺，怎么居然要害怕岩墙，既然知道命中注定，就是站在墙基下又怕什么？如果岩墙果然能够为害，不管命相长短，也不论知命与不知命，反正站在岩墙下就有祸，避开它就一定无灾。这样，又怎么知道白起不是长平四十万士卒的岩墙，而说千万人都是命中注定，不必因为人数多少而产生疑问呢？

如果说长平虽然和岩墙一样，所以正是命中注定的人要碰上它，那么命所当至，非如此不可，不站在岩墙下的告诫，又有何可行性呢？

如此，究竟是有命相还是没有命相呢？

这又是我的疑问。

你还说：

长平之事不归于命，难道归结于宅吗？那唐尧虞舜时代，所有的家宅都是吉祥的吗？

我本来就对你的前论——无非命相的观点颇为疑虑，所以借长平事件中四十万人命运的异同来诘难你的命运必然的观点，广泛搜求相反的例证，用来阐明事理，难道就仅仅能够导致你“宅何同吉”的质问？

而且，我在前文中已经申明，就是吉宅

吉宅以质之耶？

又前论已明吉宅之不独行，今空抑此言，欲以谁难？

又曰：

长平之卒，宅何同凶？

苟泰同足以致，则足下嫌多，不愚于吾也，适至守相，便言千万皆一，校以至理，负情之对，于是乎见。

既虚立吉宅，冀而无获，欲救相命，而情以难显，故云如此，可谓善战[1]矣。

论曰：

卜之尽理，所以成相命者也。

此复吾所疑矣。

前论既以相命为主，而寻益以信顺，此一离娄[2]也。今复以卜成之，成命之具三[3]，而犹不知相命竟须几个为足也？

若唯信顺，于理尚少，何以谓成命之理耶？若是

也并不能凭借吉宅这一点能事遂功成，现在你凭空放下这一观点，要诘难什么呢？

你又说：

长平四十万士卒，他们的家宅为什么一样凶险？

如果说他们遭殃是因为他们的家宅同样凶险，足下认为这数字未免太庞大，那你的愚蠢和我不相上下，因为当你谈论命相时，便说一人有命，千万人也可以同样，这两种说法一比较，前后矛盾，违情背理，就一目了然。

既假设出一个吉宅，又推断它并不一定有获福的希望，要补救命相之说，情理的论据又不够充分，于是不伦不类，左顾右盼，这可算是巧言善辩了。

你认为：

卜筮以穷尽自然之理，用来成就天然命相。

这又是我疑惑不解的地方。

前论既以命相为主，接着又加上“信顺”的说法，这已经够玲珑圆滑，现在又加上占卜以成就命相，完成命相的因素就有三样了，但还不知道成就命相究竟需要多少因素才足够？

如果只有“信顺”这一条，于理太少，怎么能说这就是成命之理呢？如果“信顺”

相济，则卜何所补于命，复曰成命耶？

请问卜之成命：使单豹行卜，知将有虎灾，则隐居深宫，严备自卫，若虎犹及之，为卜无所益也；若得无恙，为相败于卜，何云成相耶？若谓豹卜而得脱，本无厄虎相也，卜为妄语矣。若谓凡有命，皆当由卜乃成，则世有终身不卜者，皆失相夭命耶？若谓卜亦相也，然则卜是相中一物也，安得云以成相耶？

若此，不知卜筮故当与相命通，相成为一，不当各自行也？

仅仅是对命相的辅助，那占卜又何所补于命相呢？还能说是成命之理的必然？

请问，如果占卜足以成就命相，那单豹进行占卜，知道会有虎灾，就隐居深宫大屋，严加防备以自卫，如果老虎仍然吃了他，那卜筮毫无益处；如果单豹因此安然无恙，那命相就敌不过卜筮，还说什么成就命相呢？如果说单豹因为占卜而得脱离虎患，那证明他本来就没有被老虎吃掉的命相，占卜也只是胡说而已。如果说凡有命相，都要占卜才能成就，那世界上有终生不占卜的人，因此失掉了命相只有早亡？如果说占卜也是命相，那占卜是命相的组成部分，怎么能说它帮助成就命相呢？

如此，不知道卜筮原本就和命相沟通成为一体，而不应该各行其是吗？

注释

1 **善战：**善辩。

2 **离娄：**本意为玲珑，引申为圆滑。

3 **成命之具三：**指对方以“相命”为主，益以“信顺”，再复以“卜”，然后曰成命。

原文

论曰：

无故[1]而居可占，犹龙颜可相也。设为吉宅而

译文

你说：

旧宅子住进去事先可以贞占，犹如龙颜可相。设想是吉宅而住进去，希望获得

后居[2]，以幸福报，无异假颜准而望公侯也[3]。然则人实征宅，非宅制人也。

按如所言，无故而居可占者，必谓当吉之人瞑目而前，推遇任命，以暗营宅，自然遇吉也。然则岂独古人，凡有命者，皆可以暗动而自得，正是前论命有自然，不可增减者也。

骤以可为之信顺卜筮，成不可增减之命矣，奚独禁可为之宅不尽相命，唯有暗作乃是贞宅耶？若瞑目可以得相，开目亦无以加也。智者愈当识之。

周公营居，何故踌躇于涧瀍，问龟筮而食洛耶？若龟筮果有助于为宅，则知暗作可有不尽善之理矣。苟暗作有不尽，则不暗岂非求之术耶？若必谓龟筮不能善相于暗作，想亦不失相于考卜也。

幸福的果报，却无异于伪装成龙颜向往成为公侯。那么，实在是人决定宅，而不是宅决定人的命运。

按你的说法，旧宅子住进去事先可以贞占，一定是说命中注定吉利的人闭着眼睛向前，听任命运安排，无意中经营自己的家宅，自然遇到吉祥。然而难道仅仅古人能如此，凡是有命相的人，都可以在无意营为中自然遇到，这正是你前面的论述中所说的“命有自然”，不能减少也不能增加。

你突然认为“信顺”与卜筮可以帮助不能增减的命相的完成，为何独独禁止可以变动的宅第不让它为命相的完成有所助益，而认为只有在无意中遇到的吉宅可以贞占呢？如果闭着眼睛可以成就命相，睁开眼睛也不会增加什么。聪明的人更加应该知道这一点。

周公选择居住地，为何彷徨于涧水瀍水边，请教卜筮然后选定洛邑呢？如果卜筮果然有助于择定宅第，那由此可知，靠冥冥中自然遭遇去获得，就有不尽完善的地方。如果冥冥中的自然遭遇有不尽完善的地方，那么不采取冥冥中自然遭遇的办法去获得不也是一种成就命相的方法吗？如果一定要说占卜不能有效地在自然遭遇中成就命相，想必也不至于因此失去命相。

注释

1 **无故**:谓自然之贞宅。
2 **设为吉宅**:设想之吉宅。
3 **假颜准**:伪装龙准之颜。

原文

则卜与不卜,为与不为,皆期于自得,自得苟全,则善卜者所遇当识,何得无故则能知,有故[1]则不知也?

今疾夫设为,比之假颜,贵夫无故谓之贞宅,然贞宅之与设为,其形不异,同以功成,俱是吉宅也。但无故为贞宅,有故为设为。贞宅授吉于暗遇,设为减福于用知尔。

则吉凶之形,果自有理,可以有故而得,故前论有占成之验也。然则占成之形,何以言之?必远近得宜,堂廉有制,坦然殊观,可得而别。利人以福,故谓之吉;害人以祸,故谓之凶。但公侯之相,暗与吉会耳。然则宅与

译文

那么,占卜与不占卜,作为与不作为,都寄望于不期而遇,如果不期而遇足以完备,那么善于占卜的人遇到了就应当知道,为什么自然而然的宅第可以卜知,而有意营为的宅第就不能卜知呢?

现在痛恨有意营为就比之为伪造的龙颜,推崇无意得之就说是贞宅,然而自然贞宅与有意营为的吉宅,形状没有不同,同样是人力建成,都是吉宅。只是自然得之叫作贞宅,有意营为叫作“设为”,贞宅授人以吉在于自然遭遇,“设为”减人福禄在于启用智慧。

那么,吉凶的显现,果然自有其章程,可以因为某种原因而获得,所以你在前论中有占卜成居才有效验之说。可是,所占成居的形状,又该如何描述?一定是远近适宜,堂皇奢华或简朴省俭有分寸,自然而然别出心裁,与众不同。给人带来福利,所以名为吉;给人带来灾祸,所以称为凶。只是公侯的命相,冥冥中与吉祥符合。然则宅第与性命,虽各属一物,犹如农夫和

性命，虽各一物，犹农夫良田，合而成功也。

设公侯迁后，方乐其吉，而往居之吉宅，岂选贤而后纳，择善而后福哉？

苟宅无情于择贤，不惜吉于设为，则屋不辞人，田不让耕，其所以为吉凶厚薄，何得不均？前吉者不求而遇，后闻吉而往同于居吉宅，而有求与不求矣，何言诞而不可为耶？

由此言之，非从人而征宅，宅亦成人明矣。

若挟颜状，则英布黥相不减其贵，龙准见劓不减公侯。是知颜准是公侯之标识，非所以为公侯也。故标识者非公侯质也。

吉名宅字与吉者宅实也，无吉征而自宅，以征假见难可也，若以非质之标识难有征之吉宅，此吾所不敢许也。[2]

子阳无质而镂其掌[3]，即知当字长耳[4]；巨君篡宅而运其魁[5]，即偏恃之祸，

良田，加在一起就会有好收成。

假设公侯迁居之后，才为它的吉祥而快乐，那他原先居住的吉宅，难道要选上贤人才接纳，择上善人才带来幸福吗？

如果宅第没有办法选择贤人，也不吝惜吉祥于有意营为的人，那么房屋不会拒绝人住，田地也无法拒绝别人耕种，这样，房屋是吉是凶，土地或厚或薄，又怎么会因人而异？前面获得吉祥的人是不求而遇，后面的人闻讯而往，同样住在吉宅中，不同的是一个有心营求一个无意而遇，这怎能说是荒诞不经而无法办到呢？

由此说来，不是人决定住宅，而是住宅在帮助人，这毫无疑问了。

如果抱持相貌，但英布受黥刑破相并不减其富贵，把隆起的鼻梁削掉也不会有损于公侯的地位。因此知道龙颜隆准是公侯的标志，但并不就等于是公侯。因此标志并不是公侯之为公侯的本质。

吉祥的名字和修饰的宅第，与吉祥者以此为居是一致的，没有吉祥的征象却自以为居于吉宅，用征象虚假的理由进行诘难是可以的，但如果以并非本质的标识责难有征象的吉宅，这就是我不敢苟同的了。

公孙述没有王者之质却自镂其掌以帝王自封，王莽篡夺汉室占居帝宫手运斗

非所以为难也。

柄以天命自诩，这是自恃表象、不明实质带来的灾祸，不能作为辩驳的证据。

至公侯之命，禀之自然，不可陶易[6]。

至于公侯的命相，秉承自然，不可改变。

宅是外物，方圆由人，有可为之理，犹西施之洁不可为，而西施之服可为也。

宅是外物，是方是圆取决于人，形状可以改变，正像西施的艳骨不可仿造，西施的着装却可以模仿。

黼黻芳华，所以助仪；吉宅善家，所以成相，故世无作人方而有卜宅说。

礼服光彩夺目，帮助人修饰仪容；吉宅良善之家，用来帮助成就人的命相，所以世上没有仿造人的命相的办法却有占卜宅第之说。

是以知人宅不可相喻也，安得以不可作之人，绝可作之宅耶？

因此我们知道，人和宅是不能互相譬喻比较的，怎么能够用不能仿造命相的人作比喻，来否定可以仿造的宅第呢？

至刑德皆同，此自一家，非本论占成居而得吉凶者也。

至于生杀之理相同，却是另一个范畴的命题，不是我们这里讨论的——占成居可得吉凶——的问题。

且先了此，乃议其余。

这个问题暂告一段落，接下来讨论其余的内容。

注释

1 **有故：**谓设想之吉宅。

2 **吉名宅字与吉者宅实也，无吉征而自宅：**此二句各抄本校本互有不同，释义亦纷杂。

3 **子阳无质而镂其掌：**公孙述，字子阳，新莽末年、东汉初年人。《后汉书·公孙述传》载：某日有龙出述府殿中，夜有光，述以为符瑞，因刻其掌纹曰“公孙帝”。后自立为蜀王，在位十二年，光武帝派兵征讨，述于阵中胸部中枪落马，当夜死去。

4 **即知当字长耳:**此句颇费解,戴明扬校本以为有误,夏明钊译注本不译。

5 **巨君篡宅而运其魁:**《汉书·王莽传》载:王莽篡汉后,铸作威斗,以五石铜为之,长二尺五寸,欲以压胜众兵。兵败之日犹抱持符命威斗,终被商人杜吴所杀。运魁,谓莽旋转斗柄,以天授自诩。

6 **陶易:**变更。

原文

论曰:

猎夫从林,所遇或禽或虎,虎凶禽吉,卜者筮而知之,非能为吉凶也。

如向所言,地之善恶犹禽吉虎凶,猎夫先筮,故择而从,禽如择居,故避凶而从吉。吉地虽不可为,而可择处,犹禽虎虽不可变,而可择从。

苟卜筮所以成相,虎可卜而地可择,何为半信而半不信耶?

又云:

地之吉凶,有若禽虎,不得宫姓则无害,商则为灾也。

案此为怪所不解,而以为难,似未察宫商之理

译文

你认为:

猎人在丛林中打猎,所遇到的或者是禽鸟或者是老虎,遇上老虎凶险,遇上禽鸟则吉祥,会占卜的人通过卜筮可知吉凶,但卜筮本身并不左右吉凶。

按照你的说法,地的好坏善恶,好像禽鸟的吉祥和老虎的凶险一样,猎人先行卜筮,所以能择吉而从,禽鸟如果择居迁徙,所以避凶从吉。吉祥之地虽然不可改变,人却可以择善而居,如同禽鸟、老虎本身虽然不能改变,却可以择吉而从。

如果卜筮可以用来帮助成就命相,虎凶可以卜知,地点可以选择,为什么你只信占卜而不信地理呢?

你又说:

地的吉凶,有如禽虎,不会因为是宫姓所居而无害,商姓所居就为灾。

这种说法让人奇怪不解,你却以此来反驳别人,似乎是没有洞察宫商之理。虽然此地吉祥,但宅或许适宜宫姓的人生活,

也。虽此地之吉，而或长于养宫，短于毓商，犹良田虽美，而稼有所宜。

何以言之？

人姓有五音[1]，五行有相生[2]，故同姓不婚，恶不殖[3]也。

人诚有之，地亦宜然。

故古人仰准阴阳，俯协刚柔，中识性理，使三才[4]相善，同会于大通，所以穷理而尽物宜也。

夫同声相应，同气相求，自然之分也。音不和，则比弦不动；声同，则虽远相应。此事虽著，而犹莫或识。

苟五音各有宜，五气有相生，则人宅犹禽虎之类，岂可见宫商之不同，而谓地无吉凶也？

却不适宜商姓居住，犹如良田虽美，但对庄稼却是各有所宜。

为什么这么说呢？

人的姓氏有宫、商、角、徵、羽五音，五音配五行，有相生相克之分，所以同姓的男女不婚配，是因为相克而不能生育。

人确实如此，地也如此。

所以古人上以阴阳为准，下与刚柔相协，中识自然性命之理，使天、地、人配合良好，一同融会于通达的大道中，以此穷自然之理而尽万物之所宜。

同声相应，同气相求，这是自然的分野。音调不和谐，贴近的弦就不会共鸣；旋律相同，虽然相距遥远也会响应。这样的事即使很明朗，还是有人不明白。

如果五音各有所宜，五行之气各有相生相克，那么人与宅的关系就像人可以选择禽鸟而避开老虎一样，难道可以因为禽虎待人不分姓氏，就从而断定地无吉凶吗？

注释

1 **五音：**宫、商、角、徵、羽。

2 **五行有相生：**五行相生相克，人各有所禀，故有相生相克之说。五行，金、木、水、火、土。

3 **殖：**繁衍生殖。

4 **三才：**天、地、人。

原文

论曰：

徒曰天下或有能说之者，子而不言，谁与能之？

难曰：

足下前论已云有能占成居者，此即能说之矣。故吾曰：天下当有能者。今不求之于前论，而复责吾难之于能言，亦当知冢宅有吉凶也。

又曰：

药之已病，为一也实；而宅之吉凶，为一也诬。

既曰成居可占，而复曰诬耶？药之已病，其验交见[1]，故君子信之；宅之吉凶，其报赊遥[2]，故君子疑之。今若以交赊为虚实，则恐所以求物之地鲜矣。

吾见沟浍不疑江海之大，睹丘陵则知有泰山之高也。若守药则弃宅，见交则非赊，是海人所以终身无山[3]，山客白首无大鱼也。

译文

你说：

高论认为天下或许有人能解说个中幽微，你自己却不作解说，谁能解说呢？

我的回答是：

足下在前论中已经说过，占卜成居可行，这就是解说了。所以我说，天下一定有人能作解说的。现在你不在前面的文字中寻找答案，又责怪我用天下有人能解说来诘难，由此你也应该知道冢宅是有吉凶的。

你又说：

药能治病，这作为成就命相的因素之一是实在的；而宅之吉凶，作为成就命相的因素之一却虚妄不实了。

既然说成居可占，又能说这虚妄不实吗？药能治病，效果立见，所以君子相信这一点；宅之吉凶，果报却很遥远，所以君子怀疑。现在如果以远近当作虚实之分，那恐怕可以用来寻求外在迹象的地方就少了。

我看见沟渠并不怀疑江海之大，见到丘陵便知道有泰山之高。如果认定药能治病却不论宅之吉凶，这是看到近的就否定远的，如同海上的人终生不知有大山，山里人直至白首都否定有大鱼。

你说：

论曰：

智之所知未若所不知者众，此较通世之常滞，然智所不知，不可以妄求也。

凭借人的智慧所能知道的东西不如不知道的东西多，这就出现了世上通常有的疑虑和阻滞。既然是智慧所不能通达的，就不可妄加求取。

难曰：

智所不知，相必亦未知也。今暗许便多于所知者，何耶？必生于本谓之无，而强以验有也，强有之验将不盈于数矣，而并所成验者，谓之多于所知耳。

我认为：

智力所不知道的，命相也一定未必知道。但现在人们默认命相的力量远远多于自己所知，为什么呢？一定要从本源生发只能说是虚无，而勉强以现有的征象进行验证，于是勉强的验证就数不胜数了，再加上已经被验证的，就只能说命相所有的力量多于智力所能知道的。

然苟知果有未达之理，何不因见求隐，寻端究绪，系申而得卯，未失寻端之理，犹猎师以得禽也，纵使寻迹，时有无获，然得禽，曷尝不由之哉？

然而如果真的还有未达之理，何不借助已经显示的来推断隐而不见的呢？寻端究绪，由申而得知卯，这并未失去寻根究底的道理，犹如猎人捕猎禽鸟，即使跟踪追击，有时也一无所获，然而所捕到的禽鸟，何尝不是由于寻踪觅迹呢？

今吉凶不先定，则谓不可求，何异猎兽不期则不敢举足，坐守无根也？

现在吉凶不能事先肯定，就说不可寻求，这何异于打猎没有获得自己定下的目标就不敢举足，无根无据地守株待兔呢？

由此而言，探赜索隐[4]，何谓为妄？

由此说来，探究玄理、追索隐幽，怎能说是虚妄不实？

注释

1 **交见：**立显。交，近也。

2 **赊遥：**久远。赊，远。

3 **无山**:见不到山而否定山的存在。后文"无大鱼"同此。

4 **探赜索隐**:探究玄理、追索隐幽。

管蔡论[1]

原文

或问曰:

案记,管蔡流言,叛戾东都,周公征讨,诛以凶逆,顽恶显著,流名千载。[2]且明父圣兄[3],曾不能鉴凶恶于幼稚,觉无良之子弟,而乃使理乱殷之弊民,显荣爵于藩国,使恶积罪成,终遇祸害。于理不通,心所未安,愿闻其说。

译文

有人问:

根据记载,武王死后,管叔、蔡叔散布流言,在东都反叛,周公奉命征讨,以叛逆之罪诛杀他们,从此,管叔、蔡叔顽恶昭彰,臭名流传千载。而贤明的父兄,却不能在他们幼小时鉴察其凶恶,使无良子弟得以觉悟,还让他们去治理殷朝的遗民,让他们在诸侯中显示尊显的官爵,于是使凶恶累积成罪行,终遭灭顶之灾。此事于理不通,心中有所不安,愿听听你的见解。

注释

1 **管蔡论**:《史记 · 管蔡世家》载:武王同母兄弟十人,长子曰伯邑考,次曰武王发,次曰管叔鲜,次曰周公旦,次曰蔡叔度……武王崩,成王年少,周公旦摄政,管、蔡疑周公之所为不利于成王,挟持纣王之子武庚以作乱。周公旦奉成王之命伐诛武庚,杀管叔而放蔡叔。嵇康置身魏晋间,魏室危颓,司马氏辅政,以周公自许,类似周初政局。魏高贵乡公曹髦在太学提问,他怀疑周公诛杀管、蔡,本身也负有责任未尽的过失,太学博士庾峻不敢作答，嵇康于是作《管蔡论》。

2 **管蔡流言：**传说周公辅政后，管叔、蔡叔在国都散布流言说，周公将不利于成王。 **戾：**反。 **东都：**殷商旧都殷(今河南安阳小屯村)，在周都镐京之东。

3 **明父圣兄：**明父指周文王，圣兄指武王和周公旦。

原文

答曰：

善哉，子之问也！

昔文武之用管蔡以实，周公之诛管蔡以权[1]。权事显，实理沉，故令时人全谓管蔡为顽凶。

方为吾子论之。

夫管蔡皆服教殉义，忠诚自然，是以文王列而显之，发旦二圣举而任之[2]。非以情亲而相私也，乃所以崇德礼贤。济殷弊民，绥辅武庚[3]，以兴顽俗，功业有绩，故旷世不废，名冠当时，列为藩臣。

译文

回答：

你的问题提得很好！

从前文王、武王任用管叔、蔡叔，是根据他们的实际表现，周公诛杀他们则是依据变通的具体原则。变通的事很清楚，任用的实情却已沉没不闻，所以世人都认为管、蔡是凶顽之徒。

我为你仔细加以阐述。

管、蔡原本是服教殉义、忠诚自然的人，因此文王才让他们位列勋爵、显达荣耀，武王、周公二位圣人才举拔任用他们。这并非是感情亲厚而自私，而是为了崇尚德行、礼遇贤能。管叔、蔡叔受命救助殷朝遗民，安抚、协助武庚，以改变遗民顽劣的风俗，事业有功绩，多少世代也无法泯灭，名冠当时，列土封侯。

注释

1 **权：**权宜，通变。

2 **发旦：**发即武王姬发，旦即周公旦。

3 **武庚：**商王纣之子，武王灭商后，封之为殷君。

原文

逮至武卒，嗣诵幼冲[1]，周公践政，率朝诸侯，思光前载，以隆王业。而管蔡服教，不达圣权[2]，卒[3]遇大变，不能自通，忠于乃心[4]，思在王室，遂乃抗言率众，欲除国患，翼存[5]天子，甘心毁旦。

斯乃愚诚愤发，所以徼[6]祸也。

成王大寤，周公显复，一化齐俗，义以断恩。[7]虽内信恕，外体[8]不立。称兵叛乱，所惑者广，是以隐忍授刑，流涕行诛，示以赏罚不避亲戚。

荣爵所显，必钟盛德，戮挞所施，必加有罪。斯乃为教之正体，古今之明义也。

译文

到武王去世，继位者成王年幼，周公摄理朝政，率领诸侯朝觐天子，想要光大前人的业绩，使周王朝更加兴隆。而管叔、蔡叔遵从先王的教诲，不理解圣人权宜通变之策，突然遇到大的变故，思想不通，又忠心耿耿，心思围绕王室，于是发表宣言，率众反叛，要清除国家的祸患，保存天子，以除掉周公为快。

这是愚诚和愤怒的激发，由此招来灾难。

成王大悟，明白了周公的良苦用心，为了统一教化，整治风俗，为道义而弃绝恩私。周公内心虽然想宽恕他们，但怕为臣之体由此不能确立。举兵叛乱，受迷惑的人很多，因此狠心施刑，流泪诛杀，以示赏罚分明，不袒护亲人。

爵位的尊显，必定集中于盛德者，杀戮挞伐，一定加于有罪之人。这是进行教化的正确方式，是古往今来明确的道义。

注释

1 **嗣诵**：继位者成王姬诵。 **冲**：幼小。

2 **圣权**：圣人权宜之策，即周公代成王摄理朝政事。

3 **卒**：同“猝”，突然。

4 **乃心**：管、蔡二人自己的心，犹“其心”也。

5 **翼存:**拥戴保存。

6 **徼:**同“邀”,招致。

7 **成王大寤,周公显复:**《史记·鲁周公世家》载:成王生病,周公剪下指甲沉河来祝祷神明,说:“王少未有识,奸神命者乃旦也。”成王执政,有人诬陷周公,周公奔楚。成王在周公府宅中发现祷书,泣而请回周公。

8 **外体:**外表,指为臣之道是臣之体面。

原文

管蔡虽怀忠抱诚,要为罪诛。罪诛已显,不得复理,内心幽伏[1],罪恶遂章。幽章之路大殊,故令奕世[2]未蒙发起耳。

然论者承名信行,便谓管蔡为恶,不知管蔡之恶,乃所以令三圣[3]为不明也。若三圣未为不明,则圣不佑恶而任顽凶也。顽凶不容于明世,则管蔡无取私于父兄,而见任必以忠良,则二叔故为淑善矣。

今若本三圣之用明,思显授之实理,推忠贤之暗权,论为国之大纪,则二叔之良乃显,三

译文

管叔、蔡叔虽然怀抱忠诚,但终归因罪受诛。因罪受诛显明于世,无法翻案,忠诚的内心因此隐而不显,于是罪恶昭彰。隐而不显的与昭彰于世的相差越来越远,所以一代代人不再知道叛乱发起的真正原因。

然而谈论的人往往依据名声来判断行为,便认为管叔、蔡叔作恶,不知道管、蔡身上的罪恶,正是使三位圣人显得不贤明的原因。如果三位圣人不是不贤明,那么圣人就不会佑护恶人而任用顽愚凶狠之辈。顽愚凶狠之辈不能为贤明之世所容,那么管、蔡无所取私于父兄,他们被任用必定是因为忠良,那么管、蔡二叔原本就是善良洁净的人了。

现在如果本着三圣用人必然明察这一前提,考虑到授之以显位的实际道理,推断忠贤者无法明说的权宜变通,讨论治国的纲纪要领,那么管、蔡二叔的善良就显然了,三圣的任用就有理有据,流言的产生就有苦衷

圣之用也有以[4]，流言之故有缘，周公之诛是矣。且周公居摄，邵奭不悦[5]。

推此言之，则管蔡怀疑，未为不贤，而忠贤可不达权，三圣未为用恶，而周公不得不诛。

若此，三圣所用信良，周公之诛得宜，管蔡之心见理，尔乃大义得通，内外兼叙，无相伐负者，则时论亦得释然而大解也。

因由，周公施行诛杀也无可厚非了。况且，周公摄政，不止管、蔡，召公也不高兴。

由此推论，管、蔡有所怀疑，并不是不贤，而忠贤可能不通达权宜变通，三位圣人并非任用凶恶，周公诛杀也是不得不然。

如果是这样，三位圣人所任用的确是贤良，周公施行诛杀也适宜得当，管叔、蔡叔的用心得以正确理解，然后根本的大义就明朗了，内外两方面的情形得以兼顾，没有夸张也没有冤枉谁，时下的模糊论调也就可以清楚明白地得到解决。

注释

1 **内心幽伏**：鲁迅校改为“内必幽伏”。幽伏，隐而不显。

2 **奕世**：累世，一代接一代。

3 **三圣**：指文王、武王、周公。

4 **以**：原因、根据。

5 **邵奭不悦**：《史记·燕召公世家》载：周公摄政，召公疑之，周公作《君奭》表明心怀，召公看后才消除疑虑。邵奭即召公，姬姓，采邑在召故称召公（一作“邵公”）或召伯。

太师箴[1]

原文

浩浩太素，阳曜阴凝。[2]
二仪陶化，
人伦肇兴。[3]
厥初冥昧[4]，不虑不营。
欲以物开，
患以事成。
犯机触害，
智不救生。
宗长归仁，自然之情。
故君道自然，
必托贤明。
茫茫在昔，罔或不宁。
赫胥既往，绍以皇羲。[5]
默静无文，大朴[6]未亏。
万物熙熙，不夭不离[7]。

译文

浩渺混沌，宇宙初始，
阴阳交合，万物生化，
人类于是兴起。
人之初，蒙昧无知，无虑无求，
欲望在外物刺激下开启，
患难在动作营为中形成，
侵犯玄机，触及危害，
智慧不足以拯救生命。
长幼有序，天下归仁，这是自然之情。
所以为君之道在于自然而然，
委托贤明。
遥远的上古，世界无不安宁，
赫胥氏过去，然后是羲皇，
无为而治，质朴不损，
万物和睦兴旺，没有夭折离丧。

注释

1 **太师箴**：古之太师，位在三公，虽无具体职权，但辅佑天子，重在绍述圣王之德、先君之道，熟悉国之事体，旁通诗书礼乐，所谓"师臣司训，敢告在前"。箴，文体之一种，意多在规诫。嵇康作《太师箴》对当时朝政多有讽谏。

2 **太素**:天地形成的元气元素。《列子·天瑞》曰:"太素,质之始也。" **阳曜阴凝**:阳气舒展照耀,阴气凝聚。

3 **二仪**:指乾坤,即阴阳、天地。 **肇**:肇始。

4 **冥昧**:蒙昧,混沌未凿的原初状态。

5 **赫胥**:赫胥氏,上古帝王。《庄子·马蹄》:"夫赫胥氏之时,民居不知所为,行不知所之,含哺而熙,鼓腹而游,民能以此矣。" **皇羲**:伏羲。

6 **大朴**:天然浑朴,原初状态。

7 **离**:离散分崩,或解作"罹"。

原文

爰及唐虞,犹笃[1]其绪。
体资[2]易简,应天顺矩。
絺褐[3]其裳,土木其宇。
物或失性,惧若在予。
畴咨熙载[4],终禅舜禹。
夫统之者劳,仰之者逸。
至人重身,弃而不恤[5]。
故子州称疾,
石户乘桴。[6]
许由鞠躬,辞长九州。
先王仁爱,愍世忧时。
哀万物之将颓,
然后莅[7]之。

译文

及至唐虞之世,古风依然,
一切易简易能,顺矩应天,
粗布为裳,土木成居,
假如某物丧失本性,便自我警惧,
访寻谁能承继帝业,禅让舜禹。
帝王劳苦,百姓安逸,
至人珍重生命,置帝位于不顾,
因此子州称病不就,
石户乘桴于海,
许由鞠躬揖让,无意掌管九州。
圣王心存仁爱,忧时愍世,
痛惜万物会因此沉沦,
于是莅临天下。

注释

1 **笃**:厚,未曾浇薄。

2 **体资**:体制。

3 **絺褐：**葛布粗衣。

4 **畴咨熙载：**《尚书·尧典》："帝曰：'畴咨若时登庸？'"畴，谁。咨，访问。熙，广。载，事。

5 **恤：**顾。

6 **子州称疾：**《庄子·让王》："尧以天下让许由，许由不受。又让于子州支父，子州支父曰：'以我为天子，犹之可也。虽然，我适有幽忧之病，方且治之，未暇治天下也。'" **石户乘桴：**《庄子·让王》："舜以天下让其友石户之农，石户之农曰：'卷卷乎后之为人，葆力之士也！以舜之德为未至也。'于是夫负妻戴，携子以入于海，终身不反也。"

7 **莅：**临。

原文

下逮德衰，大道沉沦。
智慧日用，渐私其亲。
惧物乖离，攘臂立仁。
利巧愈竞，繁礼屡陈。
刑教争施，夭性丧真。
季世陵迟[1]，继体承资。
凭尊恃势，不友不师。
宰割天下，以奉其私。
故君位益侈，臣路[2]生心。
竭智谋国，不吝灰沉[3]。
赏罚虽存，莫劝莫禁。
若乃骄盈肆志，阻兵擅权。

译文

后来道德衰微了，大道沉沦，
智慧不断启用，人人逐渐自私其亲，
担心人心乖离，奋力创立仁义，
竞名逐利越来越工巧，礼仪纷陈，
刑教并举，失性丧真。
末世礼崩乐坏，每况愈下，
凭仗尊显权势，不友不师，
宰割天下，以奉自私。
因此，君位日益显赫奢侈，臣下三心二意，
竭智尽力谋国篡位，不惜名裂身死。
赏罚虽然分明，却无法禁止。
于是骄横跋扈，恃兵专权，
于是矜威纵虐，祸高于山。
刑罚本为惩暴止恶，如今用来讹胁贤能，

矜威纵虐，祸崇丘山。

刑本惩暴，今以胁贤。

昔为天下，今为一身。

下疾其上，君猜其臣。

丧乱弘多，国乃陨颠。

故殷辛不道，首缀素旗。[4]

周朝败度，彘人是谋。[5]

从前是为了天下，如今只为自己的冠冕。

居下者痛恨其上，君王猜忌臣民，

丧乱越来越多，国家于是颠覆。

商纣淫乱不止，头颅挂上白旗，

厉王败坏制度，结果与彘人共食。

注释

1 **季世**：末世。 **陵迟**：喻分崩离析。

2 **臣路**：臣下。

3 **不吝灰沉**：下耻不辞，污浊不计。吝，惜。灰沉，灰灭，灰身，指粉身碎骨。

4 **殷辛不道，首缀素旗**：殷辛指商纣王。《史记·殷本纪》载：纣王淫乱，武王遂率诸侯讨伐，纣兵败，登鹿台，着宝玉衣，赴火而死。周武王斩纣之头，悬之白旗。

5 **周朝败度，彘人是谋**：《国语·周语》载：周厉王暴虐，国人凡有批评之辞的皆杀之，三年后，国人反叛，厉王被流放到彘地。

原文

楚灵极暴，乾溪溃叛。[1]

晋厉残虐，栾书作难。[2]

主父弃礼，鷇胎不宰。[3]

秦皇荼毒，祸流四海。

是以亡国继踵，古今相承。

译文

楚灵王极尽残暴，饿死乾溪之上，

晋厉公残忍暴虐，栾书发难置之死地。

主父放弃礼仪，只好以雏鸟为食，

秦皇荼毒生灵，祸及四海。

因此亡国之事接踵而来，陈陈相因，

以别人的毁灭为不齿，偏偏自步后尘，

开始安稳如山，后来又瓦解土崩。

丑彼摧灭，而袭其亡征。

初安若山，后败若崩。

临刃振锋，悔何所增。

故居帝王者，无曰我尊，慢[4]尔德音。

无曰我强，肆于骄淫。

弃彼佞幸，纳此迕颜[5]。

谀言顺耳，染德生患。

悠悠庶类[6]，我控我告。

唯贤是授，何必亲戚。

顺乃浩好，民实胥效。[7]

治乱之原，岂无昌教[8]。

穆穆天子，思闻其愆。

虚心导人，允求傥言[9]。

师臣司训，敢告在前。

临阵磨砺刀锋，悔恨徒增。

所以做帝王的人，别说唯我独尊，这有违道德，

别说唯我独强，这将导致骄奢淫逸。

应该远离佞幸小人，亲近耿耿忠良。

阿谀之词顺耳，污败德性滋生祸患，

众生芸芸，只有向帝王倾诉。

唯贤是任，何必亲戚，

顺应天时大道就好，百姓纷纷仿效，

治乱本有所由，怎能没有昌明美教？

庄严天子，倾听臣民的吁告，

虚心引导人民，诚心求取直言。

太师职在训谏，斗胆奉告在帝王面前。

注释

1 **楚灵极暴，乾溪溃叛：**《韩非子 · 十过》载："昔者楚灵王为申之会。宋太子后至，执而囚之，狎徐君，拘齐庆封。……居未期年，灵王南游，群臣从而劫之，灵王饿而死乾溪之上。"

2 **晋厉残虐，栾书作难：**《左传》载：晋厉公侈，多外嬖，欲尽去群大夫而立其左右，栾书、中行偃使程滑弑厉公。

3 **主父弃礼，鷇(kòu)胎不宰：**《史记·赵世家》载：武灵王立王子何以为王，自号为主父。主父及王游沙丘，公子章作乱败逃，往走主父，公子成杀公子章，遣宫人，围主父宫，主父欲出不得，又不得食，探幼雀而食，三月余而饿死。鷇胎，雏鸟。

4 **慢：**怠慢。

5 **迕颜:**犯颜直谏者。
6 **庶类:**万物,众生。
7 **浩好:**大好。 **胥:**相。
8 **昌教:**美教。
9 **傥言:**正直的言论。

与吕长悌绝交书[1]

原文

康白:

昔与足下年时相比[2],以数面相亲,足下笃意,遂成大好,由是许足下以至交,虽出处殊途,而欢爱不衰也。及中间少知阿都[3],志力开悟,每喜足下家复有此弟。

而阿都去年向吾有言,诚忿足下,意欲发举。吾深抑之,亦自恃每谓足下不足迫之,故从吾言。间令足下:因其顺吾,与之顺亲,盖惜足下门户,欲令彼此无恙也。又足下许吾:终不击

译文

嵇康禀告:

往昔因为与足下年龄相近,又数次见面,足下有诚意相亲,于是成为友好,把足下看成至交,虽然出处不同,但友爱不衰。交往中又略知阿都,阿都志力不凡,才华横溢,我常常为足下家中有这样一个弟弟而高兴。

但是,阿都去年向我说到足下的作为,十分气愤,打算告发足下。我总算制止了他,也自信地反复对他说,足下不至于加害他,所以他听从了我的话。其间我也要求足下:因为阿都顺从了我,须与他和睦相处,这样做也是为了你们自己的家声,让你们彼此安然无恙。况且足下也答应我:决不加害阿都,并以父子兄

都，以子父交为誓。吾乃慨然，感足下重言[4]，慰解都，都遂释然，不复兴意。

足下阴自阻疑[5]，密表击都，先首服[6]诬都。此为都故，信吾又非无言，何意足下包藏祸心耶？

都之含忍足下，实由吾言，今都获罪，吾为负之，吾之负都，由足下之负吾也！怅然失图，复何言哉？

若此，无心复与足下交矣。古之君子，绝交不出丑言。从此别矣，临书恨恨。

嵇康白。

弟之情起誓。我这才慨然允诺，并且为你的反复表白感动，安慰宽解阿都，阿都因此释然于怀，不再有告发你的意思。

可是，足下暗结疑忌，秘密呈状攻击阿都，以先下手为强的手段诬陷他。就此替阿都设想，他是相信了我的话，而我对你确实也有言在先，哪里想到你会包藏祸心呢？

阿都之所以含辱容忍足下，实在是因为听信了我的话，如今阿都获罪，我对不起他，我对不起阿都，是因为足下有负于我。我感到十分沮丧怅惘，不知如何是好，还能说什么呢？

如此，我无心再与足下交往了。古时候的君子，绝交时不说丑话。从今以后，我们分手了，写这封信时，我不胜憾恨。

嵇康告白。

注释

1 **与吕长悌绝交书：**吕长悌即吕巽，东平人，吕安的哥哥。吕安妻徐氏貌美，巽使妇人醉而幸之。吕安要告发吕巽，嵇康从中调解，意在息事宁人，替吕安保全家声。不意吕巽恶人先告状，诬吕安"谤兄挝母"，吕安入狱，嵇康既悔且恨，作此绝交书。

2 **相比：**差不多，相仿。

3 **阿都：**吕安。

4 **重言：**反复表白之言。

5 **阴自阻疑：**暗结疑忌。阻，疑也。

6 **首服：**自首而服罪。

与山巨源绝交书[1]

原文

康白：

足下昔称吾于颍川[2]，吾常谓之知言[3]，然经怪[4]此，意尚未熟悉于足下，何从便得之也？

前年从河东还[5]，显宗、阿都说足下议以吾自代[6]，事虽不行，知足下故不知之。足下旁通，多可而少怪，吾直性狭中，多所不堪，偶与足下相知耳。

间闻足下迁[7]，惕然不喜，恐足下羞庖人[8]之独割，引尸祝[9]以自助，手荐鸾刀[10]，漫之膻腥[11]，故具为足下陈其可否。

译文

嵇康禀告：

足下曾经在颍川面前称道我无意于仕途，我常常说这是很有见地的话，然而我也常常奇怪，足下并不熟悉我，从何知道我无意仕途呢？

前年从河东回来，显宗、阿都对我说，足下曾建议让我来代替你自己的职务，这件事虽然未成，但由此知道足下并不了解我。足下博通众艺，对事情多宽容而少责怪，我性格直率，心胸狭窄，对许多事无法忍受，只是偶然与足下相知罢了。

近来听说你升官了，我不禁悚然忧惧，害怕足下像厨子一样羞于独自宰割，便引荐祭师来协助自己，亲手递上屠刀，让他也沾一身血污腥膻，所以向足下详细陈述我的想法。

注释

1 **与山巨源绝交书：**山涛，字巨源，“竹林七贤”之一，三国魏甘露四年

(259)，司马昭欲以之为尚书吏部郎，山涛欲荐嵇康，此事延搁。直至景元二年(261)，司马昭才正式任命山涛为吏部郎，嵇康闻之，怕山涛又要举荐自己，故作此书以明志。

2 **颍川：**山涛的叔父山嵚，曾任颍川太守。

3 **知言：**有识见、知人的话。

4 **经怪：**常怪，经常奇怪。

5 **前年从河东还：**甘露二年(257)，诸葛诞起兵东南，司马昭发兵征讨，下令征召嵇康，嵇为拒绝做官，又因有侄儿事连累，从洛阳避地河东，至甘露四年(259)才返回故居山阳。河东，郡名，在今山西。

6 **显宗：**公孙崇，字显宗，谯国（今安徽亳州）人，曾做尚书郎。**阿都：**吕安。

7 **间闻：**近来听说。 **迁：**升迁。

8 **庖人：**厨子。

9 **尸祝：**主祭的人。尸，神主。

10 **荐：**进、献。 **鸾刀：**上面饰有铃的刀。

11 **漫：**污。 **膻：**羊肉的腥气。

原文

吾昔读书，得并介[1]之人，或谓无之，今乃信其真有耳。性有所不堪，真不可强。今空语同知有达人[2]，无所不堪，外不殊俗，而内不失正，与一世同其波流，而悔吝不生耳。老子、庄周，吾之师也，亲居贱职；柳下惠、东方朔，达人也，安乎卑位，吾岂敢短之哉！又仲尼

译文

我从前读书，得知世上有一种不论穷达都能耿介自守的人，有时认为不会有这种人，现在相信这种人确实是有的。一个人秉性对某些事不堪忍受，这是没办法勉强的事。现在凭空说大家都知道有通达的人，没有什么不能接受，外表与世俗无异，内心却不失方正，与世界共沉浮，却悔吝不生。老子、庄周是我的老师，安居贱职；柳下惠、东方朔是通达的人，安于卑位，我岂敢轻视他们！孔子博爱无私，不羞于执鞭驾车，子文无心为高官却三次

兼爱，不羞执鞭，子文无欲卿相，而三登令尹，是乃君子思济物之意也，所谓达则兼善而不渝，穷则自得而无闷。[3]

位居令尹，这是君子要救世济民的意思，所谓达则兼济天下而无所改变，穷则自觉得意而无所烦闷。

以此观之，故尧舜之君世，许由之岩栖，子房之佐汉，接舆之行歌，其揆一也。[4]

由此看来，唐尧虞舜君临天下，许由隐居山林，张良辅佐汉室，接舆狂歌笑孔丘，他们的处世准则是同样的。

仰瞻数君，可谓能遂其志者也。

仰瞻这几位的作为，可以说是能够顺从自己心志的人了。

故君子百行，殊涂而同致，循性而动，各附所安。故有处朝廷而不出，入山林而不返之论。[5]且延陵高子臧之风[6]，长卿慕相如之节[7]，志气所托，不可夺也。

所以，君子各有所行，却殊途同归，就是顺性而动，随遇而安。所以有处朝廷而不出、入山林而不返的说法。况且，延陵季子推崇子臧的情操，司马相如爱慕蔺相如的气节，志气所在，无法动摇改变。

注释

1 **并介：**始终耿介自守，无论穷达。或解作既兼善天下又耿介得以圆通。

2 **空语：**虚谈，空谈。 **同知：**人所共知。

3 **仲尼：**孔子。 **不羞执鞭：**《论语·述而》载：孔子曾说，如果富贵可以追求，即使执鞭驾车亦所不辞。 **子文：**楚国人，春秋时三为令尹三次黜免而无喜无愠。

4 **子房：**张良。 **接舆：**楚狂人，曾“凤歌笑孔丘”。 **揆：**揆度，标准。

5 **处朝廷而不出，入山林而不返：**语出《韩诗外传》卷五：“朝廷之士为禄，故入而不出，山林之士为名，故往而不返。”

6 **延陵高子臧之风：**春秋时吴王寿梦死后，季札之兄诸樊要立季札为国君，季札以子臧不为曹国国君为榜样，坚决不受，事见《左传·襄公十四年》。延陵，即季札，吴王寿梦第四子，因封于延陵（今江苏常州），故又称延陵季子。子臧，曹国公子，曹宣公死，诸侯与曹人欲立子臧为国君，子臧离国而去。

7 **长卿慕相如之节：**《史记·司马相如传》载：司马相如既学，慕蔺相如之为人，更名相如。长卿，司马相如的字。

原文

吾每读尚子平、台孝威传[1]，慨然慕之，想其为人。

少加孤露，母兄见骄，不涉经学，性复疏懒，筋驽肉缓，头面常一月十五日不洗，不大闷痒，不能沐也。每常小便而忍不起，令胞中略转乃起耳[2]。

又纵逸来久，情意傲散，简与礼相背，懒与慢相成，而为侪类[3]见宽，不攻其过。又读庄老，重增其放，故使荣进之心日颓，任实之情转笃。

此犹禽[4]鹿，少见驯育，则服从教制，长而见羁，则狂顾顿缨[5]，赴蹈汤火，虽饰以金镳，飨以嘉肴，愈思长林而志在丰草也。

阮嗣宗[6]口不论人过，

译文

我每每读尚子平、台孝威的传记，慨然仰慕，向往他们的为人。

我年幼失去父亲，母亲和哥哥娇宠我，没有涉猎儒家经学，性情又粗疏懒惰，筋骨柔弱，肌肉松缓，头发脸面常常一月半月不洗，不是十分闷热发痒，不去沐浴。常常忍着小便不起身，直到胀得难受才不得不起身小便。

又因为放纵安逸由来已久，性情孤傲，意志散漫，行为简慢与礼法相违背，懒散与傲慢又相辅相成，这些都得到同辈朋友的宽容，不加指责。加上阅读《老子》《庄子》，更增加了我的放诞，因此，让我谋求仕进之心日益减弱，放任本性之情越来越强烈。

这如同捕养的鹿，如果自幼驯养，就服从管教约束，如果长大了再加羁束，就会发狂似的四顾张望，挣断羁绊的绳索，赴汤蹈火也在所不惜，即使戴上金制的笼头，喂以佳肴美馔，它反而更加向往长林丰草。

阮籍从不议论人的过错，我常常学

吾每师之,而未能及。至性过人,与物无伤,唯饮酒过差耳,至为礼法之士所绳,疾之如仇,幸赖大将军[7]保持之耳。

他,但赶不上他。阮籍淳厚的天性超过常人,待人接物两不相妨,只是饮酒过度罢了,以至被礼法之徒纠劾,痛恨他如同仇敌,幸而有赖大将军司马昭才得以保全。

吾以不如嗣宗之资,而有慢弛之阙[8],又不识人情,暗于机宜,无万石[9]之慎,而有好尽之累,久与事接,疵衅日兴[10],虽欲无患,其可得乎?

我没有阮籍那样的素质,却有懈怠放纵的缺点,又不懂人情世故,不知道随机应变,没有石奋那样的谨慎,却有穷根究底、凡事求尽善尽美的毛病,久和世事接触,就会生出事端,想要没有祸患,可能吗?

注释

1 **尚子平:**尚长,字子平,东汉隐士。 **台孝威:**台佟,字孝威,东汉魏郡邺县人,隐居武安山,凿穴而居,以采药为业。

2 **胞:**同“脬”,膀胱。 **略转:**喻小便饱胀不堪。

3 **侪类:**同类,同辈。

4 **禽:**同“擒”。

5 **顿缨:**弄坏绳索。顿,断,坏。

6 **阮嗣宗:**阮籍,字嗣宗,嵇康友,“竹林七贤”之一。

7 **大将军:**司马昭。

8 **慢弛:**懈怠放纵。 **阙:**缺点,缺陷。

9 **万石:**见《幽愤诗》注。

10 **疵:**毛病。 **衅:**事端。

原文

又人伦有礼,朝廷有法,自惟[1]至熟,有必不堪

译文

况且,人与人之间相处有礼法,朝廷有法度,我再三考虑,对我来说,不堪

者七，甚不可者二：

卧喜晚起，而当关呼之不置[2]，一不堪也。

抱琴行吟，弋钓草野，而吏卒守之，不得妄动，二不堪也。

危坐一时，痹[3]不得摇，性复多虱，把搔无已，而当裹以章服[4]，揖拜上官，三不堪也。

素不便书，又不喜作书，而人间多事，堆案盈机[5]，不相酬答，则犯教伤义，欲自勉强，又不能久，四不堪也。

不喜吊丧，而人道以此为重，已为未见恕者所怨，至欲见中伤者，虽惧然自责，然性不可化，欲降心顺俗，则诡故不情[6]，亦终不能无咎无誉，如此，五不堪也。

不喜俗人，而当与之共事，或宾客盈坐，鸣声聒耳，嚣尘臭处，千变百伎，在人目前，六不堪也。

忍受的事情有七样，绝对不能被任用的理由有两条：

睡觉喜欢晚起，但看门的差役却叫唤不停，这是一不堪。

我喜欢抱着琴边走边唱，或在野外射猎钓鱼，下属吏卒守护在旁，不能随意行动，这是二不堪。

正襟危坐一阵，腿脚麻痹了也不能活动，身上虱子又多，要不停地抓挠，却让我穿上礼服，对上级作揖打恭，这是三不堪。

平素不擅长作书札，也不喜欢写字，而官场俗事很多，公文堆案盈几，不应酬回答，便违反礼教，有伤道义，要勉强自己，又不能持久，这是四不堪。

不喜欢吊丧，世俗人情又看重这事，已经被不肯谅解的人怨恨，以至于有人要加以中伤，即使我悚然自责，然而本性难移，要想抑制自己的本心本性而顺从世俗，又属伪诈，不合真情，终究也不能无咎无誉，这是五不堪。

不喜欢俗人，一旦要和这种人共事，或者宾客满座，叫嚷聒噪不停，置身喧嚣污秽之中，伎俩花招千变万化，都展现在人眼前，这是六不堪。

内心不能忍受烦扰，而官事忙乱，政务机巧之事缠身闹心，各种世故耗损精神，这是七不堪。

心不耐烦，而官事鞅掌[7]，机务缠其心，世故烦其虑，七不堪也。

再者，我常常非议商汤、周武王，轻视周公、孔子，在人前人后都不知休止，这样的事一旦张扬开来，将为世道、礼教所无法宽容，这是绝对不能被任用的理由之一。

又每非汤武而薄周孔[8]，在人间不止，此事会显，世教所不容，此甚不可一也。

我心肠刚直，痛恨丑恶，轻率放肆，直言不讳，遇事就发作，这是绝对不能被任用的理由之二。

刚肠疾恶，轻肆直言，遇事便发，此甚不可二也。

以我心胸狭窄的品性，加上这九种毛病，没有外来的灾难，自己也免不了病患，这样，难道能够久处官场尘世？

以促中小心之性，统此九患，不有外难，当有内病，宁可久处人间邪？

注释

1 **惟：**或作“省”，考虑的意思。

2 **当关：**守门人。 **不置：**不舍，不停。

3 **痹：**麻痹。

4 **章服：**冠服，指官袍官帽。或解作有图饰的官服。

5 **机：**通“几”，几案。

6 **诡故：**诈伪。 **情：**真。

7 **鞅掌：**职事繁忙，事多。

8 **汤武：**商汤、周武王。 **薄：**轻视，小看。 **周：**周公。 **孔：**孔子。

原文

又闻道士遗言，饵术黄精[1]，令人久寿，意甚信之。游山泽，观鱼鸟，心甚乐之。一行作吏，此事

译文

又听道士说，服食术和黄精，可以延年益寿，我很相信这种事。游山泽，观鱼鸟，我内心很乐意这种生活。一旦做官为吏，这些事就废止了。我怎能舍弃自己乐意的

便废。安能舍其所乐,而从其所惧哉!

夫人之相知,贵识其天性,因而济之。禹不迫伯成子高[2],全其节也。仲尼不假盖于子夏[3],护其短也。近诸葛孔明不逼元直以入蜀[4],华子鱼不强幼安以卿相[5]。此可谓能相终始,真相知者也。

足下见直木,必不可以为轮,曲者,不可以为桷,盖不欲枉其天才,令得其所也。

故四民有业,各以得志为乐,唯达者为能通之,此似足下度内耳。不可自见好章甫,强越人以文冕也;[6]已嗜臭腐,养鸳雏以死鼠也[7]。

事而去做自己害怕的事呢!

人与人相知,贵在了解对方的天性,并帮助成全这种天性。夏禹不强迫伯成子高,就是成全他的节操。孔子不向子夏借伞,就是维护他本性中的弱点。近世孔明不逼迫徐庶任职蜀汉,华歆不强迫管宁出任卿相。这就是所谓能够善始善终、真正相知的朋友。

足下看到直木,一定不会用来做轮子,看到曲木,也不会用来做椽子,是为了不要委曲它们天然的材质,让它们各得其所。

所以士、农、工、商各有本业,各以得其志向为快乐,只有通达的人能懂得这个道理,这似乎也是你明白的。切不可自己看到漂亮的帽子,就强迫断发文身的越国人戴上;自己嗜好腐烂发臭的食物,就打算用死老鼠喂养鸳雏。

注释

1 **饵:**食。 **术**(zhú)、**黄精:**两种健脾润肺的中药,古人以为久服可轻身延年。

2 **禹不迫伯成子高:**据《庄子·天地》载:伯成子高乃唐尧时诸侯,后尧让位于舜、舜让位于禹,伯成子高即辞去诸侯之位而耕田,禹前往讨问,伯成子高批评了禹"赏罚而民且不仁,德自此衰"后,继续耕而不顾。

3 **仲尼不假盖于子夏:**《孔子家语·致思》载:"孔子将行,雨,而无盖,门人曰:'商也有之。'孔子曰:'商之为人也,甚吝于财。吾闻与人交,推其长者,违其短者,故能久也。'"商即子夏,孔子学生。

4 **诸葛孔明不逼元直以入蜀:**徐庶,字元直,是刘备的谋臣,后曹操俘其老母，徐即辞刘备奔曹营，孔明没有阻留。事见《三国志·蜀书·诸葛亮传》。

5 **华子鱼不强幼安以卿相：**华歆（字子鱼）在魏文帝时为司徒，荐管宁（字幼安）为官，管宁不受，后又拜管为太中大夫，仍坚辞。

6 **章甫：**冠名。 **强越人以文冕：**《庄子·逍遥游》载：宋人到越国贩卖帽子，越人之俗断发文身，根本用不着帽子。

7 **养鸳雏以死鼠：**鸳雏即鹓鸰。《庄子·秋水》载：南方有一种鸟叫鹓鸰，从南海飞到北海，非梧桐不栖，非竹实不食，非甘泉不饮。有猫头鹰得死鼠，鹓鸰正好飞过，猫头鹰惧其夺己之爱，仰头叫道："吓！"

原文

吾顷学养生之术，方外荣华，去滋味，游心于寂寞，以无为为贵，纵无九患，尚不顾足下所好者。又有心闷疾，顷转增笃，私意自试，必不能堪其所不乐。自卜已审，若道尽涂穷则已耳，足下无事冤之，令转于沟壑也[1]。

吾新失母兄之欢，意常凄切。女年十三，男年八岁，未及成人，况复多病，顾此悢悢[2]，如何可言！

今但愿守陋巷，教养子孙，时与亲旧叙离阔[3]，陈说平生，浊酒一

译文

我最近在学养生之术，正要排除荣华，抛弃美味，游心于寂寞玄妙的境界中，以无为为最可宝贵，即使没有上述九种毛病，也无法顾及你所喜欢的东西。加上又有心闷的疾病，近来更加严重，私自设想，肯定不能胜任不乐意的事。我自己再三掂量，如果是穷途末路也就算了，足下无缘无故委屈我，我就只有陷于绝境辗转沟壑了。

我新近刚刚失去母亲和哥哥，心中常常凄切悲哀。我的女儿十三岁，儿子八岁，都未成年，又多病，想到这些就很悲伤，不知道怎么说好。

现在但愿守着这陋巷，教养子孙，时常与亲朋故旧叙说契阔，谈谈生平琐事，浊酒一杯，弹琴一曲，心愿足矣。

足下如果纠缠不放，不过是想为朝廷物色人才，以便为世所用罢了。足下早知道我潦倒粗疏，不近世俗人事，自己考虑也比

杯，弹琴一曲，志愿毕矣。

足下若嬲[4]之不置，不过欲为官得人，以益时用耳。足下旧知吾潦倒粗疏，不切事情，自惟亦皆不如今日之贤能也。

若以俗人皆喜荣华，独能离之，以此为快，此最近之，可得言耳。

然使长才广度，无所不淹[5]而能不营，乃可贵耳。若吾多病困，欲离事自全，以保余年，此真所乏耳，岂可见黄门而称贞哉[6]？

若趣[7]欲共登王涂，期于相致，时为欢益，一旦迫之，必发狂疾。自非重怨，不至于此也。

野人有快炙背而美芹子者[8]，欲献之至尊，虽有区区之意，亦已疏矣。愿足下勿似之。

其意如此，既以解足下，并以为别。

嵇康白。

不上当今的贤能之士。

如果认为世俗的人都喜欢荣华富贵，而我偏偏无心于此，并且因此而快乐，这最接近我的志趣，也就可以说说了。

然而，假使是才华横溢，心量广阔，无所不能又不求仕进，这算是难能可贵。像我只是多灾多病，只想远离人事以得自我保全，以求安度剩余的年岁，这实在是才力缺乏，怎么可以看到黄门阉竖就称赞是天性贞洁呢？

如果是急于想要和我同登王途，期望出处一致，时时欢聚一堂，这一旦逼迫我，我一定会发疯。如果没有深仇大怨，你应该不至于这样。

乡下人有以太阳晒背为乐事、以芹菜为美味的，想要以此献给皇帝，虽有区区至诚之心，然而也太不明事理了。但愿足下不是这样。

我的意思仅此而已，一来向足下解释，同时也算是告别。

嵇康告白。

注释

1 **转于沟壑：**弃尸于溪谷。

2 **悢悢：**悲伤。

3 **离阔**:阔别。

4 **嬲**(niǎo):纠缠,围绕。

5 **淹**:淹通,精深。

6 **黄门**:阉人。此句意指黄门天性无阳,非其有贞洁之行也。

7 **趣**:促,迫。

8 **快炙背而美芹子**:《列子·杨朱》载:宋国有农夫,穿麻衣过冬。春天来了自曝于日,不复知天下有广厦大屋、锦衣玉食。于是对自己的妻子说:"负日之暄,人莫知者,以献吾君,将有重赏。"乡里的富户告诉他说:从前有人觉得芹菜好吃,对乡豪称赞,乡豪取而尝之,蜇口惨腹,人们哂笑不止。你就是这类人。

家 诫[1]

原文

人无志,非人也。但君子用心,所欲准行,自当量其善者,必拟议而后动。

若志之所之,则口与心誓,守死无二,耻躬不逮,期于必济。若心疲体解[2],或牵于外物,或累于内欲,不堪近患,不忍小情,则议于去就。议于去就,则二心交争,二心交争,则向所以

译文

人无志向,不算人。只是君子用心用智,要有所作为,自当鉴别好坏,深思熟虑然后才付诸行动。

如果心志所向往的,就要心口一致,守死不二,耻于不能达到,务使向往的一定成为现实。如果心疲体懈,或者牵累于外物,或者受制于情欲,不能忍受眼前的忧患,不能克制小小的冲动,就容易彷徨于何去何从而进退不定。彷徨于何去何从就会内心冲突,内心冲突,那么,平

见役之情胜矣。

或有中道而废，或有不成一篑而败之[3]，以之守则不固，以之攻则怯弱，与之誓则多违，与之谋则善泄，临乐则肆情，处逸则极意。故虽繁华熠耀[4]，无结秀之勋，终年之勤，无一旦之功。斯君子所以叹息也。

时控制自己的那种欲望就占了上风。

于是，有的人半途而废，有的人功亏一篑，用他去守护则不牢靠，用他去进攻则怯懦虚弱，与他一起发誓则常常违背誓言，与他一起谋划则容易泄密，面对欢乐则放纵情性，处境安逸则随心所欲。所以这种人表面虽然光彩繁盛，却华而不实，虽然终年劳苦，却一事无成。这是君子之所以叹息的原因。

注释

1 **家诫**：这是嵇康给家人作的一篇训辞，尽管字面上叮咛周至，谨慎戒惧，事实上再一次表白了嵇康与世无干的独立、孤傲与感伤。一般认为这篇文字与《幽愤诗》一样，当作于狱中，如此，则成了嵇康赴死的谶言了，虽然写“家诫”在当时是士大夫中流行的一种风尚。

2 **解**：通“懈”，怠也。

3 **不成一篑**：《尚书》《庄子》均有“为山九仞，功亏一篑”句。篑，盛土的筐。

4 **熠耀**：光彩鲜明。

原文

若夫申胥之长吟[1]，夷齐之全节[2]，展季之执信[3]，苏武之守节[4]，可谓固矣。故以无心守之，安而体之，若自然也，乃是守志之盛者耳。

所居长吏，但宜敬之而已矣。不当极亲密，不

译文

像申包胥昼夜长哭，伯夷、叔齐保全品格，柳下惠坚守信用，苏武坚守节操，这可以说是坚不可摧了。对于这些人来说，他们并不存心守志，却毫不动摇地体现着自己的志向，如同自然而然，这是守志者中的楷模。

对自己的长官，只要保持尊敬就可以了。不应当太亲密，不要过多往来，去

宜数往，往当有时。其有众人，又不当独在后。又不当宿。所以然者，长吏喜问外事，或时发举，则怨者谓人所说，无以自免也。宏行[5]寡言，慎备自守，则怨责之路解矣。

拜访要时机适当。如果有众人在场，不要独自留在后面。也不该留宿。之所以要如此，因为长官总喜欢询问外面的事，这些事暴露出来，怨恨的人就会认为是某人所说，无法让自己避免嫌疑。多做少说，谨慎自守，受怨责的渠道就堵上了。

其立身当清远，若有烦辱，欲人之尽命，托人之请求，当谦言辞谢：某素不豫此辈事，当相亮[6]耳。若有怨急，心所不忍，可外违拒，密为济之。所以然者，上远宜适之幾，中绝常人淫辈之求，下全束脩[7]无累之私。此又秉志[8]之一隅也。

立身处世应当清远脱俗，如果有繁杂劳苦的事，别人要自己尽力，受别人的请求，应当婉言谢绝，说自己素来不参与这些事，应当会被原谅。如果事属怨急，心中有所不忍，可以表面上拒绝，私下给人帮助。之所以要这样，原因是上可以避免不得不做、舍我其谁的危险，中可以断绝庸人和贪婪之辈的请求，下可以保全自己洁身自好没有拖累的小小私心。这是守志的一个方面。

注释

1 **申胥之长吟：**《左传·定公四年》载：伍子胥与申包胥是朋友，伍因父兄被楚平王杀害，奔吴前立誓灭楚，申包胥说：“勉之！子能覆之，我必能兴之。”后吴国用伍子胥计破楚，申包胥到秦国求救，秦王不答应，申在秦国宫廷里哭了七天七夜，滴水不沾，终于使秦王发兵救楚。长吟，长哭。

2 **夷齐之全节：**伯夷、叔齐不食周粟，饿死首阳山。事见《庄子》。

3 **展季之执信：**展季即柳下惠。《吕氏春秋》载：齐国国君为获得鲁国的岑鼎，攻鲁，鲁君把一个假岑鼎送往齐国，齐君不信，要柳下惠认定是真的才肯接受，鲁君请柳下惠作假证，柳不从，认为当守信用，否则国家将灭亡，鲁君这才献出真岑鼎。

4 **苏武之守节：**汉武帝时，苏武奉使匈奴，被扣，匈奴多方威胁诱降，又迁之北海牧羊，苏武靠吞雪食草籽活命，坚持十九年不屈。

5 **宏行：**“宏”或作“若”。或缺“宏”字。

6 **亮：**通“谅”。

7 **束脩：**干肉类的礼物。可引申作约束修整。

8 **秉志：**守持志向。

原文

凡行事，先自审其可，若于宜，宜行此事。而人欲易之，当说宜易之理。若使彼语殊佳者，勿羞折遂非也；若其理不足，而更以情求来守人，虽复云云，当坚执所守。此又秉志之一隅也。

不须行小小束脩之意气，若见穷乏而有可以赈济者，便见义而作。若人从我，有所求欲者，先自思省，若有所损废多，于今日所济之义少，则当权其轻重而距[1]之，虽复守辱不已，犹当绝之。然大率人之告求，皆彼无我有，故来求我，此为与[2]之多也。自不如此，而为轻

译文

大凡做事，先自己考虑一下是否可行，如果合适，就应该去做。如果有人要加以改变，应该说明改变的理由。如果他的话确实有理，就不要羞于改变自己而坚持自己的错误；如果别人理由不充足，却又向你亲近求情，即使说了又说，仍当坚持自己的意见。这是守志的又一个方面。

不必拘泥于琐碎渺小的意气，如果见到穷乏而又可以救济的人，应当见义而为。如果有人跟随自己，有所企求，自己要先加省思，如果损失太多，眼前救济的道义又不足，就应当权衡轻重而加以拒绝，即使对方反复央求没完没了，也应当拒绝。然而大凡人有告求，都是他所缺少而自己具备的，所以来央求自己，这时给予帮助好处多多。如果不是这样，却轻易竭尽自己所有，又不忍当面拒绝，

竭，不忍面言，强副[3]小情，未为有志也。

夫言语，君子之机。机动物应，则是非之形著矣，故不可不慎。

若于意不善了，而本意欲言，则当惧有不了之失，且权忍之。已后视向不言，此事无他不可，则向言或有不可，然则能不言，全得其可矣。

且俗人传吉迟，传凶疾，又好议人之过阙，此常人之议也。坐中所言，自非高议，但是动静消息，小小异同，但当高视，不足和答也。

非义不言，详静敬道，岂非寡悔之谓？

人有相与变争[4]，未知得失所在，慎勿豫之也，且默以观之，其是非行自可见。或有小是不足是，小非不足非，至竟[5]可不言以待之。就有人问者，犹当辞以不解。

近论议亦然。

勉为其难地迎合小恩小义之情，不能说是有志的人。

言语是君子表现自己的关键。言语一动事物就会反应，是非的形迹就显露了，所以不可不谨慎。

如果自料讲不清自己的意思，本意又想讲，就要考虑到有讲不清的过失，权且忍住。以后再看看当时不讲，这件事或者没有什么不可，但讲了也许会有所不可，那么能够做到不讲，就是两可兼得。

而且，俗人之间好事传得慢，坏事却传得快，又喜欢议论人的过失，这是普通人的议论。闲坐中所说的，如不是高论，只是一些琐碎的消息，大同小异，应当高高在上地看着，不值得应答。

不合道义的不说，安详平静崇敬道义，这不就可以寡尤寡悔吗？

别人有时互相争辩，不知得失所在，千万不可参与，暂且默默观察，其中是非曲直会自然显现。或者有一点小正确但不足以肯定，有一点小错也不值得否定，尽可以用不说话来对待。即使有人询问，也应当以不了解为由加以推辞。

碰到议论别人是非的场合也应该如此。

注释

1 **距**:通"拒"。

2 **与**:给予,帮助。

3 **副**:迎合。

4 **变争**:辩争。

5 **至竟**:竟至,尽可。

原文

若会酒坐,见人争语,其形势似欲转盛,便当无何[1]舍去之,此将斗之兆也。坐视必见曲直,傥[2]不能不有言,有言必是在一人,其不是者方自谓为直,则谓曲我者有私于彼,便怨恶之情生矣,或便获悖辱之言。正坐视之,大见是非,而争不了,则仁而无武,于义无可,故当远之也。

然大都争讼者,小人耳,正复有是非,共济汗漫[3],虽胜,何足称哉?就不得远,取醉为佳。

若意中偶有所讳,而彼必欲知者,若守人不已[4],或劫以鄙情,不可惮此小

译文

如果恰逢酒会,看到别人争论,情况似乎要越来越激烈,就应当无论如何离开,这是将要争斗的预兆。坐在一旁观望必定能见出是非曲直,倘若不能不开口,一开口就必定会说其中一方有理,无理的一方正自以为正确,就会认为说他无理的人是偏袒对方,就会生出怨恨之情,就会有埋怨污辱的话。正坐观望,看出了是非曲直,却不能解决争端,那就是仁而不武,于道义有所不可,所以应该远离这种场合。

然而争执不休的人,大多是小人,正是因为有了是非而来争论,都想在漫无边际的争论中获胜,即使胜了,又有什么值得称道呢?如果不能远离,也以一醉为佳。

如果心中偶尔有什么需要避讳,别人却一定要知道,甚至纠缠不休,或者用世俗人情来逼迫,不可害怕这种鼠辈,被

辈，而为所挽引，以尽其言。今正坚语，不知不识，方为有志耳。

他牵着鼻子，把心里话全倒出来。应该严词拒绝，守口如瓶，方才称得上有志。

自非知旧邻比，庶几已下[5]，欲请呼者，当辞以他故，勿往也。

如不是旧知近邻，这以外的人，想邀请自己，应该以别的理由推辞不去。

外荣华则少欲，自非至急，终无求欲，上美也。

不求富贵荣华则少欲望，如果不是急迫不得已的事，终生无所贪求，这最好。

不须作小小卑恭，当大谦裕。

无须作小小的谦卑恭顺，当虚怀若谷。

不须作小小廉耻，当全大让。

无须作小小的廉洁自好，当保全大谦让。

若临朝让官，临义让生，若孔文举求代兄死[6]，此忠臣烈士之节。

如果临朝可以让官，临义可以让生，像孔文举那样请求代替兄长赴死，这是忠臣烈士之节。

注释

1 **无何：**不顾一切。

2 **傥：**同“倘”。

3 **汗漫：**漫无边际。

4 **守人不已：**原作“守大不已”。

5 **庶几已下：**庶几知旧邻比以下，即不是与旧知近邻差不多的人。

6 **孔文举：**孔融，字文举。《后汉书·孔融传》载：孔融年十六时，张俭因冒犯宦官被追捕，投奔孔褒家，褒不在，弟孔融见状，自主留宿。后事发，孔融兄弟入狱，都说罪在己，争赴死，后汉灵帝断案，定孔褒死罪，融得免。

原文

凡人自有公私，慎勿强知人知。彼知我知之，则有忌于我，今知而不言，则便是不知矣。若见窃窃私议，便舍起，勿使忌人也。或时逼迫，强与我共说，若其言邪险，则当正色以道义正之。何者？君子不容伪薄之言故也。及一旦事败，便言某甲昔知吾事，是以宜备之深也。

凡人私语，无所不有，宜预以为意，见之而走。或偶知其私事，与同则可，不同则彼恐事泄，思害人以灭迹也。

非意所钦重者，而来戏调嗤笑友人之阙者，但莫应；从小共转至于不共，亦勿大冰矜，趋以不言答之，势不得久，行自止也。[1]

自非所监临[2]，相与无他宜，适有壶榼[3]之意，束脩之好，此人道所通，不须逆也。过此以往，自非通穆，匹帛之馈，车服之赠，当深

译文

人都有想公开或保守的秘密，切不要勉强去了解别人了解的事。他知道我也知道，对我就难免会有猜忌，如果知道而不说，也就等于不知道了。如果看到别人窃窃私语，应该起身离去，不让人家疑忌。或者形势逼迫，非要和自己说话不可，如果他的话是邪恶危险的，就该义正辞严地加以纠正。为什么呢？因为君子不应该容忍虚伪刻薄之言。一旦事情败露，便会说某人曾经知道此事，因此要深加防备。

大凡人们私下谈话，往往无所不有，应该预先起意，看见了就走。或者偶然知道了别人的私事，和他合拍还可以，不合拍他就会害怕事情败露，会想到杀人灭口。

不是心中钦佩敬重的人，来嘲弄讥笑朋友的缺点，不要附和；意见从小有所同到完全不同，也不必一下子凛若冰霜，赶紧用不说话作为应答，这种情形不能持久，也就自行停止了。

如果不是管辖的范围，交往没有别的事，而恰好有同饮之意，有礼尚往来的友好表示，这是人之常情，不必拒绝。除此之外，如果不是交往和睦的人有布帛、车马、服饰之类的馈赠，应该严加拒

绝之。何者？常人皆薄义而重利，今以自竭者，必有为而作。损货徼欢[4]，施而求报，其俗人之所甘愿，而君子之所大恶也。

又慎：不须离楼[5]，强劝人酒，不饮自已。若人来劝己，辄当为持之，勿稍逆也。见醉熏熏便止，慎不当至困醉，不能自裁也。

绝。为什么呢？因为平常人都轻义重利，现在主动耗去自己的财富，必定是别有目的。损失财物谋求友好，赠送礼品寻求回报，这是俗人的心愿，君子对此深恶痛绝。

还有一条应该谨慎：不必八面玲珑，极力劝人饮酒，不喝就罢了。如果别人来劝自己，就应该为他举起杯来，不必稍有违逆。喝酒有点醉意就要停下来，千万不应当烂醉，以致不能自制。

注释

1 **冰矜**：凛若冰霜。　**趋**：促，赶快。

2 **监临**：监察，监管，管辖。

3 **榼**(kē)：酒器。

4 **损**：或作“鬻”。　**徼**：同“邀”。

5 **离楼**：离娄，巧滑玲珑。

声无哀乐论

原文

有秦客问于东野主人曰[1]：

闻之前论曰：“治世之音安以乐，亡国之音哀以思。”[2]夫治乱在

译文

有秦客问东野主人说：

我听前人论述说：“太平时世的音乐安详而且快乐，亡国之

政，而音声应之，故哀思之情表于金石，安乐之象形于管弦也。又仲尼闻《韶》[3]，识虞舜之德；季札听弦[4]，知众国之风。斯已然之事，先贤所不疑也。

今子独以为声无哀乐，其理何居？

若有嘉讯，请闻其说！

音悲哀而且忧伤。”国家的治乱在于政事，音乐却能与之应和，所以悲哀忧伤之情表现于钟磬鼓乐，安详和乐之象书写于丝竹管弦。再说：孔子听《韶》，能认识到虞舜的德行；季札听“风雅”，知道是不同国家的民谣。这是已然有的历史事实，古圣先贤所不怀疑。

现在你偏偏认为，音乐本身没有哀乐，理由是什么？

如果有高论，请讲给我听听。

注释

1 **秦客：**假托的人名。 **东野主人：**作者自况。

2 引文语出《礼记·乐记》，有省略。

3 **仲尼闻《韶》：**《论语》载：孔子在齐闻《韶》，三月不知肉味，谓《韶》尽善尽美。《韶》，传说乃舜时乐曲名。

4 **季札听弦：**《左传》载：季札出使鲁国，听乐工奏风、雅、颂各章，分别给予评价，且指出是哪国民谣。

原文

主人应之曰：

斯义久滞，莫肯拯救，故今历世滥[1]于名实。今蒙启导，将言其一隅焉。

夫天地合德，万物资生，寒暑代往，五行以成，章为五色，发为五音。[2]音声之作，其犹臭味在于

译文

东野主人回答道：

对音乐的理解长久以来停滞不前，没有人肯加以改变和发展，所以历代关于音乐，弄不清其名与实。现在承蒙你启发开导，我来谈谈一得之见。

天地谐和，万物因此滋生，寒来暑往，五行生成，配五色，发五声。音乐的产生形成，如同气味存在于天地之间，好与不

天地之间，其善与不善，虽遭浊乱，其体自若而无变也，岂以爱憎易操、哀乐改度哉？

及宫商集比，声音克谐，此人心至愿，情欲之所钟。古人知情不可恣，欲不可极，故因其所用，每为之节，使哀不至伤，乐不至淫。因事与名，物有其号，哭谓之哀，歌谓之乐，斯其大较[3]也。

然乐云乐云，钟鼓云乎哉？[4]哀云哀云，哭泣云乎哉？

因兹而言，玉帛非礼敬之实[5]，歌哭非哀乐之主也。

何以明之？

好，虽遭世事变乱，其本体保持原样而无所改变，怎么会因为人的爱憎而改变本质、因为人的哀乐而更换度量呢？

及至按照不同的声调排列组合，使声音和谐，这是人心中最渴望的境界，也是人的情感欲望的汇聚集中。古人懂得情感不可恣纵，欲望不可极端，所以按照所能实施的程度，常常加以协调节制，使悲哀不至于伤害身心，使欢乐不至于无度。根据不同事物而以不同的名字指称，每种东西都有自己的名号，哭叫作哀，歌叫作乐，这是其中的大概。

然而能说快乐就是钟鼓、悲哀就是哭泣吗？

由此说来，玉帛并不是礼貌恭敬的实质，歌哭并不是欢乐悲哀的主体。

何以说明这一点呢？

注释

1 **滥：**乱，失去真实。

2 **五行：**金、木、水、火、土。 **五色：**青、赤、黄、白、黑。 **五音：**宫、商、角、徵、羽。五行家以五行配五音、五色、五味、四时。

3 **大较：**大概。

4 **乐云乐云，钟鼓云乎哉：**语出《论语》，嵇康以此说明钟鼓并不就意味着快乐。

5 **实：**实质，本质。

原文

夫殊方异俗，歌哭不同，使错而用之，或闻哭而欢，或听歌而戚，然其哀乐之怀均也。今用均同之情，而发万殊之声，斯非音声之无常[1]哉？

然声音和比，感人之最深者也。

劳者歌其事，乐者舞其功，夫内有悲痛之心，则激哀切之言，言比[2]成诗，声比成音，杂而咏之，聚而听之，心动于和声，情感于苦言，嗟叹未绝，而泣涕流涟矣。

夫哀心藏于内，遇和声而后发，和声无象，而哀心有主，夫以有主之哀心，因乎无象之和声而后发，其所觉悟，唯哀而已，岂复知"吹万不同[3]，而使其自已"哉？

风俗之流，遂成其政，是故国史明政教之得失[4]，审国风之盛衰，咏吟情性，以讽其上，故曰"亡国之音哀以思"也。

译文

地方不同，风俗各异，歌哭的方式也不一样，如果错开使用，有的地方的人听到哭泣就快乐，听到歌唱就会悲哀，然而悲哀和快乐的情感却是相同的。现在用同样的情感，却可能产生各种不同的声音表现，这不是表明音乐的声音并没有确定的感情色彩吗？

但是声音和谐地组合起来，是感人最深的东西。

劳动者歌唱劳动，欢乐者用舞蹈表现功绩，内心有悲怆伤痛之感，就激发哀切的言辞，言辞组成诗篇，声音构成音乐，错杂起来加以吟咏，聚集起来加以聆听，和谐之声感动心灵，悲苦之言感染情绪，叹息未停，已经涕泪潸然。

悲哀的情感藏于内心，遇到和谐之声而后激发出来，和谐之声没有具体形象，而悲哀的情感有人为主宰，用有人主宰的悲哀情感，凭借没有具体形象的和谐之声而激发表现，人们所感觉领悟到的，只有悲哀而已，哪里还会想到庄子说的"风吹孔鸣音声万种，皆出于自然"的道理呢？

风俗流衍，就形成政治，所以国家的史官根据风俗明辨政教的得失，审察各地民谣的盛衰，吟咏情性，讽喻君上，所以说"亡国之音悲哀而且忧伤"。

注释

1 **无常:**不指代情感的常态。

2 **比:**收集比较,组合。

3 **吹万不同:**语出《庄子·齐物论》。

4 **是故国史明政教之得失:**语出《毛诗序》。

原文

夫喜、怒、哀、乐、爱、憎、惭、惧,凡此八者,生民所以接物传情,区别有属,而不可溢者也。夫味以甘苦为称,今以甲贤而心爱,以乙愚而情憎,则爱憎宜属我,而贤愚宜属彼也,可以我爱而谓之爱人,我憎而谓之憎人,所喜则谓之喜味,所怒则谓之怒味哉?

由此言之,则外内殊用,彼我异名,声音自当以善恶[1]为主,则无关于哀乐,哀乐自当以情感而后发,则无系于声音。名实俱去,则尽然可见矣。

且季子在鲁[2],采诗观礼,以别风雅,岂徒任声以决臧否哉?又仲尼闻《韶》,叹其一致,是以咨嗟,何必因

译文

喜、怒、哀、乐、爱、憎、惭、惧,这八种情感,是人们用来接触外物、传递自我、区别类属而不可增减附加的。味道用甜苦来指称,现在因为甲的贤明而心爱,因为乙的愚笨而情憎,那么,爱憎之情属于我,贤愚之性属于他,难道可以因为我喜欢他而称之为“爱人”、我憎恶他而称之为“憎人”?所喜欢的称为“喜味”、所愤怒的称为“怒味”?

由此说来,外物和内心用处不同,名称不一,音乐之声自然应当以好坏为主,那就无关于哀乐,哀乐自然因为情感而后发生,与声音无关。善恶与哀乐无论名和实都相去甚远,如此,声无哀乐也就显然了。

况且,季札在鲁国,采诗观礼,区别风雅之声,难道仅仅是单凭音乐来判断教化的好坏得失吗?而孔子听《韶》,赞美它尽善尽美,因此感叹,又哪里一定是凭借音乐而知道虞舜的德行,然后加

声以知虞舜之德，然后叹美耶？

今粗明其一端，亦可思过半矣。

以赞美呢？

现在我粗略地阐述音乐的一方面，也可以理解其中大半了。

注释

1 **善恶：**好坏，和谐不和谐。

2 **季子在鲁：**季札在鲁国听乐工奏风、雅、颂。

原文

秦客难曰：

八方异俗，歌哭万殊，然其哀乐之情，不得不见也。夫心动于中，而声出于心，虽托之他音，寄之于余声，善听察者，要自觉之，不使得过也。昔伯牙理琴[1]，而钟子知其所志；隶人击磬，而子产识其心哀；[2]鲁人晨哭，而颜渊察其生离。[3]

夫数子者，岂复假智于常音，借验于曲度哉？

心戚者则形为之动，情悲者则声为之哀，此自然相应，不可得逃，唯神明者能精之耳。夫能者不以声众为难，不能者不以声

译文

秦客反驳道：

地方不同，风俗各异，歌哭的表现多种多样，然而人们的哀乐之情，却不得不显现。情感在内心发动，声音就从内心生发出来，即使依托人声之外的声音，或者别的声响，善于倾听的人，也会感觉到，不会让它轻易滑过。从前伯牙鼓琴，钟子期能够明了其志之所在；有奴隶击磬，子期知道他心中有悲哀；鲁国有人早晨哭泣，颜渊觉察到其中生离死别的伤痛。

这几个人，难道还要借助一定的音律来启迪自己的智慧、凭借曲调节奏来验证？

心怀忧戚的人，容貌为之变动，情感悲伤的人，声音也随之哀愁，这是自然相应，无可逃避，只有神通之人才能精通它们罢了。精通音乐的人不因为声音繁复而感到难于辨识，不懂音乐的人不因为

寡为易，今不可以未遇善听而谓之声无可察之理，见方俗之多变而谓声音无哀乐也。

声音简单便容易了解，现在不可以因为没有遇上善于听音乐的人就说声音没有可以察辨的道理，看见地方风俗多有殊异就认为声音无哀乐。

注释

1 **伯牙理琴**：见《琴赋》注。

2 **隶人击磬**：《吕氏春秋·精通》载：钟子期夜闻击磬声而悲，使人召而问之曰："子何击磬之悲也？"击磬者言身世之悲苦，钟子期叹曰："悲夫，悲夫，心非臂也，臂非椎非石也，悲存乎心，而木石应之。故君子诚乎此而谕乎彼，感乎己而发乎人，岂必强说乎哉？"句中"子产"或为"子期"之误，否则典无出处，句意难明。

3 **鲁人晨哭**：刘向《说苑·辨物》载：孔子晨立堂上，闻哭者声音甚悲。颜回曰："今者有哭者，其音甚悲，非独哭死，又哭生离者。"孔子使人问之，哭者曰："父死家贫，卖子以葬之，将与其别也。"

原文

又云："贤不宜言爱，愚不宜言憎。"

然则有贤然后爱生，有愚然后憎起，但不当其共名耳。哀乐之作，亦有由而然，此为声使我哀，音使我乐也。苟哀乐由声更为有实，何得名实俱去耶？

又云："季札采诗观礼，以别风雅；仲尼叹

译文

你又说："贤人不宜说是'爱人'，愚人不宜说是'憎人'。"

然而，有了贤明然后就会有爱的产生，有了愚蠢然后生憎恶之心，只是不应当让贤愚爱憎共用一个名称。哀乐之情的产生，也是有原因才这样的，有的声音让我悲哀，有的声音使我快乐。如果哀乐是由声音引发而且又实有哀乐之情，怎么说它们的名和实都相去甚远呢？

你还说："季札采诗观礼，区别风雅之声；孔子听《韶》，感叹尽善尽美，因此叹

《韶》音之一致,是以咨嗟。”

是何言与?且师襄奏操,而仲尼睹文王之容;[1] 师涓进曲,而子野识亡国之音。[2] 宁复讲诗而后下言,习礼然后立评哉?斯皆神妙独见,不待留闻积日,而已综其吉凶矣。是以前史以为美谈。

今子以区区之近知,齐所见而为限,无乃诬前贤之识微,负夫子之妙察邪?

息。”

这是什么话呢?何况师襄奏琴,孔子便看见文王的容貌;师涓弹曲,子野听出是亡国之音。难道也是讲明了诗意再行判断,演习了礼仪然后置评吗?这都是神奇微妙的独到见识,不须反复研究,就已经综合判断其中的吉凶了。因此,前代史籍传为美谈。

现在你凭自己眼前肤浅的见识,把所见的一切等同起来,并且加以界定,这不是冤枉了前贤的精微辨识、有负孔子的神妙洞察吗?

注释

1 **师襄奏操:**《史记·孔子世家》载:孔子学琴于师襄,师襄奏《文王操》,孔子想见文王肤黑身长,眼光远望,如同统治着四方诸侯的样子。师襄,春秋时鲁国乐官。

2 **师涓进曲:**《韩非子·十过》载:卫灵公出访晋国,在濮水之上夜半闻乐声,遂令师涓抚琴记谱。到晋国后,师涓于酒宴上献曲,曲未终而师旷止之,曰:“此师延之所作,与纣为靡靡之乐也,及武王伐纣,师延东走,至于濮水而自投,故闻此声者必于濮水之上。先闻此声者其国必削,不可遂。”师涓,春秋时卫灵公的乐官。 **子野:**师旷字。

原文

主人答曰:

难云:“虽歌哭万殊,善听察者,要自觉之,不假智于常音,不借验于曲度,钟

译文

东野主人回答道:

你反驳说:“虽然歌哭各种各样,善于倾听观察的人,自然会感觉、分辨,不必凭借一定的音律来表现自己的智慧,

子之徒云云是耳。”

此为心哀者虽谈笑鼓舞，情欢者虽拊膺咨嗟，犹不能御外形以自匿，诳察者于疑似也；尔为已就声音之无常，犹谓当有哀乐耳。

又曰：“季子听声，以知众国之风；师襄奏操，而仲尼睹文王之容。”

案如所云，此为文王之功德与风俗之盛衰，皆可象之于声音，声之轻重，可移于后世，襄涓之巧，又能得之于将来。若然者，三皇五帝[1]可不绝于今日，何独数事哉？

若此果然也，则文王之操有常度，《韶》《武》[2]之音有定数，不可杂以他变，操以余声也。则向所谓声音之无常，钟子之触类，于是乎踬[3]矣。若音声之无常，钟子之触类，其果然耶？则仲尼之识微，季札之善听，固亦诬矣。

此皆俗儒妄记，欲神

不必凭借曲调节奏来验证，钟子期等等都是如此。”

这是说，内心悲哀的人虽谈笑歌舞，情感欣悦的人虽抚胸长叹，也不能操纵外表以藏匿真情，欺骗观察者让他将信将疑；即使承认音乐表达情感没有常态，仍然应该有哀乐之分。

你还说：“季札听了音乐，因此知道各国风雅之声的不同；师襄奏琴，孔子看到了文王的仪容。”

按照你的说法，文王的功德与风俗的盛衰，都可以形象地表现于音乐，声音的轻重，可以传于后世，师襄、师涓的巧妙，能得之于将来。如果这样，三皇五帝时代的事情在今天也不会断绝，岂只这几件事？

如果真是这样，那文王的琴曲有固定的法度，《韶》《武》有一定的规则，不能杂入其他变化，增加其他音响。那么，先前所说音乐表达情感没有常态、钟子期听琴推知伯牙志之所在的说法，就站不住脚了。如果音乐表达感情没有常态，钟子期听琴推知伯牙志之所在，果真这样？那孔子洞识精微、季札善于听音，就也是诬妄不实了。

这些都是俗儒妄自记载的，是要使事情显得神秘而补记出来的，想让天下其事而追为耳，欲令天下惑声音之道，不言理自尽此，而推使神妙难知，恨不遇奇听于当时，慕古人而叹息。

人迷惑于音乐的道理，不去详尽地言说道理，而把它推想得神妙难知，自恨生不逢时不能遇到奇妙的音乐，仰慕古人而叹息。

斯所以大罔后生也。

这大大欺骗了后来者。

夫推类辨物，当先求之自然之理，理已足，然后借古义以明之耳。

推论事类，辨别物理，应当先寻找自然之理，自然之理足够明确了，然后再借古代的说法加以说明。

今未得之于心，而多恃前言以为谈证，自此以往，恐巧历[4]不能纪耳。

现在心中无所领会，却大多依赖古人的说法作为谈论的证据，这样下去，恐怕善于计算历法的人也记不得那么多。

注释

1 **三皇五帝**：传说中的古代帝王，其说不一。三皇，或谓天皇、地皇、人皇，或谓燧人、伏羲、神农，或谓伏羲、神农，女娲。五帝，一般指黄帝、颛顼、帝喾、唐尧、虞舜。

2 **《武》**：传说周武王时乐曲。

3 **踬**：跌倒，此指不可通。

4 **巧历**：善于历法者，善算者。

原文

又难云："哀乐之作，犹爱憎之由贤愚，此为声使我哀而音使我乐，苟哀乐由声，更为有实矣。"

夫五色有好丑，五声有善恶，此物之自然也。至于爱与不爱，喜与不

译文

你还反驳说："哀乐之情的产生，如同爱憎出于贤愚，这是某一种音声使我悲哀，某一种音声使我快乐，如果哀乐之情的产生是由于音声，那么声有哀乐就有根有据了。"

五色有美丑，五音有好听不好听，这是事物的自然属性。至于爱与不爱，喜

喜，人情之变，统物之理，唯止于此，然皆无豫于内，待物而成耳。至夫哀乐，自以事会，先遘于心，但因和声以自显发，故前论已明其无常，今复假此谈以正其名号耳。

与不喜，人的情感的变化，统摄事物的道理，只不过如此，这都与内心本身无涉，有待外物来完成罢了。至于哀乐之情，自然是因为碰上具体的事情，心中遭遇，于是仅仅伴随和谐的音乐而自然显示生发出来，所以前面已说明声音本身没有一定的情感，现在再借这番话端正它的名号罢了。

不谓哀乐发于声音，如爱憎之生于贤愚也。然和声之感人心，亦犹酒醴之发[1]人性也，酒以甘苦为主，而醉者以喜怒为用。其见欢戚为声发，而谓声有哀乐，犹不可见喜怒为酒使，而谓酒有喜怒之理也。

不能认为哀乐之情生发于音乐，正如不能说爱憎之情出于贤愚。但是，和谐的音乐感动人心，正如美酒激发人的情性，酒是以甜味和苦味为主，醉酒的人却因此表现出欢喜和愤怒。看到欢乐和忧戚之情是声音生发出来的，就说声有哀乐，就如同不能看到欢喜和愤怒是为酒所驱使，就说酒有喜怒，道理是一样的。

注释

1 **发：**激发，发动。

原文

秦客难曰：

夫观气采色，天下之通用也。心变于内而色应于外，较然[1]可见，故吾子不疑。

夫声音，气之激者

译文

秦客反驳道：

察颜观色，是天下通用的办法。心情变化，外表气色也相应变化，明显可见，所以你不怀疑。

声音是气激发的结果，心灵有所感，气便振动，气振动变化，声音就发出。情感有也,心应感而动,声从变而发。心有盛衰,声亦隆杀[2]。同见役于一身,何独于声便当疑耶?

夫喜怒章于色诊[3],哀乐亦宜形于声音。声音自当有哀乐,但暗者不能识之;至钟子之徒,虽遭无常之声,则颖然独见矣。

今蒙瞽面墙而不悟,离娄照秋毫于百寻。[4]以此言之,则明暗殊能矣。不可守咫尺之度,而疑离娄之察;执中庸之听,而猜钟子期之聪,皆谓古人为妄记也。

旺盛衰退,声音也有升降清浊。同样表现在一个人身上,为什么唯独对声音应当怀疑呢?

喜怒显现在外表,哀乐也应该表露在声音中。音乐自然该有哀乐,只是暗昧者不能识别;如果是钟子期那样的人,即使碰到变化不定的音乐,也能敏锐地洞察出来。

瞎子面对墙壁也不知道墙的存在,离娄却能在百丈之外看清秋毫。如此说来,聪明和暗昧不明的人能力有差别。不可拘泥于自己所见的咫尺之内的范围,而怀疑离娄明察秋毫的视力;不可用自己平庸的听觉,猜疑钟子期的听力,认为这都是古人妄记。

注释

1 **较然:**显然。

2 **隆杀:**升降、厚薄、重轻等。

3 **章:**彰明,显著。 **色诊:**色征,气色,色貌。

4 **蒙瞽:**瞎子。 **离娄:**传说中的人物,能洞观幽微,亦名离朱。《孟子》有《离娄》篇。

原文

主人答曰:

难云:心应感而动,声从变而发,心有盛衰,乐亦隆杀,哀乐之情,必形于声

译文

东野主人回答道:

你说:心灵有所感,气便振动,气一振动变化,声音就发出,情感有旺盛衰退,声音也有升降清浊,哀乐之情,一定会表

音，钟子之徒，虽遭无常之声，则颖然独见矣。

现在音乐中，钟子期那样的人，即使碰到变化不定的音乐，也能洞见其中幽微。

必若所言，则浊质[1]之饱，首阳之饥[2]，卞和之冤[3]，伯奇之悲[4]，相如之含怒[5]，不占之怖祗[6]，千变百态，使各发一咏之歌，同启数弹之微，则钟子之徒，各审其情矣。

如果一定像你说的这样，那浊氏和质氏饱食，伯夷、叔齐饥饿，卞和冤屈，伯奇悲伤，蔺相如的愤怒，陈不占的恐惧，千姿百态、千变万化，让他们各自发出一己的歌咏，同时弹出几声轻微的琴音，而钟子期等人，一定能审察他们不同的感情和真实了。

尔为听声者不以众寡易思，察情者不以大小为异，同出一身者，斯于识之也。设使从下出，则子野之徒，亦当复操律鸣管，以考其音，知南风之盛衰，别雅、郑之淫正也。[7]

这是说听音乐的人不因为音声多少而改变思绪，辨察情感的人不因为音声大小而感受不同，音声同出一人之身，也能够识别了。如果声音是从地下发出的，那师旷那样的人，也要拿起律管吹奏，用来考察音声，判断南方乐曲包含的盛衰气象，辨别雅乐与郑声的纯正与放纵。

注释

1 **浊质：**《汉书·货殖列传》载：质氏凭借磨刀而鼎食，浊氏凭借制脯而连骑。二者都是以“贱业”而致尊显者。

2 **首阳之饥：**指伯夷、叔齐饿死于首阳山下。

3 **卞和之冤：**《韩非子·和氏》载：楚人卞和得璞于楚山，献厉王，王以为诳，刖其左足。又献武王，刖右足。文王即位，卞和抱玉泣血于楚山下，王使人问之，和曰：“吾非悲刖也，悲夫宝玉而题之以石，贞士而名之以诳，此吾所以悲也。”

4 **伯奇之悲：**《太平御览·乐部·琴中》引扬雄《琴清英》：“尹吉甫子伯奇至孝，后母谮之，自投江中，衣苔带藻，忽梦见水仙，赐其美药，唯念养亲，扬声悲歌，船人闻之而学之，吉甫闻船人之声，疑似伯奇，援琴作

《子安之操》。”

5 **相如之含怒：**见《卜疑》注。

6 **不占之怖祗：**陈不占，春秋时齐人。崔杼欲弑庄公，陈不占虽然害怕得将勺子掉到地上、上车也扶不稳扶手，但仍前往救援，并说：“死君，义也；无勇，私也。不以私害公。”陈不占驱车到公门之外时，听到战斗之声而被吓死。事见刘向《新序·义勇》。

7 **南风之盛衰：**《左传·襄公十八年》载：“晋人闻有楚师，师旷曰：‘不害，吾骤歌北风，又歌南风，南风不竞，多死声，楚必无功。’” **雅、郑之淫正：**《诗经》有大雅、小雅和郑风等，儒家诗教的传统观点认为雅乃正声，郑声乃淫靡之声。

原文

夫食辛之与甚噱[1]，熏目之与哀泣，同用出泪，使易牙尝之，必不言乐泪甜而哀泪苦，斯可知矣。何者？肌液肉汗，踧笮[2]便出，无主于哀乐，犹簁酒之囊漉[3]，虽笮具不同，而酒味不变也。

声俱一体之所出，何独当含哀乐之理邪？

且夫《咸池》《六茎》《大章》《韶》《夏》[4]，此先王之至乐，所以动天地、感鬼神者也。今必云声音莫不象其体而传其心，此必为至乐不可托之于瞽史，必须圣人理其弦管，尔乃雅音得全也。

译文

吃辣味的东西与大笑，烟熏了眼睛与悲哀的哭泣，同样出眼泪，让易牙来品尝，一定不会说快乐的眼泪甜而悲哀的眼泪苦，这是显然的了。为什么呢？人的肌肉出汗排水，受挤压就出来，无关于哀乐，如同用筛子和布袋滤酒，工具不同，酒味不变。

声音从同一个东西上发出来，为什么会含有哀乐不同的道理呢？

况且，《咸池》《六茎》《大章》《韶》《夏》，这些都是先王最完美的乐曲，用来感动天地鬼神的。如今一定要说它们无不和作者相像、无不传达其情感，这就意味着这些圣乐肯定不能交给瞽史来掌握，必须是圣人亲自操演，才能使雅正之乐表达完全。

舜命夔击石拊石，八音克谐，神人以和。[5]以此言之，至乐虽待圣人而作，不必圣人自执也。何者？音声有自然之和，而无系于人情。克谐之音，成于金石；至和之声，得于管弦也。夫纤毫自有形可察，故离瞽[6]以明暗异功耳。若以水济水，孰异之哉？

虞舜曾经命令夔敲击石磬，于是八音能和谐，神人能和乐。由此看来，圣乐虽然是由圣人创作，却不必圣人亲自演奏。为什么呢？因为音声有其自身的和谐，无关于人的感情。能够和谐的音乐，成于钟磬；十分和谐的音乐，得之于箫管琴瑟。细微的毫毛本来就有形可察，所以离娄、蒙瞽因为视力不同而所见不一。如果把水添加在水里，谁还能分别它们呢？

注释

1 **噱**(jué)：笑。

2 **踧笮**(cùzè)：挤压的意思。

3 **篵**：同“筛”。 **漉**：滤。

4《白虎通义·礼乐》引《礼记》：“黄帝乐曰咸池，颛顼乐曰六茎，帝喾乐曰五英，尧乐曰大章，舜乐曰箫韶，禹乐曰大夏，汤乐曰大濩，周乐曰大武、象，周公之乐曰酌，合曰大武。”

5 **舜命夔击石拊石**：语出《尚书·尧典》。拊，拍。 **克谐**：能和谐。

6 **离瞽**：即离娄和蒙瞽。蒙瞽，古代乐官，多以盲人充任。

原文

秦客难曰：

虽众喻有隐，足招攻难，然其大理，当有所就。若葛卢闻牛鸣，知其三生为牺；[1]师旷吹律，知南风不竞，楚师必败；羊舌母听闻

译文

秦客反驳道：

虽然各种比喻都有不能达意的缺陷，足以招致诘难，然而大概的道理，应当是足以表达的。像介葛卢听到牛叫声，就知道它生的三头牛都作了祭牲；师旷吹奏律管，知道南风不强，楚国的军队必

儿啼，而审其丧家。[2] 凡此数事，皆效于上世，是以咸见录载。

推此而言，则盛衰吉凶，莫不存乎声音矣。今若复谓之诬罔，则前言往记，皆为弃物，无用之也。以言通论，未之或安，若能明斯所以，显其所由，设二论俱济，愿重闻之。

败；羊舌肸的母亲听到孩子的哭声，明白他将来会导致家破。这几件事，都在前代获得了验证，所以都见于记载。

推而言之，盛衰吉凶，无不存在于声音之中了。现在如果还说是诬妄不实，那么从前的闻见记载，都是没用的东西，可以抛弃。要说这就是通达之论，也许不一定妥帖，如果能解释这些事情的由来，使两方面的观点都能讲通，我愿再听听你的高论。

注释

1 **葛卢闻牛鸣，知其三生为牺：**《左传·僖公二十九年》载："介葛卢闻牛鸣，曰：'是生三牺，皆用之矣，其音云。'问之而信。"介葛卢，东夷小国介国国君葛卢。牺，牺牲。

2 **羊舌母听闻儿啼，而审其丧家：**羊舌肸的儿子食我出生时，羊舌肸的母亲听到食我的哭声，说："这是豺狼之声，将来灭我羊舌一宗的，必定是此子。"后羊舌一宗果然被灭。

原文

主人答曰：

吾谓能反三隅者[1]，得意而忘言，是以前论略而未详。今复烦循环之难，敢不自一竭邪？

夫鲁牛能知历牺之丧生，哀三生之不存，含悲经年，诉怨葛卢。此

译文

东野主人回答道：

我本以为你能举一反三，领会了就无需多言，所以前面的论述略而未详。现在又劳你反复诘难，我敢不竭尽所能加以辩答？

鲁国的牛知道每次自己的小牛都丧生，为它们不复活着而哀鸣，长期陷于悲伤，向介葛卢诉说怨恨。这是说它的心与人相同，只是披着兽皮而已。这是我所怀

为心与人同，异于兽形耳。此又吾之所疑也。

且牛非人类，无道相通，若谓鸟兽皆能有言，葛卢受性独晓之，此为解其语而论其事，犹译传异言耳，不为考声音而知其情，则非所以为难也。

若谓知者为当触物而达，无所不知，今且先议其所易者，请问：圣人卒入胡域，当知其所言不乎？难者必曰知之，知之之理何以明之？愿借子之难，以立鉴识之域[2]焉。

或当与关接识其言邪？将吹律鸣管校其音邪？观气采色知其心邪？此为知心自由气色，虽自不言，犹将知之，知之之道，可不待言也。若吹律校音以知其心，假令心志于马而误言鹿，察者故当由鹿以知马也。此为心不系于所言，言或不足以证心也。

若当关接而知言，此

疑的事。

牛不是人，与人没有相通的途径，如果说鸟兽都能有自己的语言，唯独介葛卢禀有特殊的资质能够通晓，这是懂得鸟兽的语言而谈论它们的事，如同不同语言的转译，不是考辨它们的声音来了解它们的情感，并不能构成对我的观点的辩难。

如果认为聪明人接触到什么就能明白它的意思，无所不知，现在我们先来谈谈容易明白的事，请问：圣人突然到了胡人居住的地方，会知道他们说的话吗？辩难的人一定会说知道，知道的道理何以说明？愿借你的诘难，来确定观察辨别的大致范围。

或者是应该和胡人联络、接触来弄懂他们的语言？或者是用吹奏律管来校定他们的声音？察颜观色能够理解他们的心思吗？这是说了解人的心意，自然根据对方的气色，虽然不说话，也会了解，了解的道理，自不待言。如果是吹律校音来了解他们的心思，假设他们心里想着马却误说成鹿，明白人固然应当从说鹿推知他心里想的是马。由此说明心意并不一定与语言相合，语言有时不一定足以表征内心。

如果是通过交往、接触弄懂他们的

为孺子学言于所师，然后知之，则何贵于聪明哉？

话，这是小孩向教他的人学说话，学了然后懂得，这种聪明又有何可贵？

夫言，非自然一定之物，五方殊俗，同事异号，趣举一名，以为标识耳。大圣人穷理，谓自然可寻，无微不照。苟无微不照，理蔽则虽近不见，故异域之言不得强通。

语言，并非自然固定的东西，各地风俗不同，同一事物有不同的称号，仓促中举一名称，作为标识罢了。圣人穷究事理，认为自然之物有端可寻，无论多么细微都可以洞彻。虽然如此，事物如果理蔽不通，即使近在眼前也看不清，所以异国他乡的语言不能勉强通晓。

推此以往，葛卢之不知牛鸣，得不全乎？

推而论之，介葛卢不懂牛鸣的意思，道理不是很充分吗？

注释

1 **反三隅：**举一反三。

2 **域：**界域，准则。

原文

又难云：师旷吹律，知南风不竞，楚多死声。

此又吾之所疑也。

请问：师旷吹律之时，楚国之风邪，则相去千里，声不足达；若正识楚风来入律中邪，则楚南有吴越，北有梁宋，苟不见其原，奚以识之哉？

凡阴阳愤激，然后成

译文

你又诘难：师旷吹奏律管，明白南方的风不强，楚国多死亡之声。

这同样是我怀疑的。

请问：师旷吹奏律管的时候，楚国的风，相去千里之遥，声音不可能传达；如果恰恰认出是楚国之风进入律管中，那楚国的南边有吴越，北边有梁宋，如果没有看见它的来源，又怎么识别它呢？

阴阳剧烈地冲激，然后形成风，阴阳之气互相感应，触地而发生，哪有从楚风，气之相感，触地而发，何得发楚庭来入晋乎？

且又律吕[1]分四时之气耳，时至而气动，律应而灰移[2]，皆自然相待，不假人以为用也。上生下生[3]，所以均五声之和，叙刚柔之分也。然律有一定之声，虽冬吹中吕[4]，其音自满而无损也。

今以晋人之气，吹无损之律，楚风安得来入其中，与为盈缩邪？

风无形，声与律不通，则校理之地，无取于风律，不其然乎？岂独师旷博物多识，自有以知胜败之形，欲固众心，而托以神微，若伯常骞之许景公寿哉[5]？

国发生而来到晋国的地方呢？

而且，律吕只是分别四时节气罢了，时节一到，气就变动，律吕相应，标示节气的灰也会移动，这都是自然而然的关联，不须借助人力的作为。律吕的音调升降，是为了调节五声的和谐，表达刚柔的区别。然而律吕高低各有一定的声音，即使冬季吹中吕之声，它的音也是饱满而没有损失的。

现在用晋国人的气息，吹奏自足完满的音律，楚国之风怎么会进入律管之中，显示出盈缩升降呢？

风没有形状，风声与音律互不相通，那检校事理的地方，无所取证于风声律吕，不是这样吗？难道唯独师旷博物多识，自然有用以知道胜败的依据，想要稳定人心，假托神奇微妙之言，不正像伯常骞应许给齐景公祈祷增寿吗？

注释

1 **律吕：**古代用竹制成的用来校正乐律的工具，以管的长短确定音的不同高度，从低音管算起，成奇数的六管叫六律，成偶数的六管为六吕。

2 **律应而灰移：**古人用律吕占验节气变化，将苇膜烧成灰，放在律管内，到某一节气，相应律管内的灰就会自行飞出。见《后汉书·律历志上》。

3 **上生下生：**指律管长短与音律变化的规律。《吕氏春秋·音律》说："三分所生，益之一分以上生；三分所生，去其一分以下生。"

4 **冬吹中吕：**古人以十二月与十二律对应，十二律中的中吕对孟夏四月，冬吹中吕意指不协调故声音不好。见《礼记·月令》和《吕氏春秋》十二纪。

5 **伯常骞之许景公寿：**伯常骞曾用祭祷的方式使枭鸟死去，齐景公因此问伯常骞能否为他增加寿命，伯曰能，并说增寿之兆是地震。晏子问他：我过去测天象而知有地震，你也是用这个方法吧。伯低头承认。晏子说：寿命不会因为你的祭祷增加，也不会因你的祭祷而减少。见《晏子春秋·内篇杂下》。

原文

又难云：羊舌母听闻儿啼而审其丧家。

请复问：何由知之？为神心独悟暗语而当邪？尝闻儿啼若此其大而恶，今之啼声似昔之啼声也，故知其丧家邪？

若神心独悟暗语之当，非理之所得也，虽曰听啼，无取验于儿声矣。若以尝闻之声为恶，故知今啼当恶，此为以甲声为度，以校乙之啼也。

夫声之于心，犹形之于心也，有形同而情乖，貌殊而心均者。何以明之？圣人齐心等德而形状不同也。苟心同而形异，则何言乎观形而知心

译文

你还诘难说：羊舌肸的母亲听了孩子的哭声，觉察到此子将败家。

再请问：她怎么知道的？是神妙之心独自领悟到一种隐秘的语言而知道的吗？是曾经听到过小孩的哭声那样粗大而不祥，现在听到的哭声像过去的那种哭声，因此知道他将要败家吗？

如果是神妙的心灵独自领悟了一种暗语而知道的，那就不是从声音所表达的道理获得，虽然说是听哭声，其实并未从孩子的哭声中取得验证。如果是因为曾经听到过这样不祥的声音，所以知道现在的哭声也不祥，这是以一种声音为标准，验证另一种声音。

声音与情感，正像外表和内心一样，有外表相同而心情不同的，也有外貌不同而内心相似的。为什么这样说？因为圣人的仁慈之心与宽广之德相同，形状却不一样。如果心相同而形貌不同，那从何说观

哉？且口之激气为声，何异于籁籥纳气而鸣邪[1]？啼声之善恶不由儿口吉凶，犹琴瑟之清浊不在操者之工拙也。心能辨理善谭，而不能令籁籥调利，犹瞽者能善其曲度，而不能令器必清和也。

器不假妙瞽而良，籥不因慧心而调，然则心之与声，明为二物。二物诚然，则求情者不留观于形貌，揆心者不借听于声音也。察者欲因声以知心，不亦外乎？

今晋母未得之于考试，而专信昨日之声，以证今日之啼，岂不误中于前世，好奇者从而称之哉？

看外表就知道内心呢？而且嘴激荡气息发出声音，与籁籥一类乐器接受气息而发出声音，有什么不同呢？哭声的善恶好坏并不取决于小孩嘴巴的吉凶，犹如琴瑟发声的清浊并不在于弹琴者技巧的工拙。心能使人辨别事理、善于言谈，却不能让籁籥也调和通畅，如同瞽史能使他的曲律变得更完美，却不能让乐器一定变得清和。

乐器并不因为有巧妙的瞽史乐师而变好，籥不会因为有慧心而变得协调，那么，心与声显然是两个东西。既然是两个东西，那么探求性情的人就不能局限于观察形貌，推测内心的人就不一定借助于倾听声音。审察者要凭借声音来推知内心情感，不是差得太远吗？

现在晋国的羊舌母没有经过考察验证，而一味相信过去的声音，用来证明今日啼哭的不祥，岂不是偶然碰对了前世的一件事，好奇的人便跟着到处称扬吗？

注释

1 **籁**:箫。 **籥**:乐器名，形似笛，三孔而短小。

原文

秦客难曰：

吾闻败者不羞走，所以全也。今吾心未厌，而

译文

秦客诘难说：

我听说，失败的人为了保全自己并不羞耻于逃走。现在我心里还不满足，还要

言于难，复更从其余。今平和之人，听筝笛批把[1]，则形躁而志越；闻琴瑟之音，则体静而心闲。同一器之中，曲用每殊，则情随之变，奏秦声则叹羡而慷慨，理齐楚则情一而思专，肆姣弄则欢放而欲惬，心为声变，若此其众。

苟躁静由声，则何为限其哀乐，而但云至和之声，无所不感，托大同于声音，归众变于人情，得无知彼不明此哉？

辩驳，再从其他方面说一说。心情平和的人，听筝笛琵琶，就会外表躁动而心志激越；听琴瑟演奏，就身体安静而心情闲适。同一种乐器的演奏，乐曲的功能多有不同，人的情感也随之变化，奏秦声则赞叹羡慕而慷慨，奏齐楚之声则感情专一而思想专注，尽情演奏美好的小曲则欢乐放达而心满意足，内心情感因为音乐的变化而变化，这样的情况如此众多。

如果躁动和安静是出于声音的变化，那为什么要限定其无关于哀乐，而只说最和谐的音乐无所不感动，把大同的理想寄托在音乐中，把复杂的变化归于人情，这岂不是知道事物的一方面却不明白另一方面吗？

注释

1 **批把**：琵琶。

原文

主人答曰：

难云：批把筝笛令人躁越。

又云：曲用每殊而情随之变。

此诚所以使人常感也。批把筝笛，间促而

译文

东野主人回答道：

你诘难说：琵琶筝笛的声音令人躁动而激越。

你还说：乐曲的功能多样而内心情感随之变化。

这些确实是让人经常感受到的。琵琶筝笛，音的间隔短促而声音高亢，变化多而声高，变众而节数，以高声御数节，故使形躁而志越。犹铃铎警耳，而钟鼓骇心，故闻鼓鼙之音，则思将帅之臣，盖以声音有大小，故动人有猛静也。[1]琴瑟之体，间辽而音埤[2]，变希而声清，以埤音御希变，不虚心静听，则不尽清和之极，是以体静而心闲也。

节奏快，高声调加上快节奏，所以使人身体躁动而情志激越。如同铃铛的声音惊动耳朵，钟鼓之声骇动人心，所以听到鼓鼙之音，就让人想起将军、元帅一类武将，那是因为声音有大小，所以感动人有强烈和文静的区别。琴瑟类的乐器，弦距较宽而声音低沉，变化少而声音清和，低沉的声音加上变化少，如果不虚心静听，就不能完全领略清和之声的极致，因此身体安静而心情闲适。

夫曲度不同，亦犹殊器之音耳。

曲调不同，也如同不同乐器的音响。

齐楚之曲，多重，故情一，变少，故思专。姣弄之音，挹[3]众声之美，会五音之和，其体赡而用博，故心役于众理，五音会，故欢放而欲惬。

齐楚之曲，多重反复，所以情感单纯，变化少，所以心思专一。美丽的小曲，汇聚了各种声音的美，会合了五音的清和，本体丰赡而作用广泛，所以人的心情被各种理念驱使，五音会合，所以使人欢乐轻松而心神和惬。

然皆以单、复、高、埤、善、恶为体，而人情以躁、静、专、散为应。譬犹游观于都肆，则目滥而情放；留察于曲度，则思静而容端。此为声音之体，尽于舒疾；情之应声，亦止于躁静耳。

然而，音乐都是以简单、复杂、高亢、低沉、和谐、不和谐为本体，而人的情感则以躁动、安静、专一、散漫为对应。如同在街上游荡，目光散乱而情绪松弛；留心倾听音乐，便思绪沉静而仪容端庄。这是声音的本体，全在于舒缓或疾速；情感对应于声音，也只在于躁动或者安静而已。

夫曲用每殊，而情之处变，犹滋味异美，而口

乐曲的功能不同，情感随之变化，这如同美味各种各样，口舌总能识别。五味调和出千差万别的花样，总归于美味；曲

辄识之也。五味万殊，而大同于美；曲变虽众，亦大同于和。美有甘，和有乐。然随曲之情，尽乎和域；应美之口，绝于甘境，安得哀乐于其间哉？

然人情不同，各师所解，则发其所怀。若言平和，哀乐正等，则无所先发，故终得躁静。若有所发，则是有主于内，不为平和也。

以此言之，躁静者，声之功也；哀乐者，情之主也。不可见声有躁静之应，因谓哀乐皆由声音也。

且声音虽有猛静，各有一和，和之所感，莫不自发。何以明之？夫会宾盈堂，酒酣奏琴，或忻然[4]而欢，或惨尔而泣，非进哀于彼，导乐于此也。其音无变于昔，而欢戚并用，斯非吹万不同邪？夫唯无主于喜怒，亦应无主于哀乐，故欢戚俱见。

若资偏固之音，含一

调变化虽然繁多，也总归于和谐。美味有甘甜，和谐中有音乐。而伴随乐曲的心灵，仅仅体验到和谐的境界；感觉美味的口舌，止于体验甘甜，怎么会有哀乐在其中呢？

但是，人的内心情感不同，根据各自的理解，抒发自己的情怀。如果说心情平和，悲哀和快乐对他来说是相等的，那就没有一种情感会事先表露出来，终归只有躁动或者安静。如果有什么情感表露，那就意味着内心存有先入为主之见，也就谈不上平和了。

由此说来，带来躁动或安静，这是音乐的功能；哀乐乃是情感的主使。不可看见音乐带来或躁动或安静的反应，就说哀乐都出自音乐本身。

况且，音乐虽有猛烈、文静的分别，但各自有一种自身的和谐，和谐所产生的感应，无不是自然发生的。怎样来说明这一点呢？比如宾客会聚，座无虚席，酒酣奏琴，有的人欣然快乐，有的人凄然落泪，并不是音乐给这个人悲哀，给另一个人快乐。音乐和从前没有两样，却哀乐并作，这不正是庄子讲的风吹万窍、音响万千吗？正因为它不决定人的喜怒，也就相应地不决定人的哀乐，所以欢乐和哀戚同时出现了。

致之声，其所发明，各当其分，则焉能兼御群理，总发众情邪？

如果凭固定不变的音乐，包含着一致的声调，它们所激发的东西，应该是各有其属性的，怎么能够同时表现各种理念，引发不同的情感呢？

由是言之，声音以平和为体，而感物无常，心志以所俟为主，应感而发。然则声之与心，殊涂异轨，不相经纬，焉得染太和于欢戚，缀虚名于哀乐哉？

如此说来，音乐以平和为本体，而感染的事物却并不固定，人的内心以自己所期待的某种情感为主宰，应感而发。那么，声与心，实在是殊途异轨，彼此并无关涉，怎么能够把欢戚强加给天然的太和之气，把哀乐的虚名连缀在音乐上呢？

注释

1 **闻鼓鼙之音，则思将帅之臣**：语出《礼记·乐记》。

2 **埤**(bēi)：通“卑”，低。

3 **揔**：聚。

4 **忻然**：喜悦。

原文

秦客难曰：

论云：猛静之音，各有一和，和之所感，莫不自发。是以酒酣奏琴，而欢戚并用。

此言偏重之情，先积于内，故怀欢者值哀音而发，内戚者遇乐声而感也。夫音声自当

译文

秦客诘难道：

你认为：猛烈或者文静的声音，各有自身的一种和谐，和谐所导致的感应，无不是自然而然发生的。因此酒酣奏琴，欢戚并作。

这是说偏重于某一方面的情感，事先积聚在内心，所以心怀欢乐的人听到悲哀的声音会表现出欢乐，而内心悲戚者听到欢乐的声音也会表现出悲戚。音声自然应当有一定的哀乐，但是声音感化人的作用比较迟

有一定之哀乐，但声化迟缓，不可仓卒，不能对易。偏重之情，触物而作，故令哀乐同时而应耳；虽二情俱见，则何损于声音有定理邪？

主人答曰：

难云：哀乐自有定声，但偏重之情，不可卒移，故怀戚者遇乐声而哀耳。

即如所言，声有定分，假使《鹿鸣》[1]重奏，是乐声也，而令戚者遇之，虽声化迟缓，但当不能使变令欢耳，何得更以哀耶？犹一爝[2]之火，虽未能温一室，不宜复增其寒矣。夫火非隆寒之物，乐非增哀之具也。理弦高堂而欢戚并用者，直至和之发滞导情，故令外物所感得自尽耳。

难云：偏重之情，触物而作，故令哀乐同时而应耳。

夫言哀者，或见机

缓，不可能仓促之间见效，但也不可能互相对换。偏重于某一方面的情感，接触事物就会表露，所以使得哀乐同时响应；即使哀乐之情同时出现，可这又何损于声有哀乐的理论本身呢？

东野主人回答道：

你诘难说：哀乐自有一定的声音，只是偏重于某一端的情感，不可能仓促转换，所以心怀哀戚的人遇到欢乐之声才表现出哀戚。

就如你所说，声音有一定的属性，假使《鹿鸣》反复演奏，这是欢乐之声，让心怀哀戚的人遇到，虽然声音感化的效用迟缓，也就是仅仅不能使他变得欢乐而已，怎么会更加悲哀呢？犹如小小的火把，虽然不能温暖整个房间，却也不该会增加房子里的寒冷呀。火不是加剧寒冷的东西，欢乐也不是增加悲哀的工具。在高堂大厅中弹琴而哀乐并作，只是表明至和之声启发积滞，引导郁积之情，所以使得因为外物而导致的感受得以尽情发泄。

你诘难说：偏重某一端的情感，感触外物就表露出来，所以哀乐之情同时响应。

谈到悲哀，或因为看见几杖而哭泣，或因为看见车马服装而悲痛，只是杖[3]而泣，或睹舆服而悲，徒以感人亡而物存，痛事显而形潜。其所以会之，皆自有由，不为触地而生哀，当席而泪出也。

今无机杖以致感，听和声而流涕者，斯非和之所感，莫不自发也？

因为人亡物在而感伤，因为事迹昭彰、形体消失而痛心。之所以遭遇这样的情感，都有各自的缘由，并不是看到地面就生出悲哀，对着酒席就流泪。

现在如果不是因为亲人亡故睹物思人而导致的伤感，而是听到和谐的音乐就流泪，这不是表明和谐的音乐对人的感动无不属于自然发生的吗？

注释

1 **《鹿鸣》**：《诗经·小雅》篇名，《毛诗序》："《鹿鸣》，燕群臣嘉宾也。"燕即宴。

2 **爝**(jué)：小火把。

3 **机杖**：几杖，几案与手杖。《礼记》曰："谋于长者，必操几杖以从之。"杖策身，几扶己，尊者之物，此处指死者生前所用。

原文

秦客难曰：

论云：酒酣奏琴而欢戚并用。

欲通此言，故答以偏情，感物而发耳。今且隐心[1]而言，明之以成效。

夫人心不欢则戚，不戚则欢，此情志之大域也。然泣是戚之伤，笑是欢之用也。盖闻齐楚之曲者，惟睹其哀涕之容，而未曾见笑噱之貌。此必齐

译文

秦客诘难道：

你说：酒酣奏琴而欢戚并作。

我想要阐明这种情况，所以回答说情感偏重于某一端，感物之情于是发生。现在且从人的内心情感的角度来言说，让事实和效果来加以证明。

一个人的内心不是欢乐就是悲伤，不是悲伤就是欢乐，这是情感心志的大致区域。这样，哭泣就是悲哀到伤心，笑是欢乐的表征。听齐楚之声的人，只见他悲哀流泪的面容，不曾见他大笑的容貌。这表明一定是齐楚之声以悲哀为主体，所以它

楚之曲以哀为体，故其所感，皆应其度。岂徒以多重而少变，则致精一而思专邪？若诚能致泣，则声音之有哀乐，断可知矣。

主人答曰：

虽人情感于哀乐，哀乐各有多少。又哀乐之极，不必同致也。夫小哀容坏，甚悲而泣，哀之方[2]也。小欢颜悦，至乐而笑，乐之理也。

何以言之？

夫至亲安豫，则怡然自若，所自得也。及在危急，仅[3]然后济，则抃不及儛[4]。由此言之，儛之不若向之自得，岂不然哉？

至夫笑噱虽出于欢情，然自以理成，又非自然应声之具也。此为乐之应声，以自得为主，哀之应感，以垂涕为故。垂涕则形动而可觉，自得则神合而无变，是以观其异而不识其同，别其外而未察其内耳。

对人的感染，与它本身是一致的。哪里只是因为它多反复少变化就让人精神贯注、思想专一呢？如果的确能让人哭泣，那么声音有哀乐就断然可知了。

东野主人回答道：

虽然人的情感能有感于哀乐，但悲哀和欢乐有多有少。而哀乐的极致，并不一定同其所归。小小的悲哀，容色就颓坏，十分悲哀就哭泣，这是悲哀的方式。小小的欢乐，容色就和悦，极为欢乐就发笑，这是快乐的常理。

为什么这么说？

最亲近的人安好，就怡然自若，这是自然得意。等到亲人处在危急中，而后勉强渡过难关，虽然会拍掌称欢，却不至于手舞足蹈。由此而言，即使手舞足蹈也不及前面的自然得意，难道不是这样吗？

至于大笑虽然出于欢乐之情，但自然是有其自身的理由才形成的，也不是与自然的音声相对应的工具。这是欢乐对应于声音，以自然得意为主，悲哀反应于声音，以流泪为自然表现。流泪则形容改变而可以觉察，自然得意则心神和惬而形容不改，因此看到差异而不能认识其相同，区别其外表而没有辨察其内心。

然而大笑没有表露在声音中，难道

然笑噱之不显于声音，岂独齐楚之曲邪？今不求乐于自得之域，而以无笑噱谓齐楚体哀，岂不知哀而不识乐乎？

仅仅只是齐楚之声？现在不从自然得意的领域寻找欢乐的本质，却因为看不到大笑便认为齐楚二地的乐曲是以悲哀为主，难道不是只知道悲哀而不懂得欢乐吗？

注释

1 **隐心：**凭心。

2 **方：**方式，常态。

3 **仅：**勉强能够。

4 **抃：**鼓掌。 **儛：**同"舞"。

原文

秦客问曰：

仲尼有言：移风易俗，莫善于乐。[1]

即如所论，凡百哀乐，皆不在声，则移风易俗，果以何物邪？又古人慎靡靡之风，抑慆耳之声，故曰放郑声远佞人[2]，然则郑卫之音，击鸣球[3]以协神人，敢问郑雅之体，隆弊所极，风俗移易，奚由而济？

愿重闻之，以悟所疑。

译文

秦客问道：

孔子曾说：移风易俗，没有什么比音乐更好的。

如果像你所说的，各种悲哀和欢乐，本质上与声音无关，那移风易俗，究竟用什么东西呢？而且，古人慎重对待靡靡之音，平抑悦耳之声，因此说要驱逐郑声疏远佞人，那么郑卫之声，敲打石磬使神人和谐，请问郑声与雅乐的本质，它们的盛衰所能达到的极致，风俗移易，通过什么来达到呢？

希望再听听你的阐释，以解疑难。

注释

1 **移风易俗，莫善于乐：**此二句见《孝经·广要道》。

2 **放郑声远佞人:**《论语·卫灵公》:"放郑声,远佞人。郑声淫,佞人殆。"郑声,郑卫之音。先秦儒家以为郑卫之声使人心淫,非雅正之声。

3 **鸣球:**石磬。

原文

主人应之曰:

夫言移风易俗者,必承衰弊之后也。古之王者,承天理物,必崇简易之教,御无为之治,君静于上,臣顺于下,玄化潜通,天人交泰,枯槁之类浸育灵液,六合之内沐浴鸿流,荡涤尘垢,群生安逸,自求多福,默默从道,怀忠抱义,而不觉其所以然也。和心足于内,和气见于外,故歌以叙志,儛以宣情,然后文之以采章,照之以风雅,播之以八音,感之以太和,导其神气,养而就之,迎其情性,致而明之,使心与理相顺,气与声相应,合乎会通,以济其美。故凯乐之情,见于金石,含弘光大,显于音声也。

若以往,则万国同风,芳荣济茂,馥如秋兰,不期而信,不谋而成,穆然相爱,犹

译文

东野主人回答道:

说移风易俗的人,一定是置身世道衰弊之后。古代的帝王,顺承天意,安排万物,必定崇尚简易的教化,实行无为而治,君主清静无为于上,臣民顺应教化于下,圣德之化育润物无声,天人交泰,枯槁的东西浸润雨露,天地万物都沐浴鸿流,荡涤尘垢,众生安逸,自求多福,默默顺从大道,怀抱忠义,而不觉察为什么会这样。和谐的心灵充足于身内,和谐的元气显现于体外,所以用歌唱来叙述心志,用舞蹈宣泄感情,然后用文采加以修饰,用风雅之体加以歌咏,通过八音组合加以播扬,用太和之声加以感召,导引其精神,养育而使之成就,迎合其情性,使之显露,使心与理相一致,使气与声相应和,融会贯通,成其美妙。所以欢乐之情见于钟磬,含弘光大,显于音声。

如此发展下来,万国同风,繁荣丰茂,芬芳如秋兰,不必期约而诚信,不必谋划而功成,穆然相爱,如同铺锦布

舒锦布彩，灿炳可观也。

大道之隆，莫盛于兹，太平之业，莫显于此，故曰：移风易俗，莫善于乐。

然乐之为体，以心为主，故无声之乐，民之父母也。至八音会谐，人之所悦，亦总谓之乐，然风俗移易，本不在此也。

夫音声和比，人情所不能已者也。是以古人知情之不可放，故抑其所遁；知欲之不可绝，故自以为致。故为可奉之礼，制可导之乐，口不尽味，乐不极音，揆终始之宜，度贤愚之中，为之检，则使远近同风，用而不竭，亦所以结忠信、著不迁也。故乡校庠塾亦随之，使丝竹与俎豆并存，羽毛与揖让俱用，正言与和声同发。[1]使将听是声也，必闻此言；将观是容也，必崇此礼。礼犹宾主升降，然后酬酢行焉。于是，言语之节，声音之度，揖让之仪，动止之数，进退相须，共为一体，

彩，灿烂夺目。

大道的兴隆，无过于此，太平的业绩，没有比此时更显著的，所以说：移风易俗，无过于音乐。

然而，音乐的本体，以精神为主，所以没有声音的音乐，可以说是人类起源的摇篮。至于八音谐和，是人之所悦，也一起称之为音乐，但移风易俗的音乐，本不在此。

声音和谐地组合起来，是人的内心情感需要所必不可免的。因此古人懂得情感不可放纵，因此要抑制它的泛滥；懂得欲望不可以杜绝，因此要让它自我引导。于是制定可以奉行的礼，制作可以引导人的音乐，口不可享尽一切滋味，音乐不可用尽一切声音，掌握从开始到终结的适宜之度，估量贤愚之间的中庸，为之制定标准，使远近各处都受到同样的感化，用之不竭，也因此巩固忠信、张扬执着。所以随之创办学校，使音乐与祭典并存，让舞蹈与礼仪并用，诗歌与音乐同时生发。使人听这种音乐，必定听到这种诗歌；使人看一种乐舞，必定崇尚一种礼仪。礼就像宾主升降揖让，然后才有应酬交际。于是，言语的分寸，声音的法度，揖让的礼节，行动举止的规则，进退相互配合，共同

君臣用之于朝，士庶用之于家。少而习之，长而不怠，心安志固，从善日迁，然后临之以敬，持之以久而不变，然后化成。此又先王用乐之意也。

故朝宴聘享，嘉乐必存。是以国史采风俗之盛衰，寄之乐工，宣之管弦，使言之者无罪，闻之者足以戒。此又先王用乐之意也。

成为一个整体，君主臣僚在朝廷上使用，士夫庶民在家中使用。从小就学习，长大成人也不懈怠，内心安宁，意志坚定，从善如流，日有所进，然后用恭敬的态度加以实行，坚持它并且长久不变，于是，教化得以大功告成。这也是前代君王制作音乐的意图。

所以朝觐、宴饮、聘问、祭供，一定用美好的音乐伴奏。因此国史采集风俗的盛衰，交给乐工，用乐器进行演奏，使进言的人没罪过，听到的人足以引起警戒。这又是前代君王制作音乐的意图。

注释

1 **乡校庠塾：**乡校、庠指地方学校，塾指私人或家庭设立的学校。 **丝竹：**指音乐。 **俎豆：**指祭祀礼仪。 **羽毛：**即羽旄，古乐舞执雉羽和旄牛尾。

原文

若夫郑声，是音声之至妙。妙音感人，犹美色惑志，耽槃[1]荒酒，易以丧业，自非至人，孰能御之？

先王恐天下流[2]而不反，故具其八音，不渎其声，绝其大和，不穷其变，捐窈窕之声，使乐而

译文

至于所谓郑声，是音乐中最美好的东西。美妙的音乐感人，如同美色使人意志颓丧，耽于欢乐，沉溺美酒，使人容易丧失事业，如果不是至德之人，这些谁能消受得起？

先王担心天下人纵乐而不返，所以完备八音，不让它们受到亵渎，放弃最高的和谐，而不穷尽其变化，捐除艳冶之声，使人欢乐而不至于放纵，如同祭祀的肉汁不加

不淫，犹大羹不和[3]，不极勺药之味也[4]。若流俗浅近，则声不足悦，又非所欢也。若上失其道，国丧其纪，男女奔随，淫荒无度，则风以此变，俗以好成。

尚其所志，则群能肆[5]之；乐其所习，则何以诛[6]之？

托于和声，配而长之，诚动于言，心感于和，风俗壹成，因而名之。然所名之声，无中于淫邪也。

淫之与正同乎心，雅郑之体，亦足以观矣。

调料，不追求五味调和的美味。至于世俗浅近的音乐，它们的声音不足以悦耳，也就不在喜欢之列。如果君主失其道德，国家丧失法纪，男女私奔，荒淫无度，那风气就会因此改变，习俗因为人们的爱好而形成。

崇尚所向往的，则众人会努力从事；乐于所习惯的，那又如何来责备要求呢？

把它寄托在和谐的音乐中，配合音乐加以发展，真诚为诗歌所激发，内心为和谐的音乐所感染，风俗一经形成，便为它命名。这样，就名之为“声”，并非针对放纵邪恶。

放纵与纯正同出于人心，雅乐和郑声的实质，也就足以明白了。

注释

1 **槃：**快乐。

2 **流：**泛，没有节制。

3 **大羹不和：**《礼记 · 乐记》：“大飨之礼，尚玄酒而俎腥鱼，大羹不和，有遗味者矣。”大羹，不调五味的肉汁。

4 **勺药之味：**五味调和。《汉书 · 司马相如传》颜师古注曰：“勺药，药草名，其根主和五藏，又辟毒气，故合之于兰桂五味以助诸食，因呼五味之和为勺药耳。”

5 **肆：**致力，发挥到极致。或解作“肄”，学习、练习的意思。

6 **诛：**诛求，责求。

附录

秀才答四首(答嵇康四首)

嵇喜

华堂临浚沼,灵芝茂清泉。
仰瞻青禽翔,俯察绿水滨。
逍遥步兰渚,感物怀古人。
李叟寄周朝,庄生游漆园。
时至忽蝉蜕,变化无常端。

君子体通变,否泰非常理。
当流则义行,时逝则鹊起。
达者鉴通塞,盛衰为表里。
列仙殉生命,松乔安足齿。
纵躯任世度,至人不私己。

达人与物化,无俗不可安。
都邑可悠游,何必栖山原。
孔父策良驷,不云世路难。
出处因时资,潜跃无常端。
保心守道居,睹变安能迁。

饬车驻驷,驾言出游。

南厉伊渚，北登邙丘。
青林华茂，青鸟群嬉。
感悟长怀，能不永思。
永思伊何，思齐大仪。
凌云轻迈，托身灵螭。
遥集玄圃，释辔华池。
华木夜光，沙棠离离。
俯漱神泉，仰采琼枝。
结心浩素，终始不亏。

郭遐周赠诗三首

郭遐周

吾无佐世才，时俗所不量。
归我北山阿，逍遥以徜徉。
同气自相求，虎啸谷风凉。
惟予与嵇生，未面分好章。
古人美倾盖，方此何不臧。
援筝执鸣琴，携手游空房。
栖迟衡门下，何愿于姬姜。
予心好永年，年永怀乐康。
我友不期卒，改计适他方。
严车感发日，翻然将高翔。
离别在旦夕，惆怅以增伤。

风人重离别，行道犹迟迟。
宋玉哀登山，临水送将归。
伊此往昔事，言之以增悲。
叹我与嵇生，忽然将永离。
俯察渊鱼游，仰观双鸟飞。
厉翼太清中，徘徊于丹池。
钦哉得其所，令我心独违。
言别在斯须，惄焉如朝饥。

离别自古有，人非比目鱼。
君子不怀土，岂更得安居。
四海皆兄弟，何患无彼姝。
岩穴隐傅说，空谷纳白驹。
方各以类聚，物亦以群殊。
所在有智贤，何忧不此如。
所贵身名存，功烈在简书。
年时已过历，日月忽其除。
勖哉乎嵇生，敬德以慎躯。

郭遐叔赠诗五首

郭遐叔

每念遘会，惟曰不足。

昕往宵归，常苦其速。
欢接无厌，如川赴谷。
如何忽尔，将适他俗。
言驾有日，巾车命仆。
思言君子，温其如玉。
心之忧矣，视丹如绿。

如何忽尔，超将远游。
情以怵惕，惟思惟忧。
展转反侧，寤寐追求。
驰情运响，神往形留。
心之忧矣，增其劳愁。

不见可欲，使心不乱。
譬彼造化，抗无崖畔。
封疆画界，事利任难。
惟予与子，蔑不相贯。
交重情亲，欲面无算。
如何忽尔，时适他馆。
明发不寐，耿耿极旦。
心之忧矣，增其愤叹。

天地悠长，人生若忽。
苟非知命，安保旦夕。
思与君子，穷年卒岁。
优哉逍遥，幸无陨越。
如何君子，超将远迈。

我情愿关，我言愿结。
心之忧矣，良以忉怛。

君子交有义，不必常相从。
天地有明理，远近无异同。
三仁不齐迹，贵在等贤踪。
众鸟群相追，鷙鸟独无双。
何必相呴濡，江海自从容。
愿各保遐年，有缘复来东。

阮德如答五言诗二首

阮侃

旦发温泉庐，夕宿宜阳城。
顾盼怀惆怅，言思我友生。
会遇一何幸，及子遘欢情。
交际虽未久，思我爱发诚。
良玉须切磋，玙璠就其形。
随珠岂不曜，雕莹启光荣。
与子犹兰石，坚芳互相成。
庶几弘古道，伐檀俟河清。
不谓中离别，飘飘然远征。
临舆执手诀，良诲一何精。
佳言盈我身，援带以自铭。

唐虞旷千载，三代不我并。
洙泗久以往，微言谁为听。
曾参易箦毙，仲由结其缨。
晋楚安足慕，屡空以守贞。
潜龙尚泥蟠，神龟隐其灵。
庶保吾子言，养真以全生。
东野多所思，暂往不久停。
幸子无损思，逍遥以自宁。

双美不易居，嘉会故难常。
爰自憩斯土，与子遘兰芳。
常愿永游集，拊翼同回翔。
不悟卒永离，一别为异乡。
四牡一何速，征人去路长。
步顾怀想象，游目屡大行。
抚轸增叹息，念子安能忘。
恬和为道基，老氏恶强梁。
患至有身灾，荣子知所康。
神龟实可乐，明戒在刳肠。
新诗何笃穆，申咏增慨慷。
舒检诏良讯，终然永厌藏。
还誓必不食，复得同林房。
愿子荡忧虑，无以情自伤。
俟路忘所次，聊以酬来章。

黄门郎向子期难养生论

向秀

黄门郎向子期难曰：

若夫节哀乐，和喜怒，适饮食，调寒暑，亦古人之所修也。至于绝五谷，去滋味，窒情欲，抑富贵，则未之敢许也。

何以言之？

夫人受形于造化，与万物并存，有生之最灵者也。异于草木，不能避风雨，辞斧斤；殊于鸟兽，不能远网罗而逃寒暑。有动以接物，有智以自辅。此有心之益，有智之功也。若闭而默之，则与无智同，何贵于有智哉？

有生则有情，称情则自然得，若绝而外之，则与无生同，何贵于有生哉？

且夫嗜欲，好荣恶辱，好逸恶劳，皆生于自然。夫天地之大德曰生，圣人之大宝曰位，崇高莫大于富贵。然则富贵，天地之情也。贵则人顺己，行义于下；富则所欲得，以财聚人。此皆先王所重，关之自然，不得相外也。

又曰：富与贵，是人之所欲也，但当求之以道，不苟非义。在上以不骄无患，持满以损敛不溢，若此何为其伤德耶？或睹富贵之过，因惧而背之，是犹见食之有噎，因终身不餐耳。

神农唱粒食之始，后稷纂播殖之业。鸟兽以之飞走，生民以之视息，周孔以之穷神，颜冉以之树德。贤圣珍其业，历百代而不废。今一旦云：

五谷非养命之宜，肴醴非便性之物，则亦有和羹，黄耇无疆，为此春酒，以介眉寿，皆虚言也。博硕肥腯，上帝是享，黍稷惟馨，实降神祇。神祇且犹重之，而况于人乎？

肴粮入体，不逾旬而充，此自然之符，宜生之验也。

夫人含五行而生，口思五味，目思五色，感而思室，饥而求食，自然之理也。但当节之以礼耳。今五色虽陈，目不敢视，五味虽存，口不得尝，以言争而获胜则可，焉有勺药为荼蓼，西施为嫫母，忽而不欲哉？苟心识可欲而不得从，性气困于防闲，情志郁而不通，而言养之以和，未之闻也。

又云：导养得理，以尽性命，上获千余岁，下可数百年。未尽善也。若信可然，当有得者，此人何在，目之未见。此殆影响之论，何言而不得。纵时有耆寿耇老，此自特受一气，犹木之有松柏，非导养之所致。若性命以巧拙为长短，则圣人穷理尽性，宜享遐期；而尧、舜、禹、汤、文、武、周、孔，上获百年，下者七十，岂复疏于导养耶？

顾天命有限，非物所加耳。且生之为乐，以恩爱相接。天理人伦，燕婉娱心，荣华悦志。服飨滋味，以宣五情。纳御声色，以达性气。此天理自然，人之所宜，三王所不易也。

今舍圣轨而恃区种，离亲弃欢，约己苦心，欲积尘露以望山海，恐此功在身后，实不可冀也。纵令勤求，少有所获，则顾景尸居，与木石为邻，所谓不病而自灸，无忧而自默，无丧而蔬食，无罪而自幽。追虚徼幸，功不答劳。于以养生，未闻其宜。故相如曰：必若长生而不死，虽济万世犹不足以喜。言背情失性，而不本天理也。长生且犹无欢，况以短生守之耶？

若有显验，且更论之。

张叔辽作自然好学论

张邈

夫喜怒哀乐，爱恶欲惧，人情之有也。得意则喜，见犯则怒，乖离则哀，听和则乐，生育则爱，违好则恶，饥则欲食，逼则恐惧。凡此八者，不教而能，若论所云，即自然也。

腥臊未化，饮血茹毛，以充其虚，食之始也。加之火齐，糁以兰橘，虽所未尝，尝必美之，适于口也。蒉桴土鼓，抚腹而吟，足之蹈之，以娱其喜，乐之质也。加之管弦，杂以羽毛，虽所未听，察之必乐，当其心也。民生也直，聚而勿教，肆心触意，八情必发。喜必欲与，怒必欲罚，无爪牙以奋其威，无爵赏以称其惠。爱无以奉，恶不能去，有言之且，苴竹菅蒯，所以表哀。沟池岨险，所以宽惧。弦木剡金，所以解愤。丰财殖货，所以施与。苟有肺肠，谁不欣然貌悦心释哉？尚何假于食胆蜚，而嗜菖蒲菹也？

且昼坐夜寝，明作暗息，天道之常，人所服习。在于幽室之中，睹烝烛之光，虽不教告，亦皎然喜于所见也。不以尚有白日，与比朱门，旦则复晓，不揭此明而减其欢也。况以长夜之冥，得照太阳，情变郁陶，而发其蒙也。故以为难。事以末来，而情以本应。即使六艺纷华，名利杂诡，计而后学，亦无损于有自然之好也。

宅无吉凶摄生论

阮侃

夫善求寿强者，必先知夭疾之所自来，然后其至可防也。祸起于此，为防于彼，则祸无自瘳矣。

世有安宅，葬埋，阴阳，度数，刑德之忌，是何所生乎？不见性命，不知祸福也。不见故妄求，不知故干幸。是以善执生者，见性命之所宜，知祸福之所来，故求之实而防之信。夫多饮而走，则为澹支；数行而风，则为养毒；久居于湿，则要疾偏枯；好内不怠，则昏丧女疾。若此之类，灾之所以来，寿之所以去也。而掘墓筑室，费日苦身以求之，疾生于形，而治加于土木，是疾无道瘳矣。诗云"恺悌君子，求福不回"者，匪避谤议，而为义然也，盖知回匪所求福也。故寿强，专气致柔，少私寡欲，直行情性之所宜，而合于养生之正度，求之于怀抱之内而得之矣。

尝有不知蚕者，出口动手，皆为忌祟，不得蚕滋甚，为忌祟滋多，犹自以犯之也。有教之知蚕者，其颛于桑火寒暑燥湿也，于是百忌自息，而为利十倍。何者？先不知所以然，故忌祟之情繁；后知所以然者，故求之之术正。故忌祟常生于不知，使知性命犹知蚕，则忌祟无所立矣。

多食不消，含黄丸而箠祝谴祟，或从乞胡求福者，凡人所笑之。何者？以智能达其无祸也。故忌祟举生于不知，由知者言之，皆乞胡也。

设为三公之宅，而令愚民居之，必不为三公，可知也。夫寿夭之不可求，甚于贵贱。然则择百年之宫，而望殇子之寿；孤逆魁罡，以速彭祖之夭，必不幾矣。

或曰：愚民必不得久居公侯宅，然则果无宅也，是性命自然，不可求矣。有贼方至，不疾逃，独安须臾，遂为所虏。然则避祸趣福，无过缘理。避贼之理，莫如速逃，则斯善矣。

养生之道，莫如先知，则为尽矣。夫避贼宜速，章章然，故中人不难睹；避祸之理，冥冥然，故明者不易见。其于理动，不可妄求，一也。

孔子有疾，医曰："子居处适也，饮食药也，有疾天也，医焉能事？"是以知命不忧，原始要终，遂知死生之说。

夫时日谴祟，古之盛王无之，而季王之所好听也。制寿宫而得夭短，求百男而无立嗣，必占不启之陵，而陵不宿草。何者？高台深宫，以隔寒暑；靡色厚味，以毒其精；亡之于实，而求之于虚，故性命不遂也。或曰，所问之师不工，则天下无工师矣。

夫一栖之鸡，一栏之羊，宾至而有死者，岂居异哉？故命有制也，知命者则不滞于俗矣。若许负之相条侯，英布之黥而后王，彭祖三百，殇子之夭，是皆性命也。

若相宅质居，自东徂西而得，反此是灭性命之宜。孔子登东山而小鲁，登泰山而小天下。立高丘而观民居，则知徂东西非祸福矣。若乃忘地道之爽垲，而心制于帷墙，则所见滋褊。从达者观之，夫乾确然示人易矣，夫坤隤然示人简矣。天地易简，而惧以细苛，是更所以为逆也。是以君子奉天明而事地察。

世之工师，占成居则验，使造新则无征。世人多其占旧，思求其造新，是见舟之行于水，而欲推之于陆，是不明数也。

夫旧新之理，犹卜筮也。夫凿龟数筴，可以知吉凶，然不能为吉凶。何者？吉凶可知，而不可为也。夫先筮吉卦，而后名之无福，犹先筑利宅，而后居之无报也。占旧居以谴祟则可，安新居以求福则不可，则犹卜筮之说耳。

俗有裁衣种谷皆择日，衣者伤寒，种者失泽。凡火流寒至，则当授衣;时雨既降,则当下种;贼方至,则当疾走。今舍实趣虚,故三患随至。

凡以忌祟治家者,求福而其极皆贫。故有"知星宿,衣不覆"之谚。古言无虚,不可不察也。

释难宅无吉凶摄生论

阮侃

《易》曰:"河出图,洛出书,圣人则之。"《经》曰:"为之宗庙,以鬼享之。"其立本有如此者。

子贡称:性与天道,不可得闻。仲由问神,而夫子不答。其饬末有如彼者。

是何也?兹所谓明有礼乐,幽有鬼神,人谋鬼谋,以成天下之亹亹也。是以墨翟著《明鬼》之篇,董无心设难墨之说。二贤之言,俱不免于殊途而两惑。是何也?夫甚有之则愚,甚无之则诞。故二子者,皆偏辞也。子之言神,将为彼耶?唯吾亦不敢明也。

夫私神立,则公神废;邪忌设,则正忌丧;宅墓占,则家道苦;背向繁,则妖心兴。子之言神,其为此乎?则唯吾之所疾争也。

夫苟获其类,不患微细。是以面边水而知天下之寒,察旋机而得日月之动。足下细蚕种之说,因忽而不察;是噎溺未知所在,亦莫便有舟稼也。

夫命者,所禀之分也。信顺者,成命之理也。故曰:"君子修身以俟命","知命者不立乎岩墙之下"。何者?是夭遂之实也。犹食非命,而命必胥食,是故然矣。

若吾论曰:居殆行逆,不能令彭祖夭,则足下举信顺之难是也。论之所说，信顺既修，则宅葬无贵，故譬之寿宫无益殇子耳。足下不云：殇子以宅延，彭祖亦以宅寿，寿夭之说，使之灼然。若信顺之遂期，殆逆之夭性，而徒曰天下或有能说之者；子而不言，谁与能之？夫多食伤性，良药已病，是相之所一也。诬彼实此，非所以相证也。夫寿夭不可求之宅，而可得之和，故论有不知。是足下忘于意，而责于文，抑不本也。

难曰：唐虞之世，命何同延；长平之卒，命何同短。今论命者，当辨有无，无疑众寡也。苟一人有命，则万千皆一也。若使此不得系命，将系宅耶？则唐虞之世，宅何同吉，长平之卒，居何同凶？亦复吾之所疑也。

难曰：事之在外，而能为害者，不以数尽。单豹恃内而有虎害。按足下之言，是豹忘所宜惧，与惧所宜忘。故张毅修表，亦有内热之祸。虽内外不同，钧其非和，一睹失之，终身弗复，是亦虎随其后矣。夫谨于邪者慢于正，详于宅者略于和，走以为先，亦非齐于所称也。今足下广之，望之久矣。

元亨利贞，卜之吉繇，隆准龙颜，公侯之相者，以其数所遇，而形自然，不可为也。使准颜可假，则无相；繇吉可为，则无卜矣。今设为吉宅而幸福报，譬之无以异假颜准而望公侯也。是以子阳镂掌，巨君运魁，咸无益于败亡。故吾以无故而居者可占，何惑象数之理也。设吉而后居者不可，则何假为之说也。然则非宅制人，人实征宅耶？其无宅也，似未思其本耳。

猎夫从林，其所遇者，或禽或虎，遇禽所吉，逢虎所凶。而虎也，善卜可以知之耳。是故知吉凶，非为吉凶也。故其称曰：无远迩幽深，遂知来物。不曰：遂为来物矣。然亦卜之，尽理所以成相命者也。至乎卜世与年，则无益于周禄矣。

若地之吉凶，有虎禽之类，然则此地苟恶，则当所往皆凶，不得以西东有异，背向不同，宫姓无害，商则为灾。福德则吉至，刑祸则凶来也。故《诗》云："筑室百堵，西南其户。"古之营居，宗庙为先，厩库次之，居室为后。缘人理以从事，如此之著。即知无太岁刑德也。若修古无违，亦宜吾论，如无所咎，不知谁从？

难曰：不谓吉宅能独成福，犹夫良农既怀善艺，又择沃土，复加耘耔，乃有盈仓之报。此言当哉！若三者能修，则农事毕矣。若盛以邪用，求之于虚，则宋人所谓予助苗长，败农之道也。今以冢宅喻此，宜何比耶？为树艺乎？为耘耔也？若三者有比，则请事后说。若无其征，则愈见其诬矣。今卜相有征如彼，冢宅无验如此，非所以相半也。

按《书》：周公有请命之事，仲尼非子路之祷。今钧圣而钧疾，何事不同也？故知臣子之情，尽斯心而已，所谓礼为情貌者耳。故于臣弟，则周公请命，亲其身，则尼父不祷。足下是图宅，将为礼耶？其为实矣？为礼则事异于古，为实则未闻显理。如是，未得吾所为遗，而足下失所愿矣。至于时日，先王所以诫不怠，而劝从事耳。俗之时日，顺妖忌而逆事理。时名虽同，其用适反。以二贤校君，愈见其合，未知所异也。

难曰：智之所知，未若所不知者众。此较通世之常滞也。然智所不知，不可以妄求；智所能知，恶其以学哉？故古之君子，修身择术，成性存存，自尽焉而已矣。

今据足下所言，在所知耶？则可辨也。所不知耶？则妄求也。二者宜有一于此矣。夫小知不及大知，故常乃反于有。无为有者，亦蟪蛄矣。子尤吾之验于所齐，吾亦惧子游非其域，傥有忘归之累也。

岳麓書社

读名著 选岳麓

古 典 名 著 普 及 文 库

周易
尚书
诗经
礼记
左传
论语
大学·中庸
孟子
春秋繁露
国语
史记
汉书
吴越春秋
战国策
晏子春秋
贞观政要
资治通鉴
孔子家语
老子
庄子
列子
荀子
韩非子
鬼谷子
商君书
吕氏春秋
孙子兵法·孙膑兵法
山海经
黄帝内经
潜夫论
人物志
搜神记
世说新语
了凡四训
颜氏家训
近思录
传习录
明夷待访录
坛经·心经·金刚经
聊斋志异
阅微草堂笔记
子不语
浮生六记
幼学琼林
三字经·百家姓·千字文
增广贤文（附 弟子规·孝经）
楚辞
文选
文心雕龙
古文辞类纂
古文观止
千家诗
唐诗三百首
宋词三百首
元曲三百首
曹操集
嵇康集
阮籍集
陶渊明集
苏轼集
欧阳修集
柳宗元集
鸣原堂论文